D1729806

BEST SELLER

Álex Rovira es escritor y conferenciante internacional. Es el autor de libros de no ficción de mayor éxito en lengua española. Su obra, en la que destacan los títulos *La buena suerte, La brújula interior* y *La buena vida,* ha sido traducida a cuarenta y un idiomas y ha vendido más de tres millones de ejemplares en todo el mundo. Colabora habitualmente con destacados medios de comunicación nacionales y extranjeros.

Francesc Miralles es novelista, compositor y periodista especializado en espiritualidad. Escribe en *El País Semanal* y en la revista *Integral,* además de ser guionista de radio y televisión. Ha publicado los *thrillers* de éxito *El Cuarto Reino* y *La Profecía 2013.* Junto con Álex Rovira es autor de la fábula *El laberinto de la felicidad,* traducido a más de doce idiomas.

ÁLEX ROVIRA
FRANCESC MIRALLES

La última respuesta

Esta obra obtuvo el
VIII PREMIO DE NOVELA
CIUDAD DE TORREVIEJA 2009

DEBOLS!LLO

Primera edición en Debolsillo: septiembre, 2010

Printed in Spain – Impreso en España

ISBN: 978-84-9908-573-9
Depósito legal: B-27916-2010

Compuesto en Revertext, S. L.

Impreso en Novoprint, S. A.
Energia, 53. Sant Andreu de la Barca (Barcelona)

P 885739

A mis padres, Gabriel y Carmen,
y a mis hijos, Laia, Pol y Mariona,
una vez más
A. R.

A mi madre
F. M.

PRIMERA PARTE

Tierra

La Tierra es el elemento del cuerpo y la estabilidad.
Simboliza nuestro lugar en el mundo,
la materia que nos provee el alimento y el hogar.
Alberga la prosperidad en potencia si la trabajamos.

La Tierra es la más densa de las formas de energía
de todos los elementos.

En ella se convoca la perseverancia, el esfuerzo, la tenacidad,
la objetividad, la fiabilidad, la solidez, la paciencia, la cautela,
la sobriedad, los principios de la siembra y la cosecha
que generan la riqueza.

Es nuestro hogar y destino: nacemos de la Tierra
y volvemos a ella.

Somos polvo de estrellas encarnado en la Tierra.

Somos pues Tierra viva, fragmentos de un Universo
que toma consciencia de sí, en la Tierra.

1

Cincuenta minutos de gloria

Todos somos ignorantes. Lo que ocurre es
que no todos ignoramos las mismas cosas.

ALBERT EINSTEIN

Casi me había dormido en la bañera cuando sonó el teléfono. Llevaba todo el día peleándome con un guión sobre la posibilidad de viajar en el tiempo. Tras completar un borrador provisional, había decidido tomar un baño caliente para relajarme.

Aunque quedaban dos horas para la entrega, al ver en la pantalla del móvil el nombre de Yvette, la productora del programa, me temí que se avecinaban problemas.

Llevaba dos años trabajando de guionista para *La Red*, uno de los espacios con menos audiencia de la emisora. Era el trabajo ideal para un ermitaño de ciudad como yo; las únicas llamadas que recibía por parte de la radio eran para cambiarme el tema a última hora. En el caso de los viajes en el tiempo, casi lo hubiera agradecido, pero al otro lado de la línea me esperaba algo muy diferente.

—¿Qué haces esta noche? —preguntó ella.

Necesité unos segundos para responder algo razonable. La coordinadora de *La Red* era una de las mujeres más atractivas que conocía, pero nunca había imaginado que tuviera alguna posibilidad con ella. Era una chica dura que jamás se salía del plano profesional.

Dando por supuesto que quería salir a cenar conmigo, finalmente respondí:

—De hecho, nada. Llevo todo el día intentando averiguar cómo se las compone uno para viajar en el tiempo, pero sólo he encontrado el relato de H. G. Wells, películas infumables y teóricos que son aún peores que las películas.

—Aparca los viajes en el tiempo por ahora, quiero proponerte algo más interesante.

«Vamos a salir a cenar», pensé. Ya me veía en un restaurante, a la luz de las velas, con la divina Yvette. Sentí el calor en mis mejillas al preguntar:

—¿Qué puede haber más interesante que viajar en el tiempo?

—Los quince minutos de gloria a los que todo el mundo tiene derecho, según dicen. Aunque tú has tenido más suerte: te han correspondido cincuenta minutos de gloria. Tres veces más que al resto de los mortales.

—¿De qué diablos me hablas?

—Vas a debutar como tertuliano, Javier. Un invitado que teníamos para esta noche ha sufrido un accidente y no encuentro a nadie para sustituirle.

Me desinflé al momento. No sólo se esfumaba el plan romántico creado por mi pueril imaginación. Se trataba de salir a las ondas, cuando mi timidez me impedía mantener el aplomo en una reunión de vecinos. Además, como los guiones se preparaban con semanas de antelación, ni siquiera recordaba cuál era el tema programado para aquella noche.

—Sólo faltan dos horas para la emisión —me defendí.

—Lo sé, pero tú eres un experto en casi todo, ¿me equivoco?

—Absolutamente. Soy un maestro del «recorta y pega», pero intervenir en directo para cincuenta mil oyentes es algo muy distinto.

—Cuarenta mil —puntualizó Yvette—, en el último estudio de medios hemos bajado un peldaño más hacia el infierno.

—En cualquier caso, son suficientes para reírse de mi pobre oratoria. ¿No tienes otra alternativa?

—Negativo. Vamos, no te hagas el remolón. Va a ser muy fácil: Hernán llevará el peso de la entrevista. Tú sólo tienes que hacer dos o tres aportaciones inteligentes a lo largo del programa.

—De relleno, vaya —añadí mientras intentaba recordar qué guión había redactado una semana antes.

Al parecer, el baño caliente me había derretido la memoria.

—*Einstein relativamente claro*, ¿te acuerdas? —apuntó ella impaciente—. El programa gira en torno al libro, aprovechando que tenemos al autor en el estudio.

—Es un tostón —dije haciendo memoria—. Dudo que a nadie se le aclare la relatividad leyéndolo. Creo que el autor no ha entendido nada de lo que dijo Einstein. Aunque yo tampoco, no creas.

Sin hacer ningún caso a lo que acababa de decir, Yvette concluyó:

—Genial, entonces eres nuestro hombre para esta noche. Sé puntual, ¿vale?

Luego colgó.

Me quedé un buen rato pasmado en la bañera mientras el agua se iba enfriando. Cuando tomé nuevamente el móvil del suelo, me di cuenta de que para llegar a la radio tendría que ponerme en camino en menos de una hora.

Salí del agua dejando un gran charco en el lavabo. Era la única estancia de proporciones decentes de mi apartamento, que se completaba con un saloncito para gnomos y una cocina en la que había que entrar de lado.

Puesto que en vez de cenar con Yvette iba a hacer de *sparring* a un pelmazo, me vestí con lo primero que encontré en el armario. Luego imprimí el guión que había redactado yo mismo la semana anterior. Básicamente era una introducción para Hernán, el conductor del programa, y una batería de preguntas para el invitado: Juanjo Bonnín.

Faltaba encontrar el dichoso *Einstein relativamente claro*, donde había pegado algunos post-its con comentarios. Pero se hacía tarde y aquel mamotreto parecía haberse volatilizado.

Cuando ya había renunciado a él, apareció sobre el taquillón del recibidor mientras abría la puerta para salir.

Recordé entonces que lo había dejado allí para devolverlo a la emisora. Lo metí en mi macuto junto con el guión y bajé los escalones de tres en tres. Disponía de diez minutos para llegar en moto a la radio antes de que sonara la sintonía de *La Red*, que tenía la virtud de crisparme los nervios.

Di gas a mi vieja Vespa y empecé a sortear coches en la noche barcelonesa, ignorando que mis cincuenta minutos de gloria iban a ser un pase VIP hacia el ojo del huracán.

2

Un envío misterioso

Dios no sólo no juega a los dados. A veces
también los tira donde no pueden ser vistos.

STEPHEN HAWKING

L a pesadez del invitado superó todas mis expectativas. Tras salirse
por la tangente en cada pregunta que le formulaba Hernán, encontró la manera de endiñarnos su currículo. Bonnín consumió diez preciosos minutos radiofónicos para
explicar un posgrado de la Universidad de Stanford donde
había participado como profesor invitado.

Al otro lado del cristal, Yvette apartó al técnico de sonido para mostrarme unas tijeras simbólicas con el dedo índice y el medio. Aquello significaba: «Córtale el rollo de
una vez».

Hasta aquel momento, mi participación se había limi-
tado al saludo inicial y a una fugaz precisión bibliográfica.
Pasado el ecuador del programa, me correspondía hacer
de malo de la película. Levanté levemente la mano, signo

que fue aprovechado por Hernán para interrumpir al autor de *Einstein relativamente claro*.

—Creo que Javier tiene algo que decir sobre eso.

Yo no tenía ni idea de qué era «eso». Hacía rato que había desconectado y sólo el gesto de Yvette me había devuelto a la tertulia que se había convertido en un monólogo del invitado. Para salir del paso, recurrí a un clásico de la divulgación de la relatividad:

—Me gustaría que el profesor explicara a nuestros oyentes la inclusión por parte de Einstein del tiempo como cuarta dimensión. Sin ello es imposible llegar a entender su teoría.

Tras dirigirme una mirada de reprobación —sin duda le resultaba más estimulante hablar de sí mismo—, dio una explicación que debía de haber repetido cientos de veces ante sus alumnos:

—Einstein no entendía el espacio en tres dimensiones, sino en cuatro. Además de ancho, largo y alto, añadió la dimensión del tiempo. Hasta entonces, cuando se hablaba del espacio se hacía como si estuviera congelado en un momento determinado. Esto impedía entender muchos fenómenos. Hay un ejemplo clásico: si se produjera una explosión en una galaxia a dos millones de años luz, hasta dentro de dos millones de años no nos enteraríamos, ya que la partícula considerada más rápida es el fotón y necesitaría todo este tiempo para llegar a la Tierra. Por lo tanto, sólo podemos entender lo que está sucediendo en el universo, tanto lo que vemos como lo que no vemos, si añadimos la cuarta dimensión: el tiempo.

—Hablando del tiempo —intervino Hernán—. Nos quedan pocos minutos para cerrar el programa. El último capítulo de su libro tiene un título sugerente: «Lo que Einstein no dijo». Disculpe que le haga una pregunta tan obvia, pero ¿qué es lo que no dijo?

Mientras el entrevistado se iba por las ramas, aproveché para abrir el libro por el último capítulo, que tenía señalado con un post-it. Para mi desgracia, el profesor se sentaba a mi lado en el estudio y pudo leer lo que había escrito sobre la nota amarilla: «PAJA MENTAL».

Advertí horrorizado cómo me miraba primero con incredulidad y luego con contenida ira. Supe que esa anotación personal me podía costar el puesto de guionista, aunque en ese momento no estuviera ejerciendo como tal.

De momento, aquella indiscreción por mi parte alteró el rumbo de su discurso:

—Sería osado resumir en pocos minutos lo que Einstein dejó por decir, pero estoy seguro de que el periodista que nos acompaña tiene su propia opinión sobre el asunto.

Me había cazado. Ahora me vería obligado a improvisar para no quedar como un tonto ante toda la audiencia. No tenía la más remota idea de lo que Einstein pudiera dejar en el tintero —bastante trabajo me costaba entender lo que había formulado—, pero opté por una huida hacia delante con una especulación improvisada:

—Bueno, cuando miramos las investigaciones de Einstein en perspectiva, da la impresión de que falta algo. En 1905 empezó a plantear la relatividad y en 1921 ganó el Nobel, aunque no por la teoría que le haría famoso.

—Lógicamente —me cortó el profesor con autoridad—, porque ni siquiera el comité de evaluación entendía la relatividad. Tenían miedo a dar el premio a una teoría que luego se demostrara que era errónea. Como no cabía duda de que Einstein era un genio, le dieron el Nobel por un estudio más técnico: la explicación del efecto fotoeléctrico.

—Lo que quiero decir es que entre 1905 y 1921, siendo relativamente joven, realizó descubrimientos muy trascendentes. En comparación, resulta extraño que no aportara demasiadas novedades en los siguientes treinta y cuatro años de su vida.

Para improvisar aquel argumento me había valido de la cronología del libro, cuyo autor parecía fuera de sí:

—Eso significa, caballero, que las estadísticas Bose-Einstein y la Teoría de Campo Unificada le parecen poca cosa.

—Como su nombre indica —me defendí—, las estadísticas que ha mencionado las publicó junto al joven físico indio que las había calculado. Y la Teoría de Campo Unificada fue sólo un sueño. Einstein nunca logró unificar en una sola teoría todos los fenómenos físicos conocidos.

Por la mirada severa de Hernán supe que me había excedido. Juanjo Bonnín, sin embargo, estaba dispuesto a ponerme en evidencia en los estertores del programa.

—Así pues, este señor a quien no tenía el gusto de conocer sostiene que el mayor genio de la ciencia moderna pasó la segunda mitad de su vida perdiendo el tiempo tontamente. Publicó un cálculo que no era suyo y buscó formular una teoría sin éxito. ¿Es eso?

—No, mi hipótesis es que en todo ese tiempo Einstein realizó otros descubrimientos de importancia —concluí sabiendo que no había manera de arreglar aquel desaguisado—, y por el motivo que fuera no los hizo públicos.

—¿Y cuál fue el motivo de esa ocultación? —preguntó con cinismo—. A Einstein le encantaba ser el centro de atención, no lo olvidemos.

—Correcto, pero también sabía que su fórmula $E = mc^2$ dio lugar a la bomba atómica. Eso pudo ser motivo suficiente para silenciar otros descubrimientos para los que la humanidad no estaba preparada. Tal vez por eso se llevó a la tumba una última respuesta.

Desde el otro lado del cristal, Yvette me hizo el signo de las tijeras —esta vez dirigido a mí— instantes antes de que entrara la señal horaria. Por su parte, el autor de *Einstein relativamente claro* se levantó de la mesa bruscamente. Estaba indignado por lo que acababa de suceder: un periodista de tres al cuarto le había robado al final del programa un protagonismo que le correspondía por derecho propio.

Hernán fue detrás del profesor, que ya abandonaba los estudios con paso firme, no sin antes lanzarme un amenazador:

—Hablaremos.

Aquel experimento había tenido el peor final imaginable. Sólo me consolaba saber que acudir al programa no había sido idea mía. En todo caso, estaba claro que el tiro había salido por la culata y yo iba a pagar los platos rotos.

Abrí el candado de la moto bajo el azote de un viento demasiado frío para el mes de mayo. Me disponía a montar sobre la Vespa, cuando se abrió la puerta de la radio y me llamó el vigilante. Llevaba algo en la mano.

Temiendo que los problemas no hubieran terminado aún, me dirigí hacia él esperando algún reproche también por su parte. Sin embargo, se limitó a darme un sobre con la aclaración:

—Durante la emisión, un oyente ha traído esto para usted.

Asombrado, tomé el fino sobre entre las manos y comprobé que efectivamente llevaba mi nombre.

—¿Y ha dicho algo? —pregunté.

—La verdad es que no lo he visto. Me lo he encontrado en el mostrador de recepción al salir del lavabo.

Dicho esto, volvió al interior del edificio a atender una llamada de teléfono.

«Otro oyente», me dije mientras encendía el contacto de la moto para iluminar el sobre. Lo acerqué al faro para volver a contemplar mi nombre, que estaba escrito en una caligrafía de trazos anticuados. Al darle la vuelta para abrirlo, descubrí en el reverso una inscripción que me hizo sonrojar:

$$E = ac^2$$

Al parecer, alguien con un conocimiento deficiente de física —había confundido la «m» de masa por una «a»— deseaba mandarme un recado. Dado que yo sólo había intervenido en el último cuarto de hora, era sorprendente que hubiera tenido tiempo de hacerme llegar a la radio aquel disparate.

Lleno de curiosidad, abrí el sobre delante del faro de la Vespa, que debía de molestar a los vecinos con el motor en marcha.

Era una postal antigua. Me acerqué para examinarla con atención. La imagen en color mostraba una vista de Cadaqués, lo que resultaba aún más extraño dadas las circunstancias. Le di la vuelta. Escrita con la misma caligrafía impecable, detrás de la postal había una dirección acompañada de una fecha y una hora. Un poco más abajo encontré, sin firma alguna, una sola frase:

EFECTIVAMENTE, HAY UNA ÚLTIMA RESPUESTA.

3

El verano del genio

Dicen que el tiempo cambia las cosas, pero
en realidad sólo las puedes cambiar tú mismo.

ANDY WARHOL

No salí de la cama hasta el sábado al mediodía. Había pasado la noche viendo las primeras películas de Jim Jarmusch para olvidar lo sucedido en *La Red*. Los vientos huracanados parecían haber barrido el manto de contaminación sobre la ciudad, ya que el cielo lucía despejado por primera vez desde hacía semanas.

Con el café ya en la mano, al despejar de libros y papeles la mesa del salón, volvió a mis manos el sobre que alguien me había hecho llegar a la radio. Tras mirar condescendiente el $E = ac^2$, saqué de su interior la postal de Cadaqués. Repasé la dirección y la fecha escrita sobre aquella enigmática frase. Era el domingo de aquel fin de semana a las 13.30. ¿Pretendía alguna oyente del programa invitarme a almorzar en su casa de veraneo?

Mientras me preguntaba esto, guardé la postal y me dispuse a tirar el sobre, del que salió volando un papelito en el que no había reparado. Recogí del suelo lo que resultó ser un billete de autobús para el día siguiente:

SARFA / Hora de salida (BCN): 10.30
—Hora de llegada (Cadaqués): 13.15
SARFA / Hora de salida (Cadaqués): 17.00
—Hora de llegada (BCN): 19.45

Que la persona que había cursado una invitación tan escueta me hubiera comprado el billete —su precio era 42,30 euros ida y vuelta— era un acto de confianza insólito. ¿Qué le hacía pensar que iba a perder todo un domingo para acudir a la casa de un desconocido?

Por las horas que quedaban entre la llegada y el retorno del autobús, al parecer se trataba de un almuerzo y la sobremesa de rigor, pero ¿con quién?

Dejé el billete de autobús en un cajón junto con la postal. Luego puse una cápsula azul de Vivalto en la Nespresso para hacerme un café largo y regué mis tostadas con aceite y una pizca de sal.

Me llevé el frugal desayuno a la mesa ya despejada, a excepción del portátil en el que consultaba por internet los periódicos cada mañana. Sin embargo, aquel sábado al mediodía estaba más interesado por el misterioso envío, así que escribí por curiosidad en la ventana de Google los términos «Einstein» y «Cadaqués». Cliqué sobre la tercera opción del directorio para leer un artículo titulado EL VIEJO GLAMOUR DE CADAQUÉS:

En este pequeño pueblo de pescadores de la Costa Brava recalaron en la década de 1920 los principales artistas e intelectuales de su época. Los más ancianos del lugar aún recuerdan las visitas de Picasso, García Lorca, Luis Buñuel o Walt Disney, entre muchos otros, en un tiempo en el que Cadaqués era sinónimo de glamour y de cierta aventura. Por aquel entonces se necesitaba cubrir un trayecto de tres horas desde la «cercana» ciudad de Figueras, por una ruta antaño plagada de bandoleros. Entre los muchos ilustres que pasaron por aquí estuvo Albert Einstein, quien vino de vacaciones para tocar su violín. Se dice que dio incluso un concierto público en una plaza.

Sonreí al imaginar esta escena, que no me parecía improbable viniendo del padre de la relatividad: Einstein con su pelo alborotado sentado en medio de la plaza, rascando su instrumento en medio de una multitud de curiosos, muchos de ellos con boina.

Al proyectar en mi mente este episodio, casi deseé tomar ese autobús para viajar a Cadaqués, un lugar que no visitaba desde niño. Sin embargo, el listado de guiones en mi escritorio para la semana siguiente me hizo recuperar la cordura. Definitivamente, no acudiría a la cita.

Subí al autobús naranja dos segundos antes de que cerrara las puertas. Y hasta que el aparatoso vehículo empezó a remontar las rampas de la Estación del Norte no me pregunté qué estaba haciendo allí. En sólo 24 horas había cambiado de opinión diametralmente. La invitación me seguía pareciendo absurda, pero la curiosidad me empujaba a tragarme, entre ida y vuelta, casi seis horas de viaje.

Ciertamente tenía un acicate suplementario para embarcarme en aquella excursión. Me había servido de excusa ante mi hermana, que amenazaba con presentarse en casa aquel domingo en compañía de sus tres hijos. Prefería enfrentarme a la identidad invisible que me había hecho llegar el sobre que a las tropelías de tres salvajes en mi apartamento.

Desde mi divorcio, esa visita se había convertido en mi única alternativa a la soledad.

Ignoraba que al subir a ese autobús había aceptado un pasaje hacia un mundo donde correr era la única manera de mantener los pies sobre la tierra.

Después de una travesía eterna con incontables paradas en pueblos vacíos, el autobús entró en un territorio casi lunar plagado de curvas. Me arrepentía ya de haberme prestado a aquel juego, que no justificaba un viaje tan largo y tortuoso.

Por desgracia o fortuna, habíamos llegado con media hora de retraso, lo cual me impedía acudir a la cita a la hora fijada. Sintiéndome dueño de mi tiempo, dediqué media hora a recorrer los callejones con pequeñas galerías de arte. El aire salado del mar hizo que me entrara hambre, pero seguí paseando por un escenario que no se parecía en nada al que recordaba en mi niñez.

Sólo reconocí el torreón con una amenazadora estatua de la libertad diseñada por Dalí, que blandía en alto una antorcha en cada mano. Al pie de este monumento pregunté a un anciano por la calle de la postal, que resultó no estar lejos.

Mientras buscaba el número de la casa, el 29, me sentí súbitamente ridículo. ¿Qué diablos hacía yo un domingo por la tarde acechando a un oyente loco?

Recordé la frase de la postal, «Efectivamente, hay una última respuesta», justo al encontrar la puerta indicada. Pertenecía a un edificio de estilo racionalista —un gran cubo blanco— cubierto de hiedra. A la derecha había un botón de aluminio con el apellido del inquilino debajo: Yoshimura.

Miré la esfera de mi reloj: eran casi las tres, más de una hora después de la señalada para la cita. Desobedeciendo lo razonable, llamé al timbre. Lo estúpido había sido viajar hasta allí. Una vez en Cadaqués, no podía irme sin saber qué diablos quería de mí quien viviera en la casa de hiedra.

4

La hija secreta

¿Qué sabe el pez del agua donde nada toda su vida?

ALBERT EINSTEIN

Me abrió la puerta un anciano japonés con cara de pocos amigos. Iba vestido con un sencillo batín y, por la mirada inquisitiva que me dirigió, quedaba claro que no me estaba esperando.

Empezaba a temerme que había sido víctima de una broma pesada, cuando el tal Yoshimura se presentó y dijo:

—Es usted el cuarto desconocido que llega a mi casa esta tarde. ¿Van a venir más? Lo digo por poner más agua a hervir. Sus compañeros ya están tomando el té.

Añadió esto último con una leve sonrisa, como si en el fondo le divirtiera la situación.

—¿Compañeros? ¿De qué me habla? —pregunté, desconcertado, mientras le mostraba la postal—. Yo sólo he recibido…

—Lo sé —me interrumpió—, todos los de ahí dentro me han enseñado una postal como la suya. ¿Se trata de una apuesta… o hay detrás un programa de televisión?

Aquel asunto era más extravagante aún de lo que me había figurado, así que decidí disculparme ante el anciano y largarme de allí, pero el anfitrión ya me indicaba con la palma de la mano que pasara al interior.

—Le ruego que acepte una taza de té. No tengo nada que ver con esta convocatoria, pero si usted y los demás están aquí será por algún motivo.

A continuación se dirigió al interior del edificio con el convencimiento de que le seguiría. La puerta se cerró lentamente tras de mí mientras le acompañaba hasta un luminoso salón biblioteca. Una pared de cristal daba a un jardín interior de estilo zen: estaba presidido por una gran roca rodeada de un mar de ondas de gravilla.

El diseño de aquella vivienda me pareció tan extraordinario —no encajaba en un pueblo costero tradicional—, que tardé en fijarme en las personas que charlaban en voz baja alrededor de una amplia mesa de teka.

—Me gusta la arquitectura —dijo Yoshimura al percibir mi interés por la casa—, aunque al parecer alguien se ha enterado de mi pasión por Einstein. ¿No se quiere unir a la tertulia?

Sumido en la confusión, me encaminé hacia la mesa como un autómata. Había dos hombres con aspecto antipático y una mujer de unos treinta años de porte distinguido. Al ocupar la silla vacía, me pregunté si alguno de ellos habría urdido el extraño encuentro.

Tras presentarme, el anfitrión se disculpó de los invitados con la excusa de poner más agua a hervir. Incómodo con la situación, me presenté brevemente antes de valorar cómo caería el té amargo en mi estómago vacío.

El primero en tenderme la mano fue un doctor en físicas de la Universidad de Cracovia. Aparentaba unos cincuenta años y sus gruesas lentes aumentaban de forma monstruosa unos ojos ya de por sí saltones. Se acarició la barba rojiza antes de decir en un correcto castellano:

—Mi apellido es impronunciable para ustedes, así que pueden llamarme Pawel, que es mi nombre de pila.

El siguiente en presentarse fue Jensen, un danés pequeño y escuálido cuya edad era difícil de determinar. Sus rasgos infantiles contrastaban con un rostro surcado de arrugas y una calvicie incipiente.

—Aunque resido en Alicante, soy el editor de *Mysterie* —explicó con fuerte acento nórdico—, una revista de especulación científica con más de treinta mil suscriptores en mi país. Dedicamos el último tema de portada a los siete enigmas de Einstein.

La mirada despectiva de Pawel, quien debía de considerarle un charlatán, congeló la pregunta que yo estaba a punto de hacerle: ¿cuáles son los siete enigmas?

Mientras Yoshimura volvía al salón con té caliente y pastas, le tocó el turno a la treintañera. Bajo el jersey negro de cuello alto se adivinaba una esbelta silueta. Me llamó la atención la palidez de su rostro, encuadrado por media melena morena. En él sus ojos azules brillaban como estrellas diurnas.

—Mi nombre es Sarah Brunet. Soy francesa pero llevo cuatro años en la Complutense, donde estoy completando mi tesis sobre Mileva Marić, la primera esposa de Einstein.

—Pobre Mileva —intervino Jensen—, tantos años haciéndole el trabajo sucio a Einstein para acabar tirada como una colilla. Sin sus cálculos, a Albert no le habrían dado ni una beca de doctorado.

—Eso que usted dice no tiene ningún fundamento —respondió Pawel con autoridad—. No está demostrado que Mileva participara de forma decisiva en sus cálculos. De hecho, ni siquiera logró licenciarse en el Instituto Politécnico de Zurich, donde conoció a Einstein.

La francesa miró a ambos con frialdad antes de añadir con voz suave pero firme:

—No obtuvo el certificado porque el bueno de Albert la había dejado embarazada. En aquella época, era un escándalo dar a luz sin estar casados. Por eso dejó el instituto, pero siguió estudiando por su cuenta.

—¿Y qué sucedió con el niño? —pregunté.

—La niña —me corrigió ella— vino al mundo en 1902, un año antes de que la pareja se casara. Le pusieron de nombre Lieserl, que es el diminutivo de Elisa, y nació en la ciudad serbia de la madre mientras Einstein trabajaba en la oficina de patentes de Berna. Se cree que murió de escarlatina un año después.

—Tal vez sea de utilidad para su tesis saber que existe una versión diferente de los hechos —añadió Jensen con expresión triunfal—. Según fuentes más actuales, Lieserl no murió un año después, sino que fue dada en adopción a una amiga íntima de Mileva llamada Helene Savić.

—Conozco esa hipótesis —repuso la francesa sin perder la calma—, la niña entonces pasó a llamarse Zorka Savić y se cree que vivió hasta 1990.

Al llegar a este punto, el doctor en física pareció haber perdido la paciencia:

—¿Y a quién diablos le importan esa clase de chismorreos? Estamos hablando del padre de la relatividad y, sin él pretenderlo, también de la física cuántica.

—La historia de Lieserl tiene interés en este asunto —contraatacó Jensen—, porque está sembrada de enigmas. ¿Sabía usted que su existencia era totalmente desconocida para los biógrafos de Einstein hasta 1986?

—Eso es correcto —apuntó Sarah—. Einstein mantuvo en secreto toda su vida el nacimiento de esa hija, que no salió a la luz hasta que su nieta legítima encontró un legajo con correspondencia entre Albert y Mileva.

Ver corroborada su hipótesis pareció insuflar fuerzas al director de *Mysterie*, que, ignorando las miradas de reprobación de Pawel, elevó el tono de voz para declarar:

—Yo me atrevería a ir más allá y pondría una pregunta sobre esta mesa: ¿y si la primera hija de Einstein no murió en la década de 1990? ¿Y si aún está viva y es depositaria de un secreto nunca revelado por su padre? No olvidemos que él entregó la totalidad del premio Nobel a Mileva, de la que ya se había divorciado. Y es posible que su hija Lieserl obtuviera en los últimos días de Albert otro tipo de compensación. Por ejemplo, una última respuesta.

Casi sentí vergüenza de ver repetidas mis palabras —sin duda había escuchado el programa de radio— en boca de aquel especulador, que además no apartaba los ojos del busto de la francesa.

—Aunque esa Lieserl que tanto les interesa estuviera viva —añadió Pawel con cinismo— y fuera depositaria de algún secreto científico de su padre, cosa que me parece pura fantasía, no sé si a los ciento ocho años estaría en condiciones de revelarlo. Hay que tener la cabeza clara para hablar de física, caballeros.

Aquella puya no sólo se dirigía al director de la revista, sino también a Sarah Brunet y a mí mismo, aunque no me hubiera atrevido a abrir la boca todavía.

Mientras llenaba nuevamente las tazas, Yoshimura habló conciliador:

—En la ceremonia japonesa del té están prohibidas las polémicas, ¿lo sabían? Sólo se puede conversar sobre temas que aporten armonía a los participantes, como por ejemplo las obras de arte o la belleza del mundo en cada estación.

Sarah sonrió abiertamente ante este comentario. Al parecer, también ella se sentía aliviada de dejar aquella polémica. Mientras la espiaba de reojo, me dije que ella era lo más representativo de la belleza del mundo en aquel salón.

Tras dejar la tetera de hierro colado sobre la mesa, el japonés dijo:

—Ahora que se han calmado, les voy a contar una bonita historia.

5

La caracola áurea

> Dios no escribió su mensaje únicamente en
> la Biblia. También lo hizo en los árboles,
> en las flores, en las nubes y en las estrellas.
>
> Martín Lutero

Yoshimura nos había conducido hacia el jardín zen, al que se accedía por la puerta de una habitación contigua al salón. La gran roca pulida parecía el caparazón de una extraña especie de tortuga que tuviera la cabeza oculta bajo el mar de gravilla. Éste dibujaba una espiral que aumentaba de grosor en cada vuelta.

El anfitrión levantó los ojos hacia el azul del cielo antes de señalar la caracola de gravilla:

—Sigue las proporciones áureas. Es decir: cada vuelta de la espiral es 1,618 veces mayor que la anterior. Esta cifra se conoce como el número de oro.

—¿Y para qué sirve? —se interesó Sarah, mientras se agachaba a poner en su sitio una piedrecita.

La mirada del físico se posó fugazmente en el trasero respingón de la francesa, antes de responder:

—Es un número que se utiliza en álgebra desde hace miles de años. Los egipcios lo dedujeron midiendo la geometría de la naturaleza, que a menudo crece según esta proporción. Las nervaduras de las hojas de algunos árboles o las vueltas de las caracolas aumentan su medida siguiendo la proporción áurea. Es decir: la espiral que mide 10 milímetros, en la siguiente vuelta mide 16,18, y así sucesivamente. Los griegos se tomaron muy en serio esa proporción a la hora de diseñar sus edificios y estatuas.

—Bravo —le felicitó el japonés—. Creo que yo no lo hubiera explicado mejor.

—Es bastante más sencillo que la física cuántica —repuso Pawel, contento con su protagonismo—. En cualquier caso, seguro que le ha dado bastante trabajo hacer esta caracola de grava.

—Debo reconocer que ninguno —dijo el anciano juntando las manos con modestia—. Este jardín ya estaba hecho cuando adquirí la casa. Sólo tuve que limpiarlo de las hojas que habían ido cayendo a lo largo de los años: cubrían totalmente la espiral alrededor de la roca. Imagínense la sorpresa que supuso para mí encontrarme esto.

—Me asombra que alguien de Cadaqués construyera un jardín zen —intervine—. Aparte de las excentricidades de Dalí en su casa de Port Lligat, la arquitectura de este pueblo es muy tradicional.

—Ahora llegaremos a eso —repuso el japonés—. Me ha quitado de la lengua la historia bonita que quería contarles. ¿Saben ustedes quién mandó construir esta casa en 1927? Les doy una pista: fue la misma persona que creó este jardín con sus propias manos. Las mismas manos que...

—... tocaron supuestamente el violín en alguna plaza cerca de aquí —añadí.

—¡Albert Einstein! —exclamó Jensen—. Señor Yoshimura, debo pedirle permiso para que mis chicos vengan a hacer un reportaje sobre la casa y este jardín. Si lo hizo Einstein con sus propias manos, sin duda hay algo mistérico en él.

—1,618 —dijo Pawel con irritación—, ése es todo el misterio que encontrará aquí. Una clave que los niños de la Antigua Grecia se sabían de memoria.

—Un momento —habló Sarah con un resplandor azul en la mirada—, lo verdaderamente extraordinario es que nos encontremos en una casa de Einstein que no ha sido catalogada por sus biógrafos...

—... hasta ahora —concluyó el japonés—. Estoy completando una biografía donde se recoge también esta parte de su vida. No sabemos mucho de sus idas y venidas a Cadaqués. Al parecer, hizo edificar la casa para escaparse de vez en cuando a este rincón del Mediterráneo. El constructor era amigo suyo y cuidaba de la propiedad, que legalmente estaba a su nombre para mantener el secreto. A la muerte de Einstein, su hijo heredó la casa y la puso a la venta quince años después, con el boom turístico de la Costa Brava. Afortunadamente, pude comprarla antes de que un especulador la derribara para levantar apartamentos.

—¿Y cómo tuvo conocimiento de esta casa? —le preguntó Sarah—. Si ni siquiera estaba a nombre de Einstein, no sería fácil dar con este hallazgo.

Yoshimura esbozó una tímida sonrisa antes de contestar:

—Los japoneses somos muy meticulosos cuando decidimos indagar en algo. Desde que me licencié en historia de la ciencia, preparo mi biografía sobre Albert Einstein, la definitiva. Tuve la suerte de nacer en una familia acaudalada, que además me apoyó en esta investigación en la que ya he invertido media vida. Cuando un agente inmobiliario de Tokio me informó de la «casa singular» que se había puesto a la venta en Cadaqués, no dudé en comprarla. Luego me mudé aquí para proseguir mi labor, que espero completar a finales de este año.

—Es usted mi héroe —declaró Jensen con efusión—. Además del reportaje fotográfico sobre la casa y el jardín áureo, con su permiso quisiera publicar en *Mysterie* una extensa entrevista sobre su trabajo acerca del genio.

—No sé si mi editor lo permitirá —respondió el japonés mientras nos indicaba que regresáramos al salón—. Recibo desde hace dos años un sueldo mensual a condición de que las revelaciones de mi estudio no salgan a la luz.

—¡Revelaciones! —exclamó Jensen entusiasmado.

—Pero puedo contarle otros detalles de la vida de Einstein que no son secretos, aunque tampoco los conoce el público general. Por ejemplo, el violín que guardo en la planta superior y que les mostraré gustosamente. ¿Me acompañan?

Mientras subíamos la escalera, el danés insistió en traerse a «sus chicos» al día siguiente para avanzar con el reportaje fotográfico, a lo que el japonés repuso:

—Me temo que tendrán que esperarse un par de semanas. Mañana viajo a Princeton. Ya sabe usted que Einstein trabajó allí las últimas décadas de su vida.

—Entre 1935 y 1955 —apuntó Sarah.

—Exacto —siguió el japonés— y, al parecer, en el despacho que ocupó se acaba de descubrir un documento que él había ocultado.

—Otra revelación… —dijo Jensen conteniendo el entusiasmo que le provocaban aquellas noticias.

—Puede no ser nada importante, aunque el director del centro me ha asegurado que me lo mostrará como una primicia. En todo caso, si es algo de interés, lo incluiré en la versión final del libro.

—¡Pero entonces dejará de ser noticia!

—Hable mientras tanto de la caracola áurea y del violín de Einstein. Creo que no le están prestando la atención que merece.

Con cierta vergüenza, los congregados dirigimos la atención hacia una sencilla vitrina donde se guardaba un violín con la madera dañada por la humedad, como si hubiera pasado parte de su jubilación a la intemperie. Detrás del instrumento con su arco había una partitura amarillenta: *La danza de las brujas* de Paganini.

—Tengo entendido que, además de Mozart, le gustaba tocar esta pieza —añadió Yoshimura, contento del silencio que se había creado—. El violín y esa partitura es todo lo que queda del paso de Einstein por esta casa. Además del jardín, claro.

La luz de la tarde pareció declinar de golpe mientras contemplábamos unas cuantas fotografías antiguas de Cadaqués que adornaban las paredes.

—Mientras no se publiquen las revelaciones —me atreví a decir—, de momento el principal misterio es saber quién ha mandado esas postales para que vengamos aquí.

Todos nos miramos en silencio, incluyendo el anfitrión. Era evidente que si la iniciativa había partido de cualquiera de ellos, por algún motivo prefería no despejar la incógnita.

6

Asesinar al abuelo

No podemos matar el tiempo sin herir
la eternidad.

H. D. Thoreau

E l lunes que siguió a aquella
extraña reunión comenzó de
la peor manera posible. Para empezar me di cuenta de
que había olvidado en casa de Yoshimura una pequeña
Moleskine llena de notas de los últimos años. La había sacado de mi chaqueta para mirar el billete de vuelta, que
guardaba en el compartimento secreto de la libreta, y no
la había devuelto a mi bolsillo.

Recordé como un fogonazo que había quedado sobre
la mesa del té mientras salíamos al jardín zen. Tardaría
al menos dos semanas en poderla recuperar y no me
gustaba la idea de que un desconocido, aunque fuera
japonés, hurgara en mis anotaciones sobre la vida y los
libros.

Pero lo peor estaba por llegar.

A media mañana me entró un correo electrónico de

Yvette: me comunicaba que en adelante tendría que repartir el trabajo con un guionista de la propia emisora. Eso significaba que mis ingresos se verían reducidos a la mitad.

El alquiler del apartamento y los 600 euros de pensión a mi ex mujer, que se había establecido en Lanzarote, ya sumaban más de lo que iba a cobrar mensualmente. ¿Cómo me las iba a arreglar? Si no encontraba una nueva fuente de ingresos, la cosa acabaría mal.

Mientras me ponía a trabajar con angustia en el guión para aquel lunes, «Los universos paralelos», me pregunté qué relación podía haber entre mi debut como tertuliano en *La Red* y el castigo al que ahora era sometido. Tal vez Juanjo Bonnín había elevado su queja a la dirección, que había decidido meterme en la nevera, aunque sólo fuera a medias.

Entre el agobio y la furia, empecé a ordenar mi documentación sobre un tema que hasta aquella mañana no había entendido por qué atrae tanto a la gente. Siempre que en el programa se hablaba de mecánica cuántica, llegaban correos electrónicos de los oyentes preguntando por los universos paralelos.

De repente entendía que cuando tu universo está agotado, sólo te queda la esperanza de que en cualquier otro estés llevando la vida que hubieras deseado.

¿Sería eso lo que me estaba pasando a mí? La decisión de viajar a Cadaqués, ¿era acaso la prueba de que, en ocasiones, necesitamos acudir a un universo paralelo para enderezar nuestra desorientada vida?

Repasé un artículo sobre los universos múltiples de Everett, pero era demasiado complicado para divulgarlo a un público general. Ni yo mismo, un periodista especializado en ciencia, estaba seguro de comprenderlo.

Ofuscado, encontré una vía de escape en las descripciones de los universos paralelos que se han hecho en obras de ciencia ficción. En la mayoría se plantea que para poder viajar al pasado y regresar al presente ya no puedes hacerlo en tu universo original sino que, al haber violado las leyes del tiempo, debes proseguir tu vida en un universo paralelo que se parece mucho al que conocías pero no es exactamente igual.

Con esta solución se evitaba la llamada «paradoja del viaje en el tiempo». Según el principio de causa y efecto, si alguien pudiera trasladarse al pasado y asesinar a su abuelo, ese alguien ya no nacería y por lo tanto no podría regresar a su época. El problema —ahí está la paradoja— era que si ese tipo no había nacido, ¿cómo diablos iba a viajar al pasado a asesinar a su abuelo?

Absurdo completamente.

Los universos paralelos proporcionaban un buen parche para ese problema, al menos en las películas: el viajero puede trasladarse al pasado y cargarse al abuelo; para seguir existiendo, el criminal del tiempo ingresa en un universo paralelo en el que su abuelo puede no existir, pero él sí.

Esta elucubración me sirvió para redactar la introducción teórica del programa, después de la cual me sentí repentinamente fatigado. Como si un aspirador cuántico se estuviera tragando mis últimos electrones de energía, me arrastré hasta la cama y no tardé en caer dormido de puro abatimiento.

Mientras me precipitaba por el vacío sin red de la inconsciencia, varias escenas revivieron paralelamente en mi mente: el número áureo, el trasero de Sarah Brunet... por último, la inscripción: «Efectivamente, hay una última respuesta».

Fundido en negro.

Me desperté pasadas las ocho de la tarde con el apartamento ya en penumbra, una sensación que odiaba.

Mientras mis ojos se acostumbraban a la luz mortecina del atardecer, me dije que algo importante se había alterado. No era que hubiera entrado en un universo paralelo ni nada parecido, pero de algún modo entendí que algo esencial había cambiado mientras yo me escondía del mundo cotidiano.

Esta intuición hizo que encendiera el televisor justo cuando empezaba el informativo de la noche. Las noticias se iniciaron con imágenes de huelgas y manifestaciones delante del Ministerio de Trabajo. Con la noticia de un simposio europeo sobre los bancos tóxicos y qué hacer con ellos, fui a la cocina y puse a calentar aceite en una sartén para freír dos huevos.

Cuando en la pantalla apareció la estatua de la libertad con dos antorchas, la de Cadaqués, supe que estaba a punto de saber algo terrible. Subí el volumen del televisor justo cuando la reportera comarcal se hacía eco a pie de calle de la noticia:

—«El asesinato del profesor Yoshimura, de setenta y dos años, ha causado conmoción entre los dos mil seiscientos habitantes de esta villa marinera, donde la víctima era muy querida. El crimen se perpetró de madrugada en su residencia, donde el cadáver ha sido encontrado esta mañana por el personal de limpieza. La policía no ha dado un comunicado oficial sobre el asesinato, pero se ha filtrado que cuatro forasteros fueron vistos saliendo del domicilio de Yoshimura ayer por la tarde. Las autoridades trabajan en la identificación de los sospechosos a partir de las descripciones de algunos vecinos.»

Al apagar el televisor, sentí cómo un sudor frío me empapaba la nuca y bajaba por mi espalda.

Consideré la posibilidad de acudir voluntariamente a la policía y explicar todo lo sucedido, pero no me hallaba con ánimos para soportar un largo interrogatorio. Y mi versión de los hechos me parecía absurda hasta a mí mismo. Que mi Moleskine hubiera quedado sobre la mesa de teka del japonés no ayudaba demasiado en ese sentido. Dejarse una libreta personal era propio de alguien que huye precipitadamente después de cometer un crimen. Traté de recordar si en alguna hoja de aquella libreta estaban mis datos o los de alguien a través de quien me pudieran localizar. Imposible saberlo.

Horrorizado, empecé a dar vueltas a lo que acababa de suceder. Sólo había dos posibilidades: o el asesino era uno de aquellos tres, incluyendo la bella francesa, o se trataba de una cuarta persona que nos había llevado al huerto para procurarse sospechosos antes de cometer el crimen.

Para colmo de males, yo era el único que había tomado el autobús de vuelta, con lo que me había expuesto a la mirada de una docena de lugareños. El resto habían regresado discretamente con sus coches.

El olor a aceite quemado me distrajo momentáneamente de lo que era ya una evidencia: mirara como lo mirara, estaba de mierda hasta el cuello.

7

La propuesta

El miedo a la muerte es el más injustificado de los miedos, ya que cuando estás muerto no puedes sufrir ningún accidente.

ALBERT EINSTEIN

P asé la noche en blanco, esperando que en cualquier momento sonara el timbre de la puerta y se presentara la policía para interrogarme. ¿Darían crédito a una historia tan descabellada?

Como coartada, estaba el vigilante de la radio que me había hecho entrega del sobre. Sin embargo, argumentar que había acudido a casa de Yoshimura por una postal anónima con una hora y una dirección no haría más que confirmar mi papel de sospechoso. Definitivamente, no servía.

Me puse una copa bien cargada de Bushmills, la destilería más vieja del mundo, para buscar una salida a un problema tan nuevo como desolador.

Los otros testigos de mi viaje habían sido el conductor del autocar y los propios pasajeros, si es que habían reparado en mí. También estaban los lugareños de Cadaqués, muy especialmente el anciano a quien había preguntado por la calle donde vivía el japonés. Como mínimo, ése me había calado. Tras conocer la noticia, lo más probable era que hubiera dado ya mi descripción a la policía.

Un segundo lingotazo de Bushmills me dio la energía justa para regresar a la cama y esperar acontecimientos. Dejé la botella a mi alcance para seguir etilizando mi desgracia. Traté de distraerme con *Blankets*, un cómic existencial de Craig Thompson sobre dos hermanos que comparten cama, y el primer enamoramiento de uno de ellos. A lo largo de más de quinientas páginas ilustraba una historia tan dolorosa como deprimente.

Mientras me internaba con la pareja protagonista por bosques helados de la América profunda, no dejaba de vigilar el teléfono y la puerta. Era la una de la madrugada cuando leí la última frase: «El cielo es la esperanza, y el edén un recuerdo». Luego cerré los ojos deseando desaparecer.

El sonido del teléfono fijo atronó en mi cabeza como una alarma de incendios. Nadie me llamaba a ese número, excepto mi hermana y los comerciales de las compañías de móviles, así que supuse que la policía ya había dado conmigo e iba a comenzar el primer interrogatorio por teléfono.

Sin embargo, al acercarme el auricular sólo pude oír cómo alguien colgaba al otro lado. Respiré aliviado, aunque no tenía motivos para ello. Alguien acababa de comprobar que estaba en casa, por lo que era previsible que recibiera visita en breve. Miré el despertador de reojo: las siete y media de la mañana.

En lugar de volver a la cama, preferí pasar por la ducha para estar despejado ante lo que se me venía encima. Mientras el chorro de agua caliente iba desentumeciendo mis ideas, empecé a ensayar mi defensa. Para empezar, no tenía por qué conocer la noticia del asesinato de Yoshimura. Podía ser —y de hecho en una época lo había sido— uno de aquellos radicales que sólo encienden un televisor para reproducir DVD de documentales o películas independientes.

Tras mostrar sorpresa por el asesinato, reconocería que había acudido a la reunión en casa del japonés, eso sí, y podía describir con detalle a los que habían acudido a la cita. Tal vez eso me quitara el cartel de sospechoso principal.

Al secarme la piel caliente con la toalla me sentí como Aladino frotando la lámpara del genio, ya que una idea que me había pasado por alto atrajo mi atención: puesto que los tres sospechosos se habían presentado con nombres y apellidos, lo primero que debía hacer como periodista era comprobar su existencia en internet. Sin duda, el asesino no habría revelado su verdadera identidad.

Animado por la iniciativa, encendí el ordenador con la intención de buscar noticias sobre la revista *Mysterie* y su tronado director. No obstante, antes de que pudiera realizar esa comprobación, entró un correo electrónico que me dejó sin aliento:

De: Princeton Quantic Institute
Para: Javier Costa
Asunto: Oferta de colaboración

Estimado señor:

Ante todo quiero darle mi más sentido pésame por la dolorosa pérdida de su mentor, el profesor Yoshimura. Somos conscientes de la estrecha relación que les unía, tanto en lo profesional como en lo personal. Prueba de ello es el mensaje remitido por él a nuestro instituto en el que delegaba en usted la edición final de la obra, de no poder atender personalmente la misma, como lamentablemente ha sido el caso.

La confianza depositada en usted por el profesor nos ha movido a ponernos en contacto con usted sin más demora, en la seguridad de que la terminación de la *Biografía definitiva de Einstein* a la que consagró su vida es el mejor homenaje que podemos rendir a nuestro común amigo.

Como coordinador del libro en cuestión, que es financiado por una editorial unipersonal, mi obligación es ponerle al corriente de las condiciones contractuales para que se sienta respaldado en la investigación que debe conducir a la conclusión de la obra. Como usted comprobará en el documento adjunto, hay todavía algunas lagunas que deben ser completadas.

Para ello, el mecenas de este proyecto ha dispuesto una partida suplementaria de 75.000 dólares, que se abonarán de la siguiente manera: 25.000 a la aceptación del contrato adjunto, 25.000 a la entrega del original finalizado y otros 25.000 a su publicación. No tendrá usted derecho a royalties por la venta del libro, ya que su edición no se comercializará en librerías, pero su nombre constará debidamente en la nómina de colaboradores al final del mismo.

Esperamos recibir cuanto antes su aceptación para abordar el tramo final de este proyecto, que aportará una nueva luz en nuestro conocimiento de la figura de Einstein y de su legado.

Atentamente,

RAYMOND L. MÜLLER,
jefe de publicaciones del PQI

8

El atontado

Ver las cosas ya en la semilla, ésa es la tarea del genio.

LAO-TSÉ

Lo insólito de la propuesta hizo que olvidara temporalmente mis temores policiales. Antes de ocuparme de los interrogantes y sinsentidos que se derivaban de aquel correo, abrí el PDF adjunto con el contrato. Mientras lo leía, puse a imprimir las trescientas ochenta páginas de la biografía que había significado la tumba de Yoshimura.

Aunque el tal Raymond había escrito su mensaje en perfecto castellano, el contrato estaba redactado en un enrevesado inglés legal. En las siete páginas de letra minúscula se advertía de múltiples maneras que el firmante, un servidor, no tenía ninguna clase de derecho sobre el texto. Asimismo, enumeraba incontables sanciones en caso de revelar su contenido a terceros antes de la publicación de la obra, incluyendo la devolución de los anticipos percibidos.

Con la mente en clave de trabajo, me dije que, para alguien como yo, acostumbrado a hacer refritos de textos, no podía ser difícil «llenar las lagunas» que hubiera dejado el autor de la biografía. Los 25.000 dólares eran un buen botín para empezar, aunque tuviera que gastar parte en algunos viajes para documentarme. Poner tierra por medio tal vez fuera incluso lo mejor, dada mi situación. Y necesitaba el dinero.

Antes de valorar lo que parecía un error en toda regla —me tomaban por discípulo fiel de alguien a quien veinticuatro horas antes no conocía—, añadí mi firma electrónica a todas las hojas del documento y agregué al final del mismo el número de mi cuenta bancaria.

Al devolver el PDF cumplimentado por correo electrónico a su destinatario, me sentí como un niño que participa en un juego. De haber sabido cuál era el tablero en el que iba a jugar, jamás habría activado la opción «ENVIAR». Pero ya estaba hecho.

Dediqué la mañana a pasear por el centro, con la esperanza de que mi vida volviera a la aburrida normalidad por la que había transitado hasta poco antes. Sin embargo, algo me decía que eso ya no sería posible. Al haber salido de los raíles de lo razonable —primero aceptando la funesta invitación y luego aceptando aquel contrato leonino— tenía la sensación de haber entrado en un universo paralelo cuyas reglas no conocía.

Me paseé un buen rato por La Central del Raval, la librería donde solía husmear las novedades cada cierto tiempo. Compré una gruesa biografía de Einstein de Walter Isaacson y la añadí a mi bolsa, en la que ya cargaba con el manuscrito incompleto de Yoshimura.

Sintiendo la ley de la gravedad en mi hombro, atravesé la sección dedicada al cómic y la música de jazz para entrar en el pequeño café del establecimiento. A aquellas horas, sólo había un par de mesas ocupadas por estudiantes de la cercana facultad de historia.

El olor a café recién hecho era relajante, así que tomé asiento para poner un poco de orden en mis ideas. Mientras esperaba a que me sirvieran un «té del monje», me dije que el supuesto editor del libro de Yoshimura no había mencionado el descubrimiento en el despacho de Einstein. Dado que el Quantic Institute se hallaba en el mismo Princeton y se ocupaba de la edición del libro, era de suponer que estuvieran al corriente del hallazgo.

Me planteé si sería prudente mandar un correo al editor con esa cuestión. Pero quizás el director del centro sólo había puesto en conocimiento de Yoshimura aquel descubrimiento oculto en lo que había sido el despacho del genio, y le correspondía a él decidir si debía incluirlo en la biografía. Quizás su asesinato fuera consecuencia directa de aquella revelación. Había demasiados «quizás» en aquel asunto, aunque sin duda las postales que habían convocado la reunión en Cadaqués formaban parte de la trama.

Ni siquiera había tenido tiempo de corroborar los nombres de los asistentes para descartar sospechosos.

Sin embargo, lo que más me confundía de todo aquel embrollo era que el editor se hubiera dirigido a mí como amigo y estrecho colaborador de Yoshimura. ¿Cómo había llegado a aquel error? ¿De dónde había sacado mi dirección de correo?

Mientras el camarero me servía el té, recordé que al final de la reunión en Cadaqués todos habíamos entregado una tarjeta al anfitrión, que se había disculpado por no tener ninguna en casa. Sin embargo, entre los invitados no hubo intercambio de tarjetas, como si todos desconfiáramos de todos.

Después de lo acontecido, podía hacerme una idea aproximada de los hechos. Por alguna razón, el japonés se había sentido en peligro tras la reunión. Siguiendo un impulso dictado por el miedo, había elegido a uno de los invitados para presentarlo a su editor como su continuador en caso de que algo le sucediera aquella misma noche. Tal vez ese correo electrónico había viajado minutos antes de su muerte.

Era una explicación absurda, pero no se me ocurría otra mejor.

Para distraerme de las preguntas que se agolpaban en mi cabeza, decidí leer unas cuantas páginas del ensayo de Isaacson —el de Yoshimura estaba en inglés—, escrito en un tono amable y divulgativo.

La primera parte de la obra se centraba en la infancia del genio en Ulm y Munich, donde Albert tuvo tantas dificultades para aprender a hablar que la criada de la familia le llamaba «el atontado».

Tras fracasar en un negocio de colchones de plumas, su padre abrió con su hermano una empresa que suministraba electricidad y gas a la capital bávara. En 1881, al nacer su hermana Maja, los Einstein explicaron al pequeño Albert que la niña era «un maravilloso juguete del que podrás disfrutar a partir de ahora». Él miró embobado el bebé y preguntó a continuación: «Sí, pero ¿dónde están las ruedas?».

Al parecer, durante su primera infancia, Albert era tan retraído y solitario —siempre quería jugar solo— que su propia institutriz se refería a él como «el Padre Aburrido». Pasaba las horas lidiando con rompecabezas o edificando gigantescos castillos de naipes, que podían llegar a tener catorce pisos de altura.

Antes de cerrar el libro, leí un apartado sobre su pasión por el violín. Fue su madre quien le obligó a estudiar el instrumento, del que Albert ya nunca se separaría. Le encantaba tocar piezas de Mozart, y si pasaba por la calle con su violín y oía que en alguna casa sonaba un piano, lo desenfundaba para unirse a la serenata allí donde estuviera.

Su condición de músico impulsivo casaba bien con lo que se había dicho de su visita en Cadaqués.

Cuando, años después, el joven Einstein se enfrentó a la teoría de la relatividad especial en Berlín, recurría al violín cada vez que se quedaba bloqueado. Fuera la hora que fuese, se iba a la cocina a improvisar melodías hasta que se detenía en seco y exclamaba: «¡Lo tengo!».

9

La magia invisible del imán

> Lanza tus sueños al espacio como una cometa,
> nunca sabes lo que te van a traer: una nueva
> vida, un nuevo amigo, un nuevo amor, un
> nuevo país.
>
> ANAÏS NIN

Los 25.000 dólares —convertidos a euros— estaban ya en mi cuenta. Mientras contemplaba con incredulidad mis finanzas en el ordenador, calculé que sólo habían transcurrido tres horas entre mi ciega aceptación del contrato y el ingreso, que procedía de una cuenta de mi mismo banco con las iniciales PQI.

La única explicación razonable era pensar que el Instituto Cuántico de Princeton tenía alguna persona de confianza en Barcelona que se había ocupado de la gestión tras una llamada telefónica. La rapidez de aquella transacción me hizo pensar en el sobre que había llegado a la radio, sólo un cuarto de hora después de que iniciara mi intervención. ¿Podía tratarse de la misma persona?

Asimismo me preguntaba si no estaría también alguien del PQI detrás de la llamada que había recibido a las siete y media de la mañana. Me sentía vigilado, y el contrato me obligaba ahora a iniciar una investigación de consecuencias imprevisibles. Visto cómo había terminado Yoshimura, cualquier precaución que tomara sería poca.

El hecho era que había firmado y el dinero estaba ya en mi cuenta. No había vuelta atrás. Ahora sólo tenía que ser consecuente y entregarme a la tarea.

A mi favor jugaba el hecho de que aún no había sido relacionado con el crimen de Cadaqués. Y como reza un dicho catalán: «Quien día pasa, año empuja». Antes o después iban a dar conmigo, de eso estaba seguro, pero si dejaba el teléfono móvil en Barcelona y me dedicaba a seguir los pasos de Einstein, tardarían en poder pedirme explicaciones. Quizás para entonces ya hubieran encontrado al asesino.

Otra posibilidad era que el asesino me encontrara a mí.

En lugar de indagar sobre los invitados, dediqué el resto del lunes a tareas administrativas. Quería dejarlo todo en orden para el viaje que pensaba emprender a la mañana siguiente.

En una primera revisión en diagonal del manuscrito de Yoshimura había detectado varios espacios en blanco —supuse que esperaba recabar más datos— sobre la actividad de Einstein en el Instituto Politécnico de Zurich. Había un tren directo el día siguiente a las 19.38 que llegaba el miércoles a la ciudad suiza a las 10.07.

Pese a la comodidad del Talgo, la duración del trayecto era considerable, sobre todo teniendo en cuenta que había vuelos baratos desde Barcelona. Pero la intuición me decía que me convenía más el tren. Por una parte, sabía por experiencia que el control de pasaportes sería laxo hasta llegar a la frontera suiza, donde probablemente nadie me estaría buscando. Por otra, me apetecía ingresar lentamente en una nueva etapa de «periodismo activo», tras años haciendo de chupatintas para el lucimiento de otros.

Tenía dinero para los próximos meses, un tema apasionante sobre el que investigar y podía moverme a mi voluntad mientras fuera completando el texto. Mi inglés no era para lanzar cohetes, pero podía pagar a un corrector nativo antes de la fecha de entrega, que según el contrato era el 23 de agosto.

Miré el calendario: 23 de mayo. Tres meses serían suficientes para terminar el ensayo. Si la cosa iba en serio y me caían los otros pagos, podía tomarme un año y medio sabático.

Con el instinto de supervivencia velado por estas perspectivas, sin perder más tiempo puse un correo electrónico a Yvette donde le comunicaba mi renuncia a seguir ejerciendo de guionista de *La Red*. Leí un par de veces mi explicación antes de mandar el mensaje:

No quiero que consideréis mi renuncia como una pataleta por haber perdido la mitad de los ingresos, aunque ciertamente me he tenido que «buscar la vida», como se dice vulgarmente.

Mi intención era seguir en el programa hasta el final de este curso, pero una oferta imprevista de trabajo en el extranjero me ha obligado a tomar esta decisión de forma inmediata. Salgo mañana. De todos modos, seguro que el guionista de la casa y sus colaboradores podrán suplir sobradamente mi baja.

Un fuerte abrazo (también para Hernán) y gracias por todo,

Javier

Al anochecer no había recibido ninguna llamada al móvil, ni tampoco respuesta a mi correo, aunque tenía la certeza de que ya lo habían leído. Era mucho mejor así —tampoco podía explicar nada—, pero no dejaba de dolerme que mi dimisión se saldara con un indiferente silencio.

Puesto que pensaba dedicar buena parte del trayecto en tren a la lectura del manuscrito, opté por irme a la cama con la biografía de Isaacson, que continué en el punto donde la había dejado por la mañana: la inmersión del niño Einstein en el mundo de la ciencia.

A Albert le fascinaba la brújula que le había regalado su padre. Veía el magnetismo como una extraña magia de la naturaleza que merecía ser desentrañada. Ya a los doce años, se entregaba a resolver problemas de aritmética que estaban muy por encima de su conocimiento. Su tío y socio de su padre le explicaba así las ecuaciones: «El álgebra es una ciencia divertida: cuando no podemos atrapar al animal que queremos dar caza, lo llamamos x temporalmente y continuamos la caza hasta que lo metemos en el saco».

Albert continuó su formación autodidacta ayudado por un estudiante de medicina que los Einstein invitaban a cenar una vez por semana. Éste le prestaba libritos de ciencia divulgativa que eran devorados por el pequeño científico, que a los dieciséis años escribió su primer ensayo de física, titulado «Sobre la investigación del estado del éter en un campo magnético». Por aquel entonces se creía que el universo contenía una sustancia invisible y omnipresente, el éter, por el que se transportaba la luz o el magnetismo.

Mandó el artículo a un tío rico que vivía en Bruselas, por si podía interceder por él para obtener plaza en el Politécnico de Zurich, aunque le faltaban dos años para la edad mínima, que eran dieciocho años. Finalmente otro familiar logró que el director del centro aceptara que el «niño prodigio» hiciera el examen de ingreso.

En octubre de 1895, Einstein tomó el tren a Zurich sin sospechar que aquel viaje cambiaría el rumbo de la ciencia.

El timbre estridente del teléfono fijo me hizo abandonar la lectura. Al ir a contestar —el remitente era oculto, como en la llamada de la mañana— volvieron a mí todos los temores, pero al otro lado encontré una voz extrañamente dulce que dijo:

—Cabaret Voltaire.

—¿Cómo?

Luego cortó.

10

Trenes melancólicos

Vivimos en el mundo cuando amamos. Sólo vivir
para los demás da sentido a nuestra existencia.

ALBERT EINSTEIN

Siempre he pensado que los trenes invitan a la melancolía. Y no sólo porque conocí a Diana, la que por dos años fue mi esposa, en un tren. La tristeza indefinible que asocio a los raíles empieza ya en las estaciones.

Aunque la de Sants no tenga nada de romántico, al unirme a la multitud silenciosa que arrastraba maletas me sentí un exiliado de la felicidad. Una catástrofe sumada a un golpe de suerte —si lo podía denominar así— me proyectaba ahora hacia Suiza, falso refugio de todos los problemas que golpeaban mi puerta.

Mientras estuviera en ruta, me hallaría a salvo. O al menos ésta era mi ilusión.

Una azafata del Talgo me indicó con un sutil movimiento de mano que mi compartimento se hallaba unos cuantos vagones más adelante. Aceleré el paso casi hasta correr, aunque faltaban veinte minutos para la salida. Tal vez era el miedo a ser identificado y detenido lo que me impulsaba a encerrarme en aquel convoy de aluminio.

Mi plaza estaba en un cubículo diseñado para cuatro pasajeros. Mientras me acomodaba en el asiento que al anochecer se convertiría en cama, deseé que el tren fuera medio vacío y no tuviera que compartir aquel espacio con nadie.

A la hora en punto, el tren arrancó y mi deseo se vio cumplido. Al menos de momento. Con la cara pegada a la ventana, contemplé fascinado los túneles plagados de raíles que se bifurcaban en todas direcciones. Eran como una alegoría de los infinitos caminos de la existencia. A mis cuarena y un años algo empezaba a quedarme claro: ninguno conducía a ningún sitio.

Cuando el convoy salió de las entrañas de Barcelona, vi que el sol empezaba a ocultarse entre los bloques baratos de hormigón. Agotadas las interpretaciones filosóficas, me dediqué a rememorar la historia de amor que tan mal había terminado.

Podía contemplar esa parte de la película de mi vida con gran fidelidad.

Todo había empezado, cuatro años atrás, en el tren nocturno que unía San Petersburgo con Moscú. Ya entonces tenía la costumbre de viajar solo y, después de tres días en la capital del norte, me apetecía ver cómo eran las cosas en la megalópolis rusa.

San Petersburgo me había parecido una ciudad imperial venida a menos, con pocos bares y aún menos sonrisas. Había deambulado por el Ermitage como un pato mareado, y me había aburrido soberanamente viendo un ballet desde la platea del teatro Mariinski. Tampoco entonces me hallaba en el mejor momento de mi vida, y ni siquiera los tacones vertiginosos de las rusas me sacaban de mi melancolía.

Se me había ocurrido viajar en pleno invierno, en lugar de hacerlo durante las veraniegas noches blancas, cuando el sol nunca se pone.

Un pintor borracho me había asegurado que en Moscú me animaría, porque allí la fiesta no conocía límites. Como ya había visto suficiente y aún quedaban tres días para el vuelo de regreso, decidí tomar el Flecha Roja, un tren que sale a media noche de San Petersburgo y llega a la capital a primera hora de la mañana.

Tal vez porque había visto más bellezas rusas de las que podía asimilar, me llamó la atención una joven menuda de pelo moreno que dormía en mi compartimento. Me senté frente a ella sin sospechar que aquella filóloga de las Canarias, como se presentaría después, se acabaría convirtiendo en mi fugaz esposa.

El romance fue tan fulminante como condenado al fracaso.

Después de dos horas contemplando cómo dormía bajo el resplandor de la luna, yo mismo había acabado cerrando los ojos. Justo entonces ella había dicho:

—No te duermas, por favor.

Oír mi idioma en un tren en el culo del mundo, cuando yo había tomado a aquella morena por georgiana o armenia, me descolocó.

—¿Por qué no quieres que duerma? —pregunté entre sorprendido e irritado—. ¿Y cómo sabes que hablo español?

Diana me escrutó divertida antes de contestar:

—Ese abrigo te delata. Mi hermano tiene uno igual y aquí no lo venden, te lo aseguro. No sirve para el frío ruso.

Me gustaba el suave acento canario de aquella chica, que a continuación me contó que llevaba un año trabajando en el Instituto Cervantes de Moscú. Había pasado el fin de semana en San Petersburgo para visitar a una compañera de trabajo que se había trasladado.

De repente me di cuenta de que no había respondido a mi primera pregunta, así que le repetí:

—¿Por qué no puedo dormir?

—Porque si tú lo haces, yo no podré pegar ojo y estoy muerta de sueño. Uno de los dos tiene que estar despierto, ¿sabes? Este tren es famoso por los robos nocturnos. A la que te descuidas, te ha desaparecido todo.

—Dudo mucho que eso suceda. En cualquier caso, sería un poco injusto para mí tener que pasar la noche en vela para que puedas dormir, ¿no te parece?

—La vida es injusta —dijo mirando la vasta extensión helada desde el tren en movimiento—. Y es bueno que sea así. De lo contrario, no podríamos quejarnos.

Observé a aquella resabiada con estupefacción. Calculé que tendría algo menos de treinta años. Al parecer, dominaba el arte de tomar el pelo a los desconocidos. O, como mínimo, a los inofensivos como yo. Decidí pasar al contraataque:

—¿Qué me das si me mantengo despierto hasta Moscú?

—Te doy el privilegio de verme dormir. Mi padre siempre decía que soy un ángel cuando cierro los ojos.

—Es posible, pero este compartimento está tan oscuro que apenas puedo adivinar tu cara. No veré al ángel.

—Pues acércate más —dijo bajando la voz.

Luego cerró nuevamente los ojos.

La única manera de acercarme era sentarme a su lado, y eso hice dispuesto a seguirle el juego. Como si lo hubiera estado esperando desde hacía tiempo, Diana se dejó caer sobre mi regazo y se abrazó a mis rodillas.

Sorprendido por aquellas confianzas, me di cuenta de que en posición horizontal la luna hacía resplandecer su rostro. Como un ángel.

La estuve contemplando largamente mientras dudaba de si podía acariciarle el pelo, que se desparramaba ondulado sobre mis piernas. Respiraba profundamente, así que pensé que de todos modos no se despertaría. Cuando mis dedos empezaron a hacer surf sobre sus rizos, ella dijo:

—Ya era hora.

11

La constancia de la luz

Equipado con sus cinco sentidos, el hombre
explora el universo a su alrededor y a esa
aventura la llama ciencia.

EDWIN P. HUBBLE

Al despertarme en el vagón bañado por la luz del día, me di cuenta de que me había dormido con el recuerdo de Diana sobre mi regazo. Eso me hizo empezar el día con un pinchazo de nostalgia a mi pesar.

Pero una figura horizontal delante de mí me ayudó a sacudirme a mi «ex» de la cabeza. Mientras yo dormía incómodo en el asiento, un nuevo pasajero había desplegado su cama y roncaba a pierna suelta. Era un cincuentón de complexión fuerte. Por el peinado convencional y la camiseta de algodón blanco, deduje que era un comercial de los que se patean todo el centro de Europa tratando de colocar pedidos.

Soledad absoluta. Eso era lo que transmitía ese hombre vibrando en el camastro.

El Talgo se detuvo en un cruce ferroviario entre Francia y Suiza para que las diferentes policías pudieran subir. Por unos minutos, volví a pensar con inquietud en Yoshimura y en mi libreta abandonada en el escenario del crimen.

Cuando la guarda de fronteras helvética gritó «*Passkontrolle*» y nos pidió el pasaporte, estuve seguro de que allí terminaba mi trayecto. Sin embargo, tras examinar las páginas con una linterna de bolsillo, me lo devolvió con un protocolario: «*Gute Reise*».

Al cerrarse la puerta del camarote, el supuesto comercial regresó a su cama y trató de conciliar nuevamente el sueño entre irritantes chasquidos de lengua. Me dije, aliviado, que en un par de horas estaría en Zurich, donde nadie me conocía ni para bien ni para mal.

Eso era lo que yo creía.

Antes de sumergirme en la lectura del manuscrito que debía completar, el suave traqueteo del tren me hizo pensar en el clásico ejemplo del tren en marcha para explicar la difícil teoría de la relatividad. Einstein lo había utilizado a menudo en sus conferencias para el público general.

Según las leyes del movimiento planteadas por Newton a finales del siglo XVII, la velocidad de dos o más cuerpos pueden sumarse de acuerdo con las reglas de la aritmética. Si un tren viaja a 25 kilómetros por hora y un niño lanza una pelota desde la ventana del vagón, en la dirección de la marcha, también a 25 kilómetros por hora, la pelota saldrá despedida a 50 kilómetros por hora. Es decir: las velocidades se suman.

Sin embargo, esa aritmética elemental no sirve para la luz, cuya velocidad —casi 300.000 kilómetros por segundo— es siempre la misma. Por lo tanto, un haz de luz disparado en el interior de un cohete que volara a 1.000 kilómetros por segundo no viajaría a 301.000 kilómetros por segundo, sino a la misma velocidad que lo haría en tierra firme.

La constancia de la velocidad de la luz llevó a Einstein a descubrir una serie de extraños fenómenos relacionados. Por ejemplo, un objeto va perdiendo longitud a medida que gana velocidad, al mismo tiempo que aumenta su masa, que a la velocidad de la luz sería infinita.

Había escrito un guión sobre eso para *La Red*, aunque no acababa de entenderlo. ¿Qué significa tener masa infinita? Me preguntaba si la luz no sería el resultado de cuerpos que viajan demasiado rápido y acaban deshaciéndose. Algo habría de eso. De hecho, que la masa equivale a cierta cantidad de energía y viceversa, la célebre $E = mc^2$, había desatado la bomba atómica.

Lo peliagudo era concebir que el tiempo transcurre más lento a medida que aumenta nuestra velocidad. Dicho de otro modo: el tiempo es relativo, como demostraría Einstein en su teoría publicada en 1905.

Volviendo a $E = mc^2$, recordé cómo se había iniciado el carrusel de acontecimientos que me habían expulsado de mi rutina. Todo había empezado con un farol, cuando dije en la radio que Einstein había dedicado la segunda mitad de su vida a elaborar una teoría secreta que no se había atrevido a divulgar. Un descubrimiento tan relevante que podía hacer temblar los cimientos de todo lo que somos y creemos.

Me reí de mi propia fantasmada mientras el tren ya entraba en la periferia de Zurich, con sus pequeños rascacielos entre el río Limmat y unas verdes colinas.

Al hacer esa aseveración había pulsado un resorte de consecuencias imprevisibles, me dije. Había llegado el sobre con la postal y el billete de autobús. Luego la insólita reunión en Cadaqués. La muerte de Yoshimura. El contrato de 25.000 dólares. ¿Qué más podía pasar?

Monté mi cuartel general en el hotel Adler, un caserón de la Rosengasse famoso por la cocina tradicional de su restaurante.

Tras descargar mi maleta y conectar mi pequeño portátil, me di una ducha para ir planeando mi actividad. Aunque 25.000 dólares eran bastante dinero, no tenía intención de dilapidarlo en hoteles suizos y *fondues*. Tenía que programar el recorrido de forma austera para completar la biografía de Yoshimura con un gasto razonable.

Si sobraba para cubrir mis necesidades hasta final de año, en ese tiempo podía llegar a reinventarme.

Una vez aseado, me puse ropa limpia y me senté ante el ordenador embargado por el optimismo. El primer vacío importante en el manuscrito correspondía a la estancia de Einstein en el Instituto Politécnico de Zurich, así que probablemente tendría que revolver los archivos de esa escuela, si aún existía.

Antes de enfrascarme en esa engorrosa tarea —siempre me había fatigado el mundo de la documentación—, decidí hacer la comprobación que tenía pendiente desde la noticia del crimen. No me gustaba hurgar en aquel episodio que empezaba a quedar lejano, pero era bueno saber quién había mentido.

Empecé escribiendo en Google el nombre del propio Yoshimura sumado al término «Einstein», por si hallaba algún dato curioso. La búsqueda arrojó 17.100 resultados con múltiples candidatos. Al parecer, aquél era un apellido tan común en Japón como García o López en España, por lo que había incontables Yoshimura relacionados con algún artículo, curso o investigación.

No sacaría nada en claro por ese camino.

La siguiente búsqueda, el doctor en físicas de Cracovia, quedó abortada antes de empezar. Recordé que sólo nos había dado su nombre de pila, Pawel. Con eso tampoco llegaría lejos.

Más fácil lo tenía con Jensen, el danés al frente de *Mysterie*. Sólo tuve que dar con la web de la revista y mirar el elenco de redactores. Efectivamente, constaba un tal «Klaus Jensen, dir.». ¿Bastaba eso para borrarlo de la lista de sospechosos?

Eché un vistazo a algunos de los reportajes ofrecidos por la página web. Aunque no entendía el danés, las imágenes utilizadas y las tipografías grotescas ya hacían sospechar que se trataba de auténtica basura.

Quedaba una persona por comprobar, la francesa del trasero respingón, pero la luz que penetraba por el ventanal de la habitación me dijo que ya era hora de bajar a la ciudad. Tiempo tendría por la noche de hacer de detective chapucero.

Suspirando ante el trabajo que tenía por delante, busqué en la web el famoso Instituto Politécnico donde el genio había logrado su ingreso a la segunda oportunidad.

De haber comprobado a tiempo el nombre de Sarah Brunet, lo que estaba a punto de suceder habría seguido un curso totalmente distinto.

12

El Instituto Politécnico

La universidad es un lugar donde se pulen los
guijarros y se quita el brillo a los diamantes.

Robert G. Ingersoll

L a Escuela Técnica Superior Universitaria era el nombre que reci-
bía ahora el centro donde Einstein se había matriculado
con 17 años. Situado en la Rämisstrasse, había crecido con-
siderablemente desde entonces.

De los 841 alumnos y unos cuantos profesores de la
época de Einstein se había pasado a 20.000 almas entre estudiantes, investigadores y funcionarios. Sus 370 docentes
repartidos en 16 departamentos tenían el orgullo de ejercer en una institución que en el último siglo y medio había
dado ya 21 premios Nobel.

Todo esto estaba ampliamente referido en el manuscrito de Yoshimura, antes de entrar en la parte biográfica del
padre de la relatividad.

Al parecer, lo que en 1911 se conocía como el Politécnico de Zurich había sido trasladado recientemente a un edificio de más envergadura gracias al magnate de la electrónica Werner von Siemens, que paradójicamente había contribuido a que el padre y el tío de Albert —tenían una empresa de suministros eléctricos— se arruinaran.

El paso de Einstein por esta institución, en la que estuvo cuatro años, fue ciertamente brillante, aunque el profesor de matemáticas llegara a llamarle «perro perezoso». El profesor estrella de física, Heinrich Weber, sí que valoraba las dotes para el estudio del joven Albert, aunque le recriminaba su rebeldía. «Es usted un muchacho extremadamente inteligente —le había llegado a decir—, pero tiene un gran defecto: no escucha a nadie.»

Traduje mentalmente la sección dedicada a los amoríos del despistado estudiante, que en sus viajes se olvidaba incluso la maleta, lo que hacía que las criadas murmuraran: «Este chico nunca llegará a nada». A pesar de eso, Albert era bastante guapo, o como mínimo tenía atractivo para las mujeres. Yoshimura dedicaba poco espacio a lo que para mí era el episodio más interesante hasta el momento:

La hija de su casero, que además era una especie de padre para Albert, cayó bajo sus encantos y vivió con él un romance que se extinguió rápidamente. A medida que el joven genio se apartaba de ella, Marie Winteler —tal era su nombre— le escribía encendidas cartas en las que le decía cosas como: «No hay palabras para describir lo dichosa que me siento desde que tu adorada alma ha venido a entrelazarse con la mía». Acostumbrado al rigor áspero de las ciencias, pronto se cansó de un amor tan empalagoso y rompió el corazón de la damisela, que sufrió una depresión nerviosa. Tardó en recuperarse del desengaño amoroso, pero años después se casó con un suizo que dirigía una fábrica de relojes.

Einstein necesitó poco tiempo para recomponer su vida amorosa, ya que después de Marie se cruzó en su camino una estudiante serbia —la única mujer del departamento del Politécnico donde estudiaba Albert— poco atractiva para los gustos estéticos de la época, pero rematadamente inteligente: Mileva Marić.

Tras varias horas rastreando los archivos del antiguo Politécnico de Zurich, la cabeza empezaba a darme vueltas. Había necesitado realizar una compleja inscripción para acceder a las fichas de los compañeros de clase de Einstein a lo largo de sus cuatro años en el centro.

En el primer hueco que no había logrado llenar Yoshimura —probablemente porque no había visitado aquel archivo— había una nota que especificaba lo que se esperaba ahora de mí:

[¿Quiénes estudiaron con A. E.? ¿Qué fue de sus carreras al abandonar el Politécnico? ¿Llegó a brillar alguno en el campo de la física teórica?]

Las preguntas eran sencillas, pero para responderlas y llenar el dichoso hueco iba a perder todo el día. Empecé por anotar en mi portátil todos los nombres que acompañaban a Albert en los listados de las diferentes asignaturas. Aparte de la que acabaría siendo su primera esposa, Mileva, tuve que dejarme la vista para interpretar los nombres escritos con plumilla en las cartulinas pautadas.

A continuación, apliqué el poco original método de ir pegando los nombres que había transcrito a la ventanilla del Google. Los resultados fueron decepcionantes, pero logré averiguar que tres compañeros habían terminado como docentes del Politécnico.

Guardé información en alemán sobre una docena de nombres que aparecían relacionados con otros centros educativos en Suiza.

Para averiguar si alguno de ellos había acabado despuntando en la física teórica iba a necesitar un diccionario de alemán, ya que antes tendría que descifrar lo que se decía de aquellos diecisiete nombres. Lo esencial había sido anotar quiénes eran los compañeros de Albert. En el hotel podía dedicarme a esa investigación; incluso podía dejarla para el final de mi viaje.

Si había existido algún otro genio que había ayudado a Einstein a elaborar sus teorías, habría muerto cincuenta años atrás, por lo que era improbable incluso que diera con un descendiente directo que pudiera aportar revelaciones de primer nivel.

Definitivamente, completar el libro de Yoshimura iba a ser una lata. El único peligro que veía de momento era morir de tedio.

Bostecé ante las largas horas de trabajo que se avecinaban en los días siguientes. Pese a ocupar una incómoda silla arrimada a un escritorio del archivo, cerré los ojos un instante. Entonces lo volví a oír.

Como si al cerrar los párpados se hubiera activado un secreto resorte de mi memoria auditiva, en mi interior resonó la voz extrañamente dulce y delicada que me había hablado al teléfono en mi apartamento. Antes de colgar había dicho: «Cabaret Voltaire».

Al teclear ese nombre en el buscador, un escalofrío de expectación recorrió mi espalda: se trataba de un lugar que existía —o había existido— en Zurich.

Uno de los resultados de la búsqueda aclaraba esto último:

Fundado en 1916 por Hugo Ball, el Cabaret Voltaire fue un club de Zurich donde se reunían artistas de espíritu provocador. Instalado en la planta superior de un teatro de programación «seria», se cree que en este lugar nació el Movimiento Dadá, aunque también fue frecuentado por artistas de una corriente derivada: el surrealismo.

Tras una decadencia que se prolongó casi todo el siglo xx, en 2002 el local fue «okupado» por los neodadaístas comandados por Mark Divo. Para resucitar el Dadá, durante tres meses el Cabaret Voltaire revivió una nueva edad de oro con *performances* diarias, proyecciones y vísperas poéticas, un experimento en el que participaron miles de zuriqueses. La policía expulsó a los «okupas» en marzo de ese mismo año, cuando el edificio pasó a convertirse en un museo dedicado al Dadá.

Al cerrar esta referencia, tuve la sensación de que aquella pista iba a llevarme más lejos que los plomizos listados de alumnos.

13

Cabaret Voltaire

Si no chocamos con la razón nunca llegaremos a nada.

ALBERT EINSTEIN

Harto de rastrear la vida de estudiantes de un siglo atrás, muchos de los cuales debían de haber terminado como ingenieros, decidí salir de la gigantesca Escuela Técnica para acercarme al Cabaret Voltaire o lo que quedara de él.

Si la mujer del teléfono se había molestado en indicarme aquel lugar, sería por un buen motivo. Tal vez me esperaba allí mismo, o como mínimo había algo en el museo del Dadá que yo debía ver.

Mientras buscaba la calle donde estaba el cabaret, la Spiegelgasse —«callejón del espejo»— número 1, intuí que se trataba de la misma persona que había mandado las postales de Cadaqués. Tal vez fuera porque relacionaba aquella voz extrañamente melodiosa con la caligrafía del sobre.

Quién era esa persona y qué esperaba de mí, eso era algo que tal vez tuviera su respuesta en el viejo club.

No me resultó difícil encontrar una fachada rosa con el nombre en minúsculas: «cabaret voltaire». La puerta estaba abierta.

Asomé la cabeza al interior con cierta precaución, aunque el local se encontraba en una de las callejas más transitadas de Zurich. La planta baja estaba presidida por un lienzo que cubría casi todo el suelo. Un extraño artilugio metálico evolucionaba por el mismo con movimientos bruscos y caprichosos.

Lleno de curiosidad, decidí entrar a ver de qué iba todo aquello. La puerta se cerró tras de mí con un suave crujido.

Antes de seguir avanzando, eché una ojeada a mi alrededor. No había nadie, a excepción de una adolescente de pelo azul que mascaba chicle en un pequeño mostrador donde se vendían camisetas y pósters.

Me acerqué al pequeño artilugio, que resultó ser una especie de robot rodante —el dispositivo no levantaba más de diez centímetros del suelo— con una fina pistola de pintura. Mientras se movía de forma aleatoria por el lienzo, iba disparando chorros de color negro con el que formaba una composición abstracta. Recordaba a las de Jackson Pollock que había visto en el MoMA de Nueva York.

Aquella curiosa *performance* artística casi me había hecho olvidar el motivo por el que había acudido al Cabaret Voltaire, así que decidí dirigirme al único ente animado del local, aparte del robot pintor.

A la vendedora de souvenirs no pareció gustarle mi llegada. Tendría menos de dieciocho años y se cubría las orejas con unos voluminosos auriculares marca Oboe. La música de hip hop sonaba tan fuerte que se escapaba a través de las espumillas.

Me quedé un rato delante de ella, hasta que finalmente se quitó los auriculares y me miró insolente.

—¿Qué quieres? —me preguntó directamente en inglés.

—No busco ningún souvenir. Sólo quiero hacerte una pregunta o dos.

—Que sea sólo una —gruñó—. Me estás haciendo perder el hilo de la canción.

Luego se estiró las coletas mientras aguardaba mi pregunta.

—Hace unos días —empecé a explicar— recibí la llamada de una dama. Por el tono de voz parecía una mujer mayor. Me mencionó este local, así que supuse que es alguien que trabaja aquí… o como mínimo una visitante habitual del Cabaret Voltaire.

La adolescente hinchó un globo de chicle azul, como su pelo, y lo hizo explotar sobre sus labios antes de preguntar:

—¿Dónde coño está la pregunta?

Aquella pipiola parecía haber sido elegida para provocar a la clientela, pero decidí seguir con el guión que me había fijado.

—Mi pregunta es si en este museo, galería o lo que sea hay una mujer como la que te digo.

—Pues no.

Dicho esto, volvió a ponerse los auriculares y subió todavía más el volumen del hip hop.

Conteniendo las ganas de arrearle un bofetón, volví la mirada hacia el robot pintor, que había intensificado su trabajo sobre el lienzo. Como si su programación entrara en una fase decisiva, de repente aceleraba hacia delante y hacia atrás, soltaba una carga de tinta negra y viraba de golpe.

Desconcertado, ya iba a salir del Cabaret Voltaire cuando reparé en una escalera que subía hasta un segundo nivel sobre la planta baja. Se trataba de un minúsculo bar que constaba de dos sillones, una máquina de cafés y un expenedor de latas de cerveza.

Atacado por una sed repentina, decidí sacar una de esas cervezas y bebérmela de un trago antes de salir de allí.

Por cinco francos suizos obtuve una Heineken helada. Me senté a beberla en un sillón desde el que se contemplaba el deprimente panorama: el robot pintor afanándose por el lienzo, y la no menos robótica adolescente de las coletas azules.

—A cagar —me dije mientras le daba un buen tiento a la lata.

Entre las dos máquinas de bebidas había un enorme póster con el manifiesto dadaísta de Tristan Tzara:

> La magia de una palabra
> —DADÁ— que ha puesto a los periodistas
> ante la puerta de un mundo
> imprevisto, no tiene para nosotros
> ninguna importancia.

Para lanzar un manifiesto es necesario: A, B,C. Irritarse y aguzar las alas para conquistar y propagar muchos pequeños y grandes a, b, c, y afirmar, gritar, blasfemar, acomodar la prosa en forma de obviedad absoluta, irrefutable, probar el propio non plus ultra y sostener que la novedad se asemeja a la vida como la última aparición de una *cocotte* prueba la esencia de Dios.

El texto —pura paja mental— seguía en un centenar de líneas llenas de sandeces, pero yo había abandonado su lectura. En el local se había hecho un repentino silencio, a causa de que el motor del robot se había detenido. O se le habían acabado las pilas o ya había concluido su obra.

Vacié la lata de un trago y dirigí la mirada al lienzo. Lo que vi golpeó en mis ojos como una bomba visual.

VIERNES

MEDIODÍA

BERNA

ROSENGARTEN

Dado que tres de las cuatro palabras trazadas por el robot eran en castellano, quedaba claro que el mensaje iba dirigido a mí.

Bajé la escalera casi al vuelo y me planté delante de las cuatro palabras que destacaban nítidamente entre el mar de borrones negros. Luego me dirigí con paso enérgico hacia la chica del pelo azul, que seguía indolente tras el mostrador.

—¿Quién lo ha programado? —dije levantando la voz.

La adolescente se quitó los auriculares y se limitó a fruncir el ceño.

—El robot pintor —insistí—. ¿Quién lo ha programado?

Me miró con expresión de burla antes de contestar:

—Dios misericordioso.

14

El jardín de las rosas

Hay una sola felicidad en la vida: amar y ser amado.

George Sand

P asé una noche de perros tratando de descifrar el sentido de todo aquello. La cama del hotel Adler era mullida, pero el mensaje del Cabaret Voltaire me había instalado en la más absoluta incomodidad.

Cuando el sol hizo acto de presencia en la ciudad helvética todavía no había pegado ojo. Aun así, salté de la cama con la idea de dirigirme a la estación de trenes sin más demora. No sabía qué era exactamente el Rosengarten —«jardín de rosas»— de Berna, pero estaba claro que alguien me esperaba allí al mediodía.

Mientras bajaba la escalera del hotel, deseé que aquél fuera el último mensaje. Ya era hora de que quien hubiera lanzado el anzuelo diera la cara de una vez.

En los minutos previos a la salida del tren pude comprar una pequeña guía de Berna para tratar de localizar el jardín de marras.

Una vez en el vagón, empecé a hojearlo sin demasiada prisa. Aunque el viaje era breve, bastaría para hacerme una idea de la pequeña capital, cuyo nombre venía de Bären, que en alemán significa «osos». Al parecer, en la ciudad habían vivido osos durante siglos, motivo por el que siempre había tres ejemplares dentro de una fosa en pleno centro.

Me salté la parte de historia para ir a las atracciones de la ciudad, más allá de la Torre del Reloj con su carrusel de cuatro minutos que se activaba a cada hora en punto.

Entre los museos, se destacaba el de Bellas Artes y el de Einstein. Aquí me detuve, justo cuando el tren arrancaba rumbo a mi próximo destino:

Inaugurado en 2007, el Museo Einstein está situado en la Helvetiaplatz n.º 5 y comprende un área de 1.200 metros cuadrados en el que pueden verse objetos personales del científico que vivió a principios del siglo xx en Berna, donde había obtenido un empleo en la oficina de patentes. La exposición se completa con documentales, experimentos y con un fascinante recorrido virtual por el cosmos que explica las teorías revolucionarias de Einstein. Como complemento del museo, se puede visitar también la casa que Einstein habitó en la ciudad de Berna, situada en la Kramgasse 49.

Sin duda aquélla era una parada obligatoria para mí, ya que alguno de los objetos podía arrojar luz sobre los puntos ciegos de la biografía de Einstein, que había dejado justo cuando había conocido a Mileva.

Antes de volver a la espesa biografía de Yoshimura, encontré en la guía un recuadro donde se hablaba del Jardín de las Rosas. Al parecer, era un parque en lo alto de una pequeña colina donde crecen más de doscientas veinte especies distintas de rosas. En el estilo cursi propio de las guías, añadía que «con un poco de suerte, en la subida se puede coincidir con pájaros carpinteros».

Mientras el tren surcaba un valle con pueblecitos de postal, me hice la ilusión de ser sólo un turista en un *tour* de placer. Podría haber sido uno de esos hombres inconformistas que viajan solos para vivir experiencias estéticas absolutas, pero que terminan la noche en una barra americana cualquiera.

Abrí el manuscrito por el capítulo dedicado a Mileva Marić.

La primera esposa de Einstein había nacido en 1875 en Titel, en la provincia serbia de Voivodina, que contaba con una importante minoría húngara.

Genio de las matemáticas desde niña, a los quince años fue aceptada en el Colegio Real de Zagreb para asistir a clases de física, algo reservado sólo a los varones. Tras cursar un semestre de medicina en la Universidad de Zurich, fue la primera mujer que estudió matemáticas en el Instituto Politécnico; allí conoció a Einstein.

Ella había cumplido veintiún años, tres y medio más

que Albert, y tenía una dislocación de cadera congénita que la hacía cojear.

Se habían conocido en 1896, cuando ambos estaban en el primer curso, pero su amor aún tardaría un año en florecer. De hecho, Mileva se asustó tanto al darse cuenta de sus sentimientos hacia el joven alemán, que dejó el Politécnico durante un año para asistir como oyente a la Universidad de Heidelberg. Pero la correspondencia entre ambos no hizo sino consolidar su enamoramiento.

En 1898, Einstein terminó sus exámenes. Fue el primero de la clase, seguido de cerca por su amigo Marcel Grossman, que unos años más tarde le ayudó a encontrar trabajo en la oficina de patentes de Berna. Tras terminar su tesis, en 1900 se licenció e hizo oficial su relación con Mileva, pese a la oposición radical de la familia Einstein.

Un año después ella se quedó embarazada. Al no estar aún casados, mantuvieron en secreto el nacimiento de Lieserl, que fue dada en adopción. A consecuencia de este «accidente», Mileva tuvo que abandonar el Politécnico sin terminar los estudios.

La boda entre Albert y Mileva tuvo lugar en 1903. Para entonces Einstein ya trabajaba en la oficina de patentes como experto técnico de tercera clase. El trabajo no era muy exigente, así que pudo dedicar horas para esbozar los artículos que le harían mundialmente famoso.

Eran apenas las once cuando llegué a Berna, que aquel viernes exhibía una plácida animación. Tras preguntar dónde estaba el Rosengarten me interné en lo que parecía ser la vía principal del casco antiguo.

No me detuve en ninguna de las viejas cervecerías, porque mi prioridad era llegar al lugar de la cita para agarrar por el cuello a quien fuera que estaba jugando conmigo.

Por eso mismo tampoco presté atención al foso de los osos, recorrido en aquel momento por un animal taciturno.

Justo allí empezaba la subida a la colina del Jardín de las Rosas, donde dudaba que me esperara encuentro alguno. Como mucho, una nueva señal que me dirigiría a cualquier otra parte, me dije. Y así hasta reventar.

Estaba tan resignado, que hasta llegar a la entrada al jardín no me di cuenta de que alguien me aguardaba. Una mujer esbelta me observaba con los brazos cruzados sobre un vaporoso vestido rojo.

Cegado por el sol que se desparramaba sobre los rosales, hasta que no estuve a un par de metros de ella no me di cuenta de quién era la dama de rojo. No era otra que Sarah Brunet.

15

El reencuentro

La información es poder.

Máxima periodística

Qué diablos hace aquí? —preguntó indignada—. ¿Se dedica a seguirme?

Por un momento quise replicarle que era yo quien me sentía perseguido y arrastrado por todas partes, pero ella estaba demasiado furiosa para atender a razones. Me limité a decir con fingido desapego:

—Una vieja dama me invitó a visitar el Cabaret Voltaire de Zurich. Y allí me fue dada la orden de acudir a este jardín de rosas. Ahora entiendo que el madrugón ha valido la pena. ¿Y usted? ¿Quién o qué la ha guiado hasta aquí?

—No es asunto suyo. Pero podemos reparar esta infeliz coincidencia de forma pacífica. Le ruego que siga su camino como si no me hubiese visto. Tengo una cita.

Ofendido, me disponía a dar media vuelta dejando a Sarah Brunet rodeada de espinas, cuando un hombrecillo con traje y corbata me salió al encuentro. Aunque tenía el pelo completamente blanco, parecía atlético dentro de su pequeñez. Tal vez para probar su vigor, me apretó fuertemente la mano mientras se presentaba:

—Soy Jakob Suter —dijo en un castellano de libro—. ¿Dónde están los otros dos?

Había preguntado esto después de saludar a la francesa levantando suavemente la mano.

—¿De qué está hablando? —repuso ella muy irritada—. En la oficina de turismo me han prometido un guía sólo para mí. No he pagado ciento cuarenta francos suizos para formar parte de un *tour*.

El tal Jakob extrajo una pequeña pipa del bolsillo de la chaqueta y la encendió pacientemente antes de responder con una sonrisa:

—A mí me han dicho que eran cuatro. ¿Sabían ustedes que soy la máxima autoridad de Berna en lo que a Einstein se refiere? Están ustedes de suerte. No hay rincón por el que pasara ese loco despeinado que yo no conozca.

Puesto que Sarah parecía mantener el enfado, decidí que era hora de que tomara yo la palabra:

—¿Y sabe si las otras dos personas también hablan castellano?

—Claro que sí. De lo contrario no les habrían puesto en el mismo grupo. Por cierto, ¿dónde están? En mi orden de día consta que debo recoger en este lugar a tres caballeros y una dama.

Sarah y yo nos cruzamos la primera mirada de complicidad desde aquel inesperado reencuentro. Los dos sabíamos perfectamente quiénes eran los «dos caballeros» que faltaban: Pawel y Jensen. La misma mano oculta que nos había reunido en Cadaqués nos arrastraba ahora a un *tour* privado por la Berna de Einstein.

En cualquier caso, si el guía era un verdadero experto, podía ser de gran ayuda para las lagunas que tenía el manuscrito de Yoshimura en ese capítulo. Que la bella francesa estuviera también allí era un hecho insólito, pero en ningún caso desagradable.

Al parecer ella no pensaba lo mismo, ya que cuando el guía echó a andar e indicó que le siguiéramos, me dijo al oído:

—Me niego a seguir participando en este paripé. ¡Esto es ridículo! Y no me importa devolver el anticipo. A fin de cuentas, no estoy en esto por dinero.

No podía creer lo que estaba oyendo. Parecía que, con cada paso, aquella misión se volvía más absurda e inescrutable. Fui directo al grano.

—Voy a permitirme la licencia de tutearte. Disculpa que te haga esta pregunta, Sarah, pero hay que empezar a desbrozar este laberinto. ¿Has recibido el encargo de completar una biografía de Einstein? ¿Es su autor un tal Yoshimura, que en paz descanse?

Como toda respuesta, la francesa apretó los labios enfurruñada. Estaba claro que no me iba a poner las cosas fáciles.

Al llegar al foso de los osos, Jakob Suter levantó la palma de la mano para que nos detuviéramos. Ya me temía una aburrida explicación sobre el emblema de Berna, pero no era ésa su intención:

—Aguárdenme aquí cinco minutos. Voy a la oficina de turismo por si los extraviados han ido allí y nos están esperando. Han pagado y no puedo dejarlos sin ruta. Dos son dos y cuatro son cuatro.

Dicho esto, levantó la palma una vez más para pedir que le esperáramos. Luego se dirigió con pasos rápidos a la calle principal.

La francesa me miró con fastidio. Cuando aparecieran Jensen y Pawel el clima se iba a volver irrespirable. Para rebajar la tensión, le indiqué un pequeño café a pocos metros de allí.

—Estoy muerto de sueño. ¿Me acompañas a tomar un café mientras regresa el guía?

Sarah se puso rígida al escuchar eso, como si mi propuesta fuera más allá de lo razonable. Finalmente se encogió de hombros con resignación y aceptó.

Pedí un espresso, que cargué con bastante azúcar para que la sangre me volviera a la cabeza. De repente me sentía exhausto. Ella no pidió nada. Se limitaba a escrutarme con sus ojos azules como si yo fuera un energúmeno.

Visto el plan, hice un último intento por romper el hielo. Utilizaría una fábula que había usado con éxito en un guión de *La Red*.

—Voy a contarte una historia que tiene mucho sentido, dada la situación —dije—. ¿La quieres oír?

—La vas a contar igualmente, así que adelante.

—Una joven pareja estaba duchándose cuando de repente llamaron a la puerta de su casa. Tras discutir quién iría a abrir, al final la mujer salió de la ducha muy contrariada. Se cubrió con una toalla y, goteando, fue a abrir la puerta. Al hacerlo descubrió que quien llamaba era el vecino del sexto, que le dijo: «Te doy mil euros si dejas que la toalla caiga al suelo y me enseñas tu cuerpo desnudo».

Sarah abandonó la mirada impenetrable y me contempló con curiosidad, como si no supiera definir la clase de idiota que tenía delante.

—La mujer se quedó de piedra ante una oferta tan extraña y a la vez tentadora —continué—. «Vamos, son mil euros y sólo tienes que dejar caer la toalla al suelo», insistió el vecino mientras le mostraba dos billetes de quinientos totalmente nuevos. Ella empezó a dudar, y le preguntó: «¿Sólo la toalla? ¿Nada más?». Y el vecino contestó: «Nada más. Dejas caer la toalla y te llevas mil euros». Finalmente la mujer accedió, convencida de que aquélla era una manera muy fácil de ganar mil euros. Así, lentamente, se desató la toalla y dejó que cayera al suelo mostrando su cuerpo desnudo, mientras el vecino la miraba y la volvía a mirar sin reparos. Luego, tal y como había prometido, le dio los mil euros y se fue. La mujer, aún asombrada con lo que acababa de suceder, recogió la toalla del suelo y volvió a la ducha con su pareja, que le preguntó quién era. «Era... el vecino del sexto», respondió ella tratando de disimular. «¡Fantástico!», exclamó él, «¿Te ha devuelto los mil euros que le presté?».

La francesa esbozó una sonrisa condescendiente. Antes de añadir la conclusión, admiré de reojo su silueta bajo el vestido rojo. Deseé ardientemente ser el vecino del sexto y ella la mujer de la ducha.

—Esta fábula ilustra los peligros de no compartir toda la información con los compañeros. Por eso creo que deberíamos poner en común…

Un alarido procedente de la calle me dejó sin aliento. A éste se unieron dos voces histéricas que gritaban algo como «*Hilfe! Hilfe!*».

Salí corriendo del café para averiguar qué pasaba, sin comprobar si mi bella acompañante me seguía. Una docena de personas se asomaban a la fosa de los osos, que emitían gruñidos nerviosos.

Antes de entender lo que había sucedido, me asomé yo también y entonces lo vi: el cuerpo ensangrentado de Jakob Suter estaba en el fondo, con la cabeza separada de un certero zarpazo.

16

Escapar del oso

La vida es muy peligrosa. No por las personas
que hacen el mal, sino por las que se sientan
a ver lo que pasa.

ALBERT EINSTEIN

La policía había acordonado todo el perímetro de la fosa, mientras las primeras furgonetas de la televisión trataban de obtener imágenes del «desafortunado accidente».

Ésa era la versión de los hechos que se estaba dando por la radio, según nos explicó escuetamente el taxista de origen indio. Nos dirigíamos al hotel Marthahaus, donde Sarah tenía su habitación. Yo sólo contaba con mi maleta y un saco de preguntas sin respuesta. En cualquier caso, ambos coincidíamos que lo mejor era quitarnos de la circulación por unas horas.

—¿De verdad crees que se ha caído mientras intentaba alimentar a un oso? —pregunté a la francesa, que vigilaba de reojo al conductor.

—Más bien creo que lo han empujado en un momento en el que no pasaba ningún turista —dijo muy seria, mientras se alisaba el vestido rojo sobre las rodillas bellamente torneadas—. Aunque el muro no es tan bajo para que alguien caiga de un simple empujón. Harían falta…

—Un par de «caballeros» para mandar a Jakob Suter a la osera. Ahora ya sabemos por qué no aparecieron en el Jardín de las Rosas. Tenían algo más importante que hacer.

—¿Estás pensando en Jensen y Pawel?

Dado que nuestra situación se complicaba cada vez más, era un alivio que Sarah hubiera decidido hablar, aunque no me hubiera revelado aún cuál era su papel en aquel juego mortal.

—Son dos posibles candidatos, dado que estaban en casa de Yoshimura el día del crimen. Aunque tú también te encontrabas allí —añadí—, y eso te hace tan sospechosa como Jensen y Pawel.

—No de la muerte del guía, puesto que estaba en el café contigo.

—Eso no prueba nada. La mayoría de asesinatos son encargados a terceras personas —dije para seguir el juego—. No sería propio de una dama como tú ensuciarte las manos lanzando a un pobre hombre a los osos.

—Tampoco sería inteligente por mi parte —sonrió irónica—, puesto que le había pagado ciento cuarenta francos suizos para que me mostrara la Berna de Einstein. Ahora tendré que espabilarme sola.

—No estás sola, podemos…

Al llegar a este punto, Sarah recuperó la frialdad con la que me había recibido en el Rosengarten.

—… podemos esperar que amaine el vendaval en habitaciones separadas. Luego, que cada uno siga su camino.

—Podrías contarme al menos quién te ha mandado venir al Jardín de las Rosas.

La francesa respondió con un elocuente silencio.

El taxi se había detenido en la puerta del Marthahaus, que parecía más una pensión de cierto nivel que un hotel. Mientras dejaba que Sarah pagara el viaje, recordé lo que había dicho en casa de Yoshimura: estaba completando una tesis doctoral sobre Milena Marić.

Eso justificaría un viaje a Suiza, donde la primera esposa de Einstein había residido como estudiante, pero su presencia en casa del japonés y nuestro encuentro en el Rosengarten al mediodía revelaban que alguien estaba moviendo los hilos desde fuera del tablero. La partida había empezado ya, aunque no supiéramos cuáles eran las reglas.

Una vez en el hall del hotel, ella tomó su llave y empezó a subir la escalera hacia su habitación. Con cada peldaño sus caderas tensaban la seda roja que las aprisionaba.

Sarah debió de notar que la contemplaba embobado al pie de la escalera, ya que se volvió hacia mí y desde las alturas dijo:

—Tal vez más tarde podamos «compartir la información», para que no me pase lo de la ducha y la toalla.

Acto seguido, se despidió con una sonrisa y desapareció de mi vista.

Había pagado un precio abusivo por una habitación individual en el último piso del Marthahaus. Mientras la tarde caía sobre Berna, me dediqué a ver la televisión desde la cama. Estaba demasiado cansado para pensar con claridad sobre lo que estaba sucediendo.

Me detuve en un programa en inglés sobre supervivencia, donde explicaban qué hacer si te encuentras cara a cara con un oso en medio del campo. No decían nada de ser arrojado a una osera.

El experto de turno aconsejaba no mostrar al animal ni demasiada confianza ni tampoco pánico, ya que el oso interpreta ambas actitudes como una amenaza para su integridad. Asimismo, no hay que correr, ya que el animal saldría a cazarnos a una velocidad que dobla la humana, ni mucho menos gritar. Lo mejor es mostrar una actitud ausente —como si eso fuera fácil ante una bestia de media tonelada— y no mirarle directamente a los ojos.

Eso y encomendarse a todos los santos.

Si el oso se pone de pie delante de nosotros, no hay que tomarlo como una señal de agresividad, decía. Simplemente se trata de una postura común en estos animales para ver, oír y oler lo que pasa a su alrededor.

Sentado sobre una roca, el experto señaló con un palo una gran huella en el barro y explicó que las reacciones de los osos son imprevisibles. Pueden interpretar cualquier gesto humano, aunque sea amistoso, como una amenaza.

Por último, recordó que se trata de un animal muy

fuerte, capaz de romper el espinazo a una vaca o de arrancar la cabeza de un hombre de un zarpazo.

Apagué el televisor en este punto, mientras recordaba lo que había visto dos horas antes en la fosa. La visión del cuerpo despedazado de Suter me había impresionado, pero luego no había experimentado niguna emoción especial. De repente la escena regresaba a mí y me revolvía el estómago. Tuve que salir de la cama para ir a vomitar.

Me metí entre las sábanas empapado de sudor frío. Al cerrar los ojos, recordé la estampa del trajeado guía con su pipa en la mano y la sonrisa en los labios. Se la había arrancado el oso de un zarpazo.

Yoshimura. Jakob Suter. Yo podía ser el próximo.

17

Sellos usados

Cada carta es una expectativa encerrada en un sobre.

SHANA ALEXANDER

Me despertaron dos suaves golpecitos en la puerta. Necesité un buen rato para entender dónde me encontraba. Me había dormido con luz diurna y, al abrir los ojos en las tinieblas, no sabía si me hallaba en Zurich, en Berna o en el foso de los osos.

—¿Estás ahí?

Reconocí la voz suave y educada de Sarah. A resultas del vómito, un olor ácido impregnaba la habitación. Como me daba vergüenza que ella se diera cuenta, dije:

—Estoy desnudo. Salgo en un minuto.

—Te espero abajo. Hay algo que quiero mostrarte.

Tomé una ducha refrescante de medio minuto antes de ponerme mi última muda limpia. Si lograba quedarme más de un día en la misma ciudad, mandaría mi ropa a lavar.

Cinco minutos más tarde ya estaba en el hall del hotel, donde me esperaba Sarah con un breve vestido blanco y un fino sobre marrón en la mano. Cuando lo puso en mis manos sin más aclaración, vi que era idéntico al que había contenido la funesta postal que había iniciado aquella locura.

—Me lo acaba de subir el botones. Dice que lo ha traído un mensajero. Y lo más curioso de todo es que está a nombre de los dos.

Acerqué el sobre a una lámpara de pie para estudiar la caligrafía anticuada que ya conocía. En efecto, el misterioso remitente había escrito en la línea superior mi nombre completo, con «Sarah Brunet» justo debajo.

Experimenté una extraña satisfacción al ver los dos nombres juntos, aunque más bien debería tener motivos de inquietud. Quien llevaba las riendas de aquel juego sabía en todo momento dónde me encontraba y con quién. Si se trataba de la misma persona que había liquidado a Yoshimura y al guía, sólo tenía que elegir el momento más adecuado para darme el pasaporte al otro mundo.

—¿No quieres ver qué hay dentro? —preguntó Sarah.

La miré de reojo, escamado ante aquel repentino afán de «compartir información».

Lo que encontré dentro del sobre me pareció de entrada muy decepcionante: veinte sellos usados de 50 liras italianas. Todos eran iguales: mostraban una pintura renacentista de Eva en el paraíso y tenían matasellos de Florencia.

Si había que seguir alguna pista, la ciudad de los Medici era la única que resultaba clara.

—¿Estuvo también Einstein en Florencia? —pregunté.

—Tengo entendido que sí. En 1895 su familia se había instalado en Milán para hacer negocios. Albert realizó en aquella época largos viajes a pie por todo el norte de Italia.

Le devolví el sobre con los sellos mientras le preguntaba:

—¿Significa eso que debemos desplazarnos ahora a Florencia?

—¿Debemos…? —repitió la francesa.

—Cada uno por su cuenta, por supuesto —añadí con sorna.

—No me consta que haya allí ninguna casa donde viviera Einstein, ni ningún lugar que tenga especial interés para su biografía.

—Deduzco de eso que también estás trabajando en el manuscrito de Yoshimura. ¿Tan desconfiado es ese editor que ha pagado dos veces el mismo encargo? Debe de tener miedo de que uno de los dos no cumpla… Si es que no ha encomendado la misma misión a los cuatro que estuvimos en Cadaqués.

Por la intensidad con la que me miraron los ojos azules de la francesa, supe que mi hipótesis no iba desencaminada. Para mi sorpresa, entonces declaró:

—O tal vez tiene miedo de que alguien se vaya cargando a los redactores y quiere que al menos uno llegue vivo hasta el final.

Por lo tanto, también ella estaba en la pomada, pensé. Lo de llegar al final me hizo recordar mi fatídica intervención en la radio y el escueto mensaje en la postal: «Efectivamente, hay una última respuesta».

—Mientras estemos vivos —concluí—, algo tendremos que echarnos entre pecho y espalda. ¿Puedo invitarte a cenar?

La Albertus Pfanne —«sartén de Alberto»— humeaba prometiendo sabores difíciles de digerir. Dos huevos fritos encasquetados sobre un revoltijo de carnes y patatas esperaban la estocada de mi tenedor.

Mi acompañante había pedido una gran ensalada de la que ahora apartaba los tomates. Una botella de Merlot del Ticino completaba el inesperado festín. La tragedia en la fosa de los osos parecía, en aquel restaurante a la luz de las velas, tan lejana como una estrella que se desintegra en el espacio y el tiempo.

Con la segunda copa de vino, decidí indagar un poco más en la vida de mi atractiva amiga, aunque en aquel momento lo último que me interesaba era el encargo sobre Einstein.

—¿Qué te llevó a interesarte por Mileva? Sin duda era una personalidad fascinante, pero me parece excesivo dedicarle una tesis doctoral. ¿Da para tanto?

—Da para eso y mucho más —repuso con firmeza—. Su mundo no empezó y acabó con Albert. Estuvo en contacto con muchas otras personas clave de su época. Llegó a trabar amistad con el mismísimo Nikola Tesla.

Mientras Sarah se servía una tercera copa de vino —no me había esperado que ella bebiera como un cosaco—, traté de localizar al tal Tesla entre mis archivos mentales. Me sonaba haber escrito algo sobre él en mis inicios en la radio. Era un inventor contemporáneo de Edison, o algo así.

Aunque sólo hacía tres días que había salido, Barcelona empezaba a quedar a años luz. Por primera vez en mucho tiempo, me sentía libre de ir o venir por donde quisiera. Ciertamente, el juego en el que me había metido parecía ir devorando a sus participantes, pero allí y entonces sólo me interesaba Sarah Brunet.

Cuando pidió al camarero una segunda botella de vino, entendí que aquella noche podía pasar algo entre nosotros.

A medida que caían las copas ella se volvía más malhablada, como si apareciera su verdadera esencia bajo la cáscara de la formalidad, pero eso no me importaba. Al contrario, sus ojos azules brillando ebrios en la blancura de su piel la hacían aún más irresistible.

Empecé a pensar que había sido excesivo apurar la segunda botella de Merlot cuando vi regresar a Sarah del baño haciendo eses. Me ofreció el brazo y dijo:

—¿Volvemos al hotel?

18

El hombre que inventó el siglo XX

> El futuro por el que tanto he trabajado
> es mío.
>
> NIKOLA TESLA

El corto paseo hasta el hotel fue un festival de risas y traspiés. Cuando Sarah no tropezaba con los adoquines, tenía que apartarla para que no se estrellara contra algún transeúnte nocturno. Parecía que aquella fuera la primera vez en su vida que se emborrachaba.

Cuando llegamos al Marthahaus también a mí me daba vueltas la cabeza, como si el aire alpino hubiera acabado de enturbiarla. Tanto oxígeno puro no podía ser bueno para una rata de ciudad como yo.

El ascensor estaba siendo reparado en aquel momento, y enseguida vi claro que la francesa no lograría subir por la escalera sin descalabrarse. Adoptando el papel de seductor a la antigua, la tomé en brazos sin siquiera pedirle permiso. Por la risita que dejó escapar, no parecía importarle.

En mi estado, la ascensión a la segunda planta presentaba algunos problemas técnicos, pero finalmente logré llegar hasta su puerta sin que nos fuéramos al suelo.

Como si verse cerca de su nido la hubiera vivificado, saltó de mis brazos con relativo equilibrio. Luego me dio la llave para que yo mismo abriera la puerta. Al encender la luz, me sorprendió encontrarme media docena de prendas tiradas por el suelo. Me puse en guardia al pensar que alguien había entrado en la habitación en nuestra ausencia.

—¿Qué te pasa? —preguntó ella al verme tenso.

—Hay ropa en el suelo.

—¡Vaya comentario más tonto! ¿Qué tiene eso de raro? La he dejado yo.

Acto seguido, se sentó en la cama de matrimonio y se descalzó disparando los zapatos con un hábil movimiento.

Yo dudaba entre abalanzarme suavemente sobre ella y besarla, o bien sentarme a su lado y esperar a que la francesa tomara la iniciativa. Finalmente hice esto último. Sarah abrió entonces el cajón de la mesita de noche y sacó dos hojas de revista grapadas.

—Toma, quiero que leas este artículo —dijo—. Es sobre Tesla.

—A las tres de la mañana y con un litro de vino en el cuerpo, creo que podrás entender que Tesla me importe un pimiento.

Como si yo fuera un niño rebelde al que hay que encauzar, me miró con expresión severa. Luego dobló el artículo en cuatro y me lo metió a presión en el bolsillo del pantalón.

—¡Nada de Tesla! —protesté siguiendo la comedia.

Sarah estalló en una carcajada. Luego me puso la mano en el hombro y me susurró:

—¿Quieres acostarte conmigo?

Me había dejado helado. Pero antes de que lograra decir nada, respondió ella misma:

—Pues otra vez será, porque estoy muerta de sueño. Ahora, lárgate.

Después de ser humillado por Sarah, me tumbé en la cama de mi habitación con la autoestima bajo mínimos.

Pasada la fase del mareo y la excitación, el alcohol me había trasladado a un limbo parecido a la vigilia. Convencido de que no me dormiría por muchas vueltas que diera, eché un vistazo a los programas televisivos de madrugada, pero sólo había deprimentes teletiendas o películas ya empezadas, a las que no me veía con fuerzas para incorporarme.

Finalmente tomé del suelo el artículo en inglés que me había dado Sarah y que yo había estado a punto de romper en cien trozos.

Era un resumen vulgar de la vida y milagros de Nikola Tesla, un serbio nacido en Croacia una noche de tormenta eléctrica, toda una premonición de lo que sería la pasión de su vida.

En un mundo alumbrado por velas, este ingeniero incansable no tardó en concebir un transformador de electricidad con el mismo diseño que el que se utiliza hoy en día.

A lo largo de su vida patentó muchos otros inventos, entre ellos la tecnología *wireless*: un sistema de transmisión de electricidad inalámbrico que se anticipaba un siglo a la tecnología actual.

Además de inventar el radiotransmisor que daría fama a Marconi, mantuvo con Edison la llamada «guerra de las corrientes». Tesla se esforzaba en demostrar la superioridad de la corriente alterna frente a la corriente continua que propugnaba Edison. Sus estudios sobre magnetismo hicieron que en su honor denominaran «tesla» a la unidad de medida del campo magnético en el Sistema Internacional de Unidades.

Tras diseñar la primera central hidroeléctrica, por la época en la que Einstein se graduó en el Politécnico de Zurich, Tesla empezó a embarcarse en proyectos cada vez más peregrinos. Se trasladó a Colorado Springs para experimentar con ondas terrestres y ambientales. Allí empezó a afirmar que recibía con su radio señales de vida de Marte, cuyos habitantes habían vivido en la Tierra con anterioridad. En esa misma línea de trabajo, se propuso iluminar con electricidad el desierto del Sahara para que los habitantes de otros planetas pudieran contemplar la Tierra.

Dedicó sus últimos días a proyectar un arma denominada «Rayo Mortal», un pulso electromagnético capaz —según el inventor— de derribar una flota de diez mil aviones situada a cuatrocientos kilómetros de distancia. Se parecía al «rayo de partículas» que en teoría se desarrolló durante la Guerra Fría. Sus archivos fueron confiscados por el gobierno norteamericano, por lo que se cree que más de un proyecto de Tesla nunca ha salido a la luz.

Al terminar la lectura, entendí por qué su autor se explayaba tanto en la dimensión más fantasiosa y especulativa de Nikola Tesla. Para entenderlo sólo había que mirar quién firmaba el artículo: Klaus Jensen.

Aunque procediera de la versión web de una publicación estadounidense, que Sarah hubiera dado con aquel reportaje divulgativo y lo hubiera impreso para mí era algo que me causaba inquietud. Me hacía sospechar que la casa de Cadaqués no había sido el primer lugar donde se habían encontrado la francesa y el director de *Mysterie*.

Cuál era el papel de Jensen en aquella trama era algo que aún estaba lejos de entender.

19

El jeroglífico

No podemos resolver un problema pensando
de la misma manera que cuando lo creamos.

ALBERT EINSTEIN

Eran casi las doce cuando bajé a
desayunar con la cabeza como un
bombo. La caprichosa química del alcohol me había desvelado a las seis de la mañana. Tras leer el discutible artículo
de Jensen, publicado en una revista inglesa de bajo presupuesto, había tardado un buen rato en dormirme, pero la
resaca seguía su curso.

El comedor del Marthahaus estaba bastante animado
aquel sábado al mediodía. Junto a uno de los ventanales
vi a Sarah Brunet fresca como una rosa leyendo *L'Express,*
una revista suiza en lengua francesa.

Me saludó brevemente sin abandonar la lectura, lo
que al principio interpreté como un signo de vergüenza por el desmadre de la noche anterior. Sin embargo,
cuando al terminar el artículo dejó caer la revista sobre

la mesa, no me pareció ver ni rastro de rubor en sus mejillas.

Aquella mujer me desconcertaba. Su fría elegancia seductora no encajaba con aquel desparrame de ropa en su habitación, ni con los excesos cometidos la noche anterior. ¿Existía una Sarah conservadora de día y otra completamente opuesta de noche?

Deseé que fuera así y que nuestra aventura durara todavía unas cuantas noches. Entre otras ventajas, eso significaría que continuábamos con vida.

—¿Has leído lo de Tesla?

—Sí —dije mientras me llevaba la taza de café a los labios—. Pero tengo mis reservas sobre la cordura de quien lo ha escrito.

—Todo lo que dice es cierto —repuso muy seria—. Aunque Jensen ha dejado deliberadamente algunos datos reveladores en el tintero.

—¿Qué quieres decir con eso?

—Hay una hipótesis provocadora que se suele citar cuando se habla de Tesla que Jensen ha obviado. Sospecho que no quiere que nadie más indague en esa dirección. Por eso me interesaba que leyeras el artículo: lo más significativo es lo que no cuenta.

—¿Por qué no hablas más claro? Tengo una resaca de caballo y no me veo con fuerzas para adivinar lo que el danés loco no ha dicho en su artículo.

Sarah golpeó suavemente el mantel blanco con el sobre fantasma, del que se escaparon los sellos franqueados en Florencia antes del euro. Mientras ella se explicaba, me dediqué a poner las veinte estampillas de 50 liras en fila india. Una bonita procesión de Evas.

—Jensen no menciona la fórmula $E = mc^2$ ni su relación con la primera esposa de Einstein.

—Ahora sí que no te entiendo. ¿Por qué tendría que hablar un artículo acerca de Tesla sobre la fórmula de la energía?

—Porque se cree que la fórmula más famosa de todos los tiempos fue desarrollada por Mileva Marić, que se la cedió a su marido para ayudarle a alcanzar la fama.

—¡Bobadas! —respondí adoptando la postura intransigente de Pawel—. ¿Cómo una mujer que no terminó los estudios superiores iba a dar con la fórmula de la bomba atómica?

—Con la ayuda de su amigo Nikola Tesla, por supuesto. Nadie en su tiempo sabía más que él sobre la energía y su comportamiento. Por lo tanto, no es raro que aportara los conocimientos para que Mileva, que era matemática, llegara a la conclusión de que la energía es igual a la masa por la velocidad de la luz al cuadrado. De hecho, Tesla ya había realizado experimentos con el electromagnetismo antes de que Einstein escribiera sobre el tema. Por eso hay quien afirma que la teoría de la relatividad surgió de la colaboración entre Nikola y Mileva.

No tenía fuerzas para discutir, dado que parte de mi cerebro aún estaba dormido. Por otra parte, no quería contrariar a Sarah en plena fase de acercamiento.

—Es posible que Einstein tomara prestadas muchas ideas de otros científicos —dije—. Sin duda, su capacidad de síntesis lo convertía en un divulgador excepcional. Hay teorías que se suelen asociar a él, como eso de que el espacio y el tiempo se contraen, cuando ya lo había dicho con anterioridad Lorentz, el premio Nobel holandés.

Tras ponerme esta medalla —recordaba el dato de un guión bastante reciente— nos quedamos nuevamente en silencio. El suave perfume de Sarah me embriagaba. Deseé pasarle los dedos por el pelo y besar su cuello, pero sabía que a la luz del día sería rechazado.

Para distraerme de aquella mujer que me atraía hacia ella con fuerza centrípeta, volví a posar la mirada en los veinte sellos de Eva. Entre todos sumaban 1.000 liras, lo que en su momento había representado algo así como 60 céntimos de euro. ¿Qué se podía haber enviado con cada uno de aquellos sellos?

De repente, algo hizo «click» en mi cabeza y entendí el mensaje, que era más bien un jeroglífico. Estuve a punto de gritar *Eureka!*» o un anacronismo similar, pero finalmente bajé la voz para que sólo Sarah conociera mi descubrimiento.

—Creo que sé el nombre de quien nos ha mandado este sobre. Es la misma persona que convocó la reunión de Cadaqués. A través de este jeroglífico nos continúa atrayendo hacia su secreto.

La francesa abandonó nuevamente la lectura para interrogarme en silencio con el azul de sus ojos.

—Vas a descifrarlo por ti misma —anuncié—. Ante todo, suma el valor de estos sellos.

Necesitó apenas un par de segundos para responder:

—Mil.

—¿Y qué personaje bíblico hay en ellos?

—Eva.

—Ahora sólo tienes que unir las dos palabras.

Sarah contuvo un grito de emoción al decir:

—Mileva…

—Aquí tienes al remitente de las cartas —dije triunfante.

—Un momento… Es una conclusión brillante, pero no tiene sentido. ¿Cómo puede ser el remitente alguien que murió en 1948?

Respiré para no precipitarme a causa de la emoción. Ahora venía la parte más atrevida de mi tesis:

—Sabemos que Mileva tuvo una hija. Más aún, una hija secreta.

—Cierto, Lieserl, que si hoy viviera tendría ciento ocho años. Lo dijo Pawel.

—Ahora supongamos que la hija no reconocida del genio, de quien heredó un formidable secreto, pasó esta herencia a su propia hija. En aquella época era muy común tomar el nombre del abuelo o abuela. Por lo tanto, la hija de Lieserl se llamaría…

Sacudida por la revelación, Sarah se llevó la mano al pecho antes de responder:

—Mileva.

SEGUNDA PARTE

Aire

El Aire es el elemento que simboliza la mente, la inspiración
y la imaginación.

Es la energía del pensamiento, la reflexión, el lenguaje,
la comunicación y la inteligencia.

Se trata del segundo elemento menos denso después del Fuego.

Su poca materialidad le hace ser el rector
del mundo de las ideas.
Es el elemento de los filósofos, los investigadores y los genios
que viven inmersos en las abstracciones.

El Aire nos da la vida, y a través de él se transmite la palabra
que alberga los conceptos.
Ocupa un vacío aparente que está lleno de ideas,
palabras y anhelos.

Contiene el recuerdo de la vida en el pasado
y los afanes de la vida en el futuro.

20

Un tren a Budapest

Nada es más misterioso que aquello
que vemos con claridad.

ROBERT FROST

Habíamos decidido salir en tren hacia Serbia aquella misma noche. Si mi deducción —compartida por Sarah— era correcta, lo más probable era que la hija de Lieserl, y depositaria del secreto de Einstein, continuara viviendo en la patria de su madre.

Una vez en el país balcánico, sólo teníamos dos ciudades en las que lanzar nuestra red: la capital, Belgrado, y Novi Sad, ciudad natal de Mileva Marić, la abuela de la persona que buscábamos y que al parecer nos buscaba.

Antes de iniciar el viaje, dediqué mi último día en Berna a visitar algunas casas relacionadas con Einstein para completar el manuscrito. Al parecer, el edificio de la oficina de patentes donde había empezado a trabajar se hallaba en la Genfergasse, pero en 1907 se había mudado a un edificio de correos ya demolido.

De aquel mundo en el que Albert había trazado sus primeras teorías de calado sólo quedaba el Café Bollwerk, así como el apartamento en la Kramgasse n.º 49, que había compartido con Mileva.

Pasé la tarde en su interior, tomando algunas fotografías y anotando detalles que no estaban reflejados en la biografía de Yoshimura. Luego me reuní con Sarah Brunet, que había estado haciendo sus propias averiguaciones.

Mientras cruzábamos la estación para tomar el tren hasta Budapest, desde donde pondríamos rumbo a Serbia, me susurró enigmáticamente al oído:

—Ya sé dónde nos esperan en Belgrado.

—¿De verdad? —repuse escéptico.

—Bueno, no ha sido difícil averiguarlo. Creo que la caza ha terminado.

A continuación sacó de su bolsillo un i-Phone y seleccionó el último mensaje que le había llegado. Me detuve a leerlo con las voces de megafonía y el murmullo de los trenes que entraban y salían como banda sonora.

Era un SMS tan escueto como la postal, la llamada telefónica o el mensaje trazado por el robot pintor en el Cabaret Voltaire. Había entrado a las 12.24 del mediodía con un número oculto:

[Belgrado. Hotel Royal. Cafetería. Lunes. 21.30]

—¿Qué te parece? —me preguntó escrutándome con sus ojos azules.

—Me parece que la vieja dama nos invita a cenar. Tendremos que buscar ese hotel de nombre hortera.

Sarah me tomó del brazo para que reemprendiéramos la marcha hasta la vía 2, de donde el tren saldría en diez minutos. Mientras sorteábamos la marabunta de pasajeros con maletines y periódicos, explicó:

—No me ha costado encontrarlo. Está en el número 56 de la calle Kralja Petra, en el centro de Belgrado. Dormiremos allí mismo, por si se alarga el encuentro. Me he encargado personalmente de la reserva.

—Veo que no pierdes el tiempo —comenté mientras me preguntaba si habría reservado una o dos habitaciones.

Ya en el tren, el revisor nos hizo saber que debíamos realizar dos cambios para conectar con el Wiener Walzer, el expreso que hacía la ruta nocturna entre Viena y la capital húngara.

Tres cuartos de hora después de nuestra partida bajamos en la pequeña estación de Olten, donde corrimos para tomar el Intercity a Zurich, en el que apenas estuvimos media hora. Nuevamente tuvimos que correr para alcanzar el expreso que nos dejaría en Budapest a las 11.34 de la mañana. Desde allí tendríamos que tomar un tren serbio hasta nuestro destino final.

En la puerta del moderno convoy con las siglas OBB, la compañía ferroviaria austríaca, un eficiente empleado nos acompañó a través de los vagones azules hasta un moderno y diminuto compartimento para nosotros solos. Tenía dos literas, una mesa plegable y un pequeño baño privado.

Mientras me preguntaba qué sucedería en el Hotel Royal, me pareció una buena señal pasar la noche con Sarah en aquella especie de cápsula espacial. Sin embargo, la francesa se encargó de desinflar mis expectativas. Tras cerrar con el seguro la puerta del compartimento, dijo:

—¿Te importaría meterte en el baño mientras yo me cambio?

—En absoluto —respondí a regañadientes.

Al sentarme sobre la tapa del WC, me vi la cara en el espejo y casi me asusté. Estaba demacrado. Aquello contravenía la ley de la relatividad: ¿No decía Einstein que para los viajeros el tiempo transcurría más despacio? Yo parecía haber envejecido varios años de golpe.

El tren se puso en marcha con una leve sacudida.

Para paliar mi decepción ante lo que no tenía visos de ser una noche romántica, me pregunté en el silencio hermético del baño cómo pasaríamos la velada. Tal vez podíamos organizar una «fiesta de pijamas» con una botella de champán conseguida en el restaurante.

Aparté esa fantasía de mi cabeza mientras notaba por el aumento de la vibración que el tren iba ganando velocidad. La estrechez del baño me empezaba a asfixiar.

Miré mi reloj: llevaba más de diez minutos en aquella cápsula con olor a desinfectante. Ligeramente irritado, me levanté y acerqué los labios a la junta de la puerta:

—¿Tienes para mucho?

Silencio.

Una de dos: o aquel aseo estaba insonorizado como un estudio de grabación o…

Sentí cómo las ruedas del Wiener Walzer aceleraban bajo mis pies. Una sospecha repentina hizo que abriera la puerta de golpe para confirmar lo que ya me temía: Sarah Brunet había desaparecido.

21

Lorelei

Se puede prever el movimiento de los cuerpos
celestes, pero no la locura de las personas.

Isaac Newton

Reaccioné al engaño asestando una patada a la puerta del aseo que hizo temblar toda la cabina. Por algún oscuro motivo, la bella francesa había decidido facturarme en el expreso a Budapest y se había bajado segundos antes de que arrancara el tren.

Una jugada de pizarra.

Debía haberme imaginado algo así cuando me había pedido que me encerrara en el baño, me dije, ya que normalmente es al revés: quien se cambia de ropa se mete en el aseo, por diminuto que sea. Había caído en la trampa como un pardillo.

Eché una mirada rápida al camarote en busca de su maleta roja, pero sólo encontré mi Samsonite llena de arañazos. Estuve tentado de patearla también para descargar la rabia, pero finalmente salí del compartimento en dirección al bar. Necesitaba un whisky —o dos— para analizar lo que acababa de suceder y decidir qué haría a continuación.

El vagón restaurante se encontraba al final del convoy. Aunque eran ya las once de la noche, todas las mesas estaban ocupadas por parejas mayores que cenaban hablando entre susurros, además de alguna figura solitaria delante de su dosis de alcohol.

Fui a ahogar mi frustración directamente en la barra, donde un camarero pálido como un vampiro me respondió con un monótono «*Bitte schön…*».

Pedí un whisky doble y obtuve un vaso con el logo de BBC, donde el adormecido barman vació dos botellines de Chivas. Luego me dio a entender que no me podía quedar en la barra porque bloqueaba la salida de platos para la cena.

Deprimido ante la perspectiva de tomarme el trago en aquel cascarón vacío, pagué el importe justo y atravesé el vagón restaurante con el vaso en la mano. Justo cuando pulsaba el botón para abrir la puerta, un agudo silbido me detuvo.

No me podía creer que alguien se atreviera a llamarme como si fuera un perro. Me giré furioso, con ganas de vaciar el vaso de whisky sobre quien había silbado. Pero era una adolescente con pinta de chiflada.

Y lo peor de todo era que la conocía.

—¿Qué diablos haces aquí? —me largó en perfecto inglés.

Miré con estupefacción a la niñata de coletas azules. Llevaba una camiseta de Joy Division y me sonreía insolente.

En circunstancias normales no me habría dignado a contestar, pero me sentía tan perdido en aquel tren nocturno que cualquier opción era preferible a la soledad.

—¿Está libre? —dije señalando el asiento al otro lado de su mesa.

Reventó un globo de chicle azul antes de contestar con suficiencia:

—Es obvio que no. Está sujeto a la mesa, por lo tanto no conoce la libertad.

—Muy ocurrente.

—Pero si quieres sentarte a mi mesa, estoy abierta a negociar. Por cierto, ¿qué estás bebiendo?

—Un whisky doble.

—Pues quiero uno como el tuyo.

Antes de responder a eso, la estudié con detenimiento. Podía tratarse de una menor pasada de vueltas, o tal vez fuera una universitaria escuálida aficionada a vestirse de niña chiflada. Decidí preguntarle directamente:

—¿Cuántos años tienes?

—Los suficientes para hacer lo que me dé la gana.

Al levantarme para dejarla sola con sus insolencias, la chica del pelo azul decidió aflojar un poco el pedal de la crispación.

—¡No seas tan susceptible, tío! Te lo pediré bien: ¿Me invitas a un trago como el tuyo?

Inspiré profundamente antes de darle mi vaso y dirigirme de nuevo a la barra. Mientras repetía mi pedido al camarero con cara de muerto, el tren se detuvo. Segundos después, dos policías de fronteras entraron en el vagón y empezaron a pedir la documentación.

«Tierra trágame», pensé al ver la niñata con el vaso de whisky en la mano. Uno de los policías fue directamente hacia ella y le pidió el pasaporte. «Ahora se arma un cristo y me bajan del tren por corrupción de menores», me dije.

El policía estudió con atención el pasaporte, mirando repetidas veces a su propietaria, que daba pequeños sorbos al vaso. Supuse que era mayor de edad, ya que le devolvió la documentación sin más preguntas.

Después de identificarme —para mi alivio, aún no debía de constar en las listas de la Interpol—, me senté con aquella insólita compañera de mesa. De repente parecía estar de buen humor.

—Me llamó Lorelei. Lore para los amigos, ¿y tú?

—Javier.

—Chin-chin —dijo en tono burlón mientras chocaba su vaso con el mío.

—¿Qué se te ha perdido en Budapest? —le pregunté algo más relajado tras un segundo trago—. ¿No trabajas en el museo mañana lunes?

Negó con la cabeza mientras daba otro tiento al whisky. Pensé que me preguntaría lo mismo, el objeto de mi viaje, pero se limitó a mirarme mientras mascaba chicle. Insistí en mi pregunta:

—Dime, ¿qué vas a hacer en Budapest?

—Negocios.

—¿Qué clase de negocios?

—¿Y a ti qué coño te importa?

Vi de reojo cómo un matrimonio entrado en años nos miraba con reprobación. Entendí que era el momento de dejar aquella conversación absurda y largarme, así que me despedí brevemente y puse rumbo a mi camarote.

Había llegado ya a mi puerta cuando oí unos pasos rápidos y suaves a mi espalda. Al girarme, me encontré con la chica de las coletas azules, que me miraba con extraña fijeza.

Sentí un pánico inexplicable. Había algo en aquella Lorelei que resultaba muy inquietante.

—Oye, tío, no me puedes dejar tirada como un trapo. Eres el único amigo que tengo en este tren. ¿Tomamos otro whisky?

—Ni hablar. Acuéstate de una puñetera vez.

—No tengo sueño.

—Eso no es problema mío —repuse con los nervios de punta.

—Sí que lo es, porque si me dejas tirada me pongo a gritar ahora mismo y despierto a todo el vagón. Diré que me has metido mano y que me has ofrecido pasta para que me acueste contigo.

—No pienso volver al bar —me enroqué.

—Pues enséñame tu compartimento. Abre esa maldita puerta o me pongo a chillar ahora mismo.

Lorelei debió de advertir la alarma en mi rostro, ya que bajó la voz para añadir en un tono falsamente dulce:

—Sólo será un rato y me largo, te lo prometo. Quiero proponerte algo, tío. No estás obligado a aceptar, pero déjame al menos que te lo cuente. Tú decides. Luego me voy sí o sí, ¿vale?

La veía perfectamente capaz de cumplir su amenaza, así que me apresuré a abrir la puerta del compartimento. Una vez dentro, ella cerró con el seguro, encendió la luz y me dirigió una mirada que era cualquier cosa menos tranquilizadora.

—Ahora escúchame bien… —empezó—. Estoy metida en un buen lío y me vas a tener que ayudar.

Una voz procedente de la litera inferior me heló la sangre:

—¿Javier? Pero… ¿te has vuelto loco?

Inexplicablemente, Sarah estaba en la cama y me observaba perpleja mientras se cubría con la sábana. Luego contempló alucinada a la chica del pelo azul, la cual le devolvió una mirada de odio antes de decirme:

—Lo vas a pagar caro.

A continuación salió del camarote dando un gran portazo.

22

Demostración de fuerza

Hay dos cosas infinitas: el Universo y la estupidez humana. Y del Universo no estoy seguro.

ALBERT EINSTEIN

Necesité un buen rato para explicar a Sarah la cadena de pequeños acontecimientos que había terminado con la chiflada del Cabaret Voltaire en el camarote.

—Creía que me habías abandonado en el tren —dije—. ¿Por qué has salido del compartimento dejándome en el lavabo?

—Justo cuando has entrado en el baño me han llamado al móvil, pero no había cobertura. Por eso me he ido a hablar entre dos vagones.

—Yo no he oído nada —repuse desconfiado.

—Es que lo tenía en silencio y ha vibrado en mi bolso, por eso no te has dado cuenta.

—Pero tampoco te he oído contestar…

Por la mirada nerviosa que me dirigió mientras se cubría con la sábana, supe que la había pillado. No me estaba contando la verdad, o al menos no toda la verdad. Sin embargo, supo desviar la atención con este ruego:

—¿Puedes apagar la luz? Me incomoda que me estés mirando mientras estoy desnuda bajo la sábana.

Deseé preguntarle por qué estaba desnuda, si justamente me había pedido que me encerrara en el baño para «cambiarse», pero opté por hacer lo que me pedía. Apagué la luz y subí a mi litera de un salto. Vestido sobre la cama, volví al interrogatorio:

—No te he oído contestar al teléfono. ¿Cómo sabías que no había cobertura?

A mi pregunta siguió un silencio tenso. Pude oír cómo Sarah respiraba agitadamente en la oscuridad antes de responder:

—Tienes razón, no era ése el motivo. Cuando el teléfono ha vibrado, he salido sin hacer ruido para que no supieras que estaba hablando. Pensaba que sería sólo un minuto, pero la conversación se ha alargado y cuando he regresado ya no estabas.

Quise preguntarle con quién hablaba, pero eso me habría hecho parecer un acosador, así que traté de pillarla por otros flancos:

—Cuando he salido del baño, no he visto nada en el compartimento. Ni siquiera tu maleta.

—La había empujado debajo de la cama. El tren aún estaba parado en la estación y son muy comunes los robos justo antes de arrancar. También en Suiza.

Eso tenía sentido. Sin embargo, supe que por mucho que preguntara no averiguaría qué había estado haciendo durante su desaparición. No me podía fiar de ella. La que desde hacía un día y medio era mi acompañante cada vez me resultaba más incomprensible. Incomprensible pero fascinante.

—Te he estado esperando —dijo, de repente, sacándome de mis cavilaciones.

Aquella aseveración era lo bastante agradable para que me olvidara de su desaparición y de la llamada al móvil. Respondí envalentonado por el whisky:

—Puesto que ya estoy aquí, puedes decidir si me invitas a tu cama o quieres subir a la mía. La vida es demasiado corta para dormir en literas separadas.

—Ya no es el momento —me cortó—, al menos para mí, porque me he aburrido de esperarte. La culpa es tuya por perder el tiempo con esa pringada. Otra vez será, buenas noches.

Aquellas palabras me habían herido, a la vez que me sumían en la vergüenza más absoluta. De repente me vi como lo que era: un satélite a la deriva que se deja atrapar por el campo gravitatorio de cualquier planeta o planetoide a su paso. Así había sido en Barcelona y mi sumisión continuaba desde que había tropezado nuevamente con Sarah.

Mientras el tren avanzaba hacia Budapest, me prometí en adelante centrarme exclusivamente en el trabajo que tenía encomendado. Una vez supiera quién era la persona que tiraba del hilo y sus razones, tomaría nota de lo que tuviera interés para el libro y completaría el viaje de documentación lo antes posible.

Acabar la biografía de Einstein y volver a mi triste redil. Ése era el itinerario. Mi plan, sin embargo, chocaba con el presentimiento que me embargaba desde que había subido a aquel tren. Una sensación de fatalidad que aumentaba a medida que el Wiener Walzer ganaba kilómetros de raíl.

Intuía que las risas y el champán habían terminado y que en Serbia me esperaba cualquier cosa menos placeres. Hasta aquel momento había vivido una extravagante aventura con una mujer de bandera al lado. Ni siquiera la muerte de dos hombres había proyectado una sombra en el excitante juego de recoger los pedazos de la vida de Einstein.

Pero algo completamente distinto estaba a punto de empezar.

Mientras pensaba en todo esto, unos pasos suaves y reconocibles se aproximaron a la puerta y se detuvieron allí.

Lore.

El pánico irracional —a fin de cuentas era sólo una cría— que había sentido al encontrarla en el pasillo del tren se redobló. Más allá de su aspecto extravagante, había algo terrible en aquella persona, aunque no acertaba a definir qué era.

Esperé en la oscuridad que diera una patada a la puerta o que lanzara una nueva amenaza, pero se limitó a estar allí.

Un largo rato.

Luego tamborileó con sus finos dedos sobre la puerta y se marchó.

Permanecí despierto en tensa espera hasta asegurarme de que la niña no volvía. Luego respiré hondo. El traqueteo del tren y el whisky doble me habían sumido en un mareo que amenazaba con revolucionar mi estómago.

Salté de la cama mientras notaba ya las primeras arcadas. Sarah parecía dormir profundamente.

Tras encerrarme en el baño, me refresqué la cara con abundante agua fría. Al mirarme nuevamente en el espejo, el mundo pareció agitarse bruscamente en medio de un chirrido ensordecedor.

Hasta que di de cabeza contra el cristal reflectante, que se rompió en añicos, no entendí que el tren se había detenido de golpe. Alguien había activado el freno de emergencia. Tal vez había un incendio en el vagón y no iba a tener fuerzas para escapar.

Eso fue lo último que pensé mientras, sentado en el suelo del baño, sentía cómo la sangre y la conciencia se escapaban a la vez.

Cuando recuperé el sentido, la primera claridad del día penetraba en la cabina. Estaba tendido en la cama. Al parecer, el tren había reanudado su marcha.

Hubiera creído que aquella noche era parte de una pesadilla, de no ser por los pinchazos que asaeteaban mi cabeza y por un perfume que compensaba el dolor y la confusión que me embargaban.

Sarah estaba muy cerca de mí. Su rostro resplandeciente se inclinó sobre el mío mientras una fuerte quemazón me abrasaba la nuca.

—Es sólo desinfectante —me susurró al oído mientras presionaba suavemente sobre la herida—. Podrías haberte hecho mucho daño, pero sólo tienes un par de cortes superficiales.

Cerré los ojos mientras me sentía Indiana Jones atendido por la belleza de turno. Las curas concluyeron con un suave beso de mi cuidadora en la frente.

Mientras regresaba poco a poco al abismo del sueño, aún tuve tiempo de murmurar:

—¿Ha habido un incendio?

La voz de Sarah surgió de la litera inferior. Al parecer, había vuelto a la cama.

—No, sólo un loco que ha tirado del freno de emergencia. Seguro que ha bajado del tren antes de que el revisor entrara en todos los camarotes. Hemos estado parados una hora.

Suspiré mientras visualizaba perfectamente quién estaba detrás de aquella barrabasada. Algo me decía que no iba a ser la última. Aquello parecía un preámbulo, una demostración de fuerza antes del verdadero ataque.

23

Serbia

Si somos capaces de imaginar la felicidad
infinita, deberíamos ser capaces de entender
la infinidad del espacio, que es algo mucho
más sencillo.

MILEVA MARIĆ

Llegamos a Budapest bajo una
fina lluvia que daba a la ciudad
un aspecto lúgubre y poco prometedor.

Cuando abrí por segunda vez los ojos, Sarah ya estaba
sentada junto a la ventana del camarote con un café en la
mano. Vestía un fino jersey morado sobre una minifalda
negra y zapatos de tacón. Aparté la mirada de sus piernas
al recordar la promesa que me había hecho por la noche,
justo antes del acto de sabotaje.

Recordé de repente el espejo roto. Según la supers-
tición, aparte de las heridas en la cabeza me esperaban
siete años de mala suerte. Ésa era la alternativa —por
ahora— al final que habían tenido el japonés y el guía de
Berna.

Ajena a mis pensamientos lúgubres, la francesa se peinó con la mano su sedosa cabellera morena antes de decir:

—Hoy es el día.

En la estación de Budapest-Keleti supimos que no era posible llegar en tren a Belgrado aquel mismo día. Un oscuro funcionario nos informó tras su ventanilla que tendríamos que esperar al Pannonia Express, que salía a las seis de la madrugada siguiente.

—Imposible —dijo Sarah—. Debemos llegar esta noche.

El hombre se encogió de hombros y, tras fijar su mirada en el busto de la francesa, dijo:

—Entonces, minibús.

Una hora más tarde estábamos enlatados en una pequeña vanette con otros diez pasajeros cargados de bolsas con comida, botellas y paquetes diversos.

Encajados con calzador, compartíamos la fila trasera con un anciano corpulento que dormía abriendo la boca monstruosamente. Yo ocupaba el asiento del centro y Sarah el de la ventana izquierda. Con las maletas a nuestros pies, teníamos que levantar las rodillas para caber en aquel espacio ínfimo. Nos esperaban casi ocho horas de viaje.

El glamour había terminado.

Mientras el minibús pugnaba por abandonar la periferia de Budapest, atestada de camiones a aquella hora, me dediqué a leer la parte de la biografía de Yoshimura dedicada a Lieserl —rebautizada como Zorka, según otra fuente—, la hija no reconocida de Einstein y Mileva Marić. La información que consignaba era vaga y a todas luces insuficiente, como admitía el propio autor en un listado de preguntas que ahora me correspondía a mí responder.

[¿Por qué motivo Einstein no quiso conocer a su propia hija?

¿Cuál fue el destino de Lieserl? ¿Supo quién era su verdadero padre? ¿Nunca hubo contacto de ninguna clase entre ellos?]

Si en el Hotel Royal nos esperaba la hija de Lieserl, según nuestra hipótesis, tal vez estas cuestiones se resolverían por fin. Eso me infundía un entusiasmo que compensaba la incomodidad del viaje, y la tortura de tener al lado una mujer que me gustaba más de lo que estaba dispuesto a admitir.

Para ser participante aventajada en aquel maratón, a Sarah no parecía interesarle el texto que yo subrayaba con lápiz. Su mirada cristalina estaba posada en los primeros campos que se extendían a la salida de la capital húngara.

Leí:

Gracias a la mediación de su amigo Marcel Grossman, Einstein supo que estaba a punto de obtener la ansiada plaza en la oficina de patentes de Berna. Mientras tanto, había tenido que emplearse como profesor particular de un niño que pertenecía a una acaudalada familia británica, lo que le obligaba a vivir en una aldea, lejos de su mundo y de los brazos de Mileva.

El embarazo de la estudiante serbia empezaba a ser notorio, por lo que hubo que tomar decisiones drásticas para que la prometida felicidad de la pareja no se fuera al traste. De saberse que esperaba un hijo ilegítimo, Einstein perdería cualquier opción de obtener el empleo al que aspiraba, sin contar con el escándalo que la noticia supondría en su propia familia.

Puesto que Mileva tampoco podía proseguir los estudios por el mismo motivo, decidieron que se refugiaría en su Novi Sad de origen, que entonces se encontraba en la parte húngara del imperio, hasta que Albert obtuviera el empleo y pudieran casarse, para así normalizar la situación familiar. Sin embargo, las gestiones se alargaron y Lieserl acabó naciendo; su padre no se dignó a viajar para conocerla.

La continuación de esta historia era más inexplicable aún. Si bien Albert nunca mostró interés en ver a su propia hija, Mileva no tuvo inconveniente en darla en adopción a una amiga, Helene Kaufler Savić, con quien no constaba que hubiera mantenido mucho contacto posteriormente.

Cuando finalmente se casó con Albert, un año más tarde, la cuestión de la niña era ya agua pasada. Habían tenido dos hijos legítimos, Hans y Eduard, este último con esquizofrenia. Pero nadie parecía interesarse por la olvidada Lieserl.

Tras el paso fronterizo, la vanette había empezado a botar por carreteras en mal estado que atravesaban los campos inmensos de Serbia. Aún me sentía débil y me estaba mareando, así que tuve que dejar la lectura. Sarah me dirigió entonces una mirada de repentina simpatía, algo que aún no había visto en ella.

Mientras contemplaba el brillo de sus ojos profundamente azules en la blancura de su piel, me dije que no sabía nada de ella. Desde nuestro encuentro en el Rosengarten, pasábamos el día juntos. Pero, como Lieserl, para mí Sarah seguía siendo todo un misterio.

Decidí preguntarle directamente:

—¿Por qué decidiste hacer tu tesis doctoral sobre Mileva Marić?

La francesa se pellizcó el labio inferior, que era grueso y bien perfilado, antes de responder.

—Supongo que porque me gustan las perdedoras.

—Tú no pareces una perdedora. Tienes pinta de ser una chica de buena familia que siempre obtiene las mejores calificaciones, ¿me equivoco?

Ella sonrió como toda respuesta.

—Lo que no entiendo, entonces, es que pierdas tiempo y energías en esta pesquisa, aunque te sirva para tu tesis. Para mí este encargo ha sido un balón de oxígeno, pero en tu caso…

—No tengo nada mejor que hacer —me cortó.

Aquella respuesta me había descolocado. No entendía que una vanette dando tumbos entre patatales del este fuera lo mejor que podía hacer una intelectual de clase alta.

Agregué:

—Siento que no sé nada de ti.

—Es mejor así.

Tomó mi mano mientras devolvía sus ojos a los campos sin fin. Me aferré suavemente a ella como un náufrago a su tabla de salvación.

24

Hotel Royal

Cuando te enfrentes a una nueva empresa,
espera siempre lo inesperado.

HELEN THOMAS

Belgrado resultó ser una ciudad mucho más bella de lo que había supuesto. Aunque el atardecer ya fundía el cielo de finales de mayo, me impresionaron las grandes avenidas y parques que cruzamos hasta la parada final del minibús, del que éramos los últimos pasajeros.

Por las dimensiones de los edificios y paseos, se notaba que había sido diseñada como la capital de un país muy poderoso, Yugoslavia, que llegó a tener el quinto ejército del mundo.

Tras despedirnos del conductor, tomamos una calle peatonal que, según el plano, debía atravesar la Kralja Petra. Me sorprendió el gran número de librerías, así como la animación que había en bares y restaurantes aquel lunes por la tarde. Era un ambiente cosmopolita y mayoritariamente joven, como si la ciudad se estuviera reinventando a sí misma después de dos décadas de conflictos políticos y bélicos.

Mientras arrastrábamos nuestras maletas entre el gentío, un reloj cercano marcó las nueve de la noche. Llegaríamos diez minutos tarde a la cita, como dictaban las normas de la cortesía.

—Debo reconocer que estoy nerviosa —dijo Sarah mientras me señalaba la placa en cirílico de la calle del hotel—. Estamos a punto de conocer a alguien que ha sido inalcanzable para todos los estudiosos de Einstein.

—Espero que ese alguien nos explique por qué nos ha hecho llegar hasta aquí jugando al gato y al ratón —protesté—. Me gustaría cerrar el enigma de Lieserl para poder volar a Estados Unidos. Tal vez en ese despacho de Princeton encontremos lo que necesitamos para que encaje todo el puzle.

Estaba empleando a propósito la primera persona del plural con la esperanza de que ella me acompañara. Sin embargo, Sarah se limitó a sonreír mientras bajábamos por la calle del hotel, que tenía un diseño exterior setentero. Al lado de la entrada, me llamó la atención un snack bar lleno de hombres fumando.

El lobby del hotel recordaba a los de las películas de cuatro décadas atrás. Todo era aluminio, butacas de terciopelo y escaleras que se enroscaban como serpentinas.

Mientras Sarah mostraba al recepcionista el número de reserva, eché un vistazo al personal que llenaba la cafetería, donde supuestamente teníamos la cita. Una familia de

145

aire rústico ocupaba varias mesas, mientras que el resto estaban ocupadas por hombres con mostacho que charlaban cerveza en mano, se suponía que una vez terminada su jornada laboral.

Ni por la edad ni por el aspecto había allí nadie que encajara con el perfil de la nieta de Einstein.

—No se ha presentado —dije a mi acompañante, que volvía de efectuar el *check in*—. ¿Tienes la llave de mi habitación? Estoy molido.

—Tengo una sola llave para los dos, pero antes deberíamos asegurarnos de que nuestra cita no esté aquí. Según el SMS, nos encontramos en el lugar adecuado a la hora adecuada.

—Compruébalo tú misma —dije cediéndole la iniciativa.

Mientras Sarah se paseaba entre las mesas, un hormigueo de excitación me atravesó la columna sólo con pensar que compartiríamos habitación. La seguí hasta la barra de la cafetería a la vez que me recriminaba ser tan poco consecuente con lo que me había propuesto la noche anterior.

—No habrá llegado aún —dijo ella—. ¿Nos tomamos un cóctel?

—Dudo que venga nadie —comenté con derrotismo antes de pedir un vodka tonic al camarero.

Sarah me acompañó y brindamos en una barra de diseño psicodélico.

Eché un último vistazo a la clientela sin encontrar novedades.

A continuación me fijé en una escalera que bajaba de

la cafetería hasta un segundo espacio más pequeño. El acceso estaba cerrado por una cadena, pero el brillo de un cigarrillo en la penumbra iluminó por unos segundos una silueta solitaria.

—Está allí —dije señalando a la francesa el salón cerrado.

Sin pedir permiso a nadie, nos dirigimos con la bebida al nivel subterráneo. Tras cerrar el paso nuevamente con la cadena, bajamos la escalera con solemnidad y algo de precaución.

La figura en la sombra seguía fumando.

Al acercarnos, encendió el mechero deliberadamente para que pudiéramos verla mejor. Sarah ahogó un grito de sorpresa.

Era Jensen.

El director de *Mysterie* abría sus cortos brazos teatralmente mientras dejaba escapar una carcajada. Me entraron ganas de retorcerle el pescuezo. Indignado, decidí aclarar cuanto antes aquella tomadura de pelo:

—¿Eres tú el autor del SMS?

—¿Quién si no? —repuso alegre—. Me ha costado lo suyo que la Complutense me diera el número de su estudiante de doctorado.

La aludida estaba tan furiosa que le temblaba el labio inferior. Decidí completar yo mismo el interrogatorio:

—¿Y qué me dices de la postal, de la llamada telefónica y del mensaje en el Cabaret Voltaire? ¿También estabas tú detrás?

—De eso sé lo mismo que vosotros. O tal vez un poco más, puesto que ya he llegado hasta aquí. Como sabía que andabais tras la pista pero no vais a robarme la exclusiva, he decidido compartir el notición con mis amigos.

—¿Se puede saber de qué hablas? —le preguntó Sarah conteniendo la furia.

El danés se la comió con los ojos antes de responder:

—De la última respuesta de Einstein, naturalmente. Mis chicos han trabajado mucho y bien. Gracias a eso, y a un dinero bien invertido, esta noche conoceremos lo que Albert tramó y ocultó durante la segunda mitad de su vida. Voy a hacerlo público a las diez y media de la noche en mi habitación. Estáis invitados a la fiesta.

—Esto huele mal —argumentó ella—. Si fuera cierto el descubrimiento del que hablas, ¿por qué ibas a compartirlo?

El danés retorció su pequeño cuerpo con satisfacción antes de contestar:

—Porque voy a necesitar embajadores a partir de ahora. Pero tened claro que la exclusiva es mía y sólo saldrá mi nombre cuando se divulgue la noticia.

Apagó el cigarrillo en su vaso y chasqueó los dedos para dar por finalizado aquel primer encuentro. Por la tensión en su cara de niño viejo, supe que allí y entonces se sentía el hombre más poderoso de la tierra.

En una hora sabríamos si tenía motivos para ello.

25

El chófer de Einstein

No entiendes realmente algo a menos que
seas capaz de explicárselo a tu abuela.

Albert Einstein

La reaparición de Jensen me había sumido en tal desconcierto que incluso había olvidado que iba a compartir habitación con Sarah Brunet, que abrió la puerta con toda naturalidad.

Con un diseño a juego con el lobby del hotel, tenía un pequeño baño con ducha y desde el ventanal se veía el tráfico de la Kralja Petra, bastante congestionada a aquella hora de la noche.

Había una única cama de matrimonio.

Al parecer, a la francesa le hacía mucha gracia mi turbación, porque apuntó con desapego:

—No quedaba otra habitación libre, pero podemos pedir una cama supletoria de niño si vas a estar más cómodo.

Luego me guiñó el ojo y se metió en la ducha.

Sin saber qué pensar, miré fascinado su maleta abierta

sobre la cama. Un breve vestido azul esperaba en lo alto el momento de vestir la piel de su propietaria.

Para huir de la turbación, me acomodé en la cama a leer, adoptando el papel de marido aburrido para quien su mujer ha adquirido el don de la invisibilidad. Mientras el agua caliente corría al otro lado de la pared, decidí catar un capítulo de la parte media del manuscrito, porque la juventud del genio me empezaba a cansar.

En el bloque introductorio de su etapa americana, Yoshimura había recogido algunas anécdotas llamativas. Contaba el rumor, por ejemplo, que al llegar a Princeton con su pelo alborotado lo tomaron por electricista y le pidieron que arreglara la conexión de un portalámparas. Bromista por naturaleza, Albert no reveló su identidad hasta haber efectuado la reparación, con la consiguiente vergüenza del personal del centro.

El japonés citaba a un periodista de apellido Wallias que relataba la curiosa relación entre el genio y su chófer en Estados Unidos:

Cuando Einstein aún no era muy conocido y sus teorías comenzaban a extenderse por el mundo, empezó a recibir invitaciones para dar conferencias. Sin embargo, su imagen aún no era del dominio público y pocas personas sabían qué aspecto tenía.

Durante uno de esos viajes, su chófer en Estados Unidos le comentó que había asistido a tantas conferencias suyas aquel año que se sabía de memoria todas sus teorías. Esto sirvió al padre de la relatividad para una divertida

150

ocurrencia: en una localidad menor a la que se dirigían, decidió intercambiar los papeles con su chófer para que éste, haciéndose pasar por Einstein, diera la conferencia ya que se la sabía al dedillo.

Así lo hicieron y todo transcurrió de primera. Nadie se dio cuenta del cambiazo y la audiencia creyó que tenían delante a un genio absoluto. El verdadero Einstein asistía al montaje tremendamente divertido.

Hasta el momento en que alguien del público formuló una pregunta que el ponente no supo responder. Ni corto ni perezoso, el falso conferenciante contestó entonces: «Esa pregunta es tan fácil que hasta mi chófer la contestaría… y de hecho lo va a hacer».

Era una buena anécdota, aunque tal vez estuviera algo deformada por el tiempo. De hecho, eran tantas las historias que se contaban sobre Albert Einstein, que de no haber descubierto la relatividad probablemente se habría hecho famoso por cualquier otra cosa.

En aquel momento la puerta del baño se abrió y dirigí mi atención hacia Sarah, que salió con sólo una toalla enrollada al cuerpo. Parecía no importarle que yo estuviera allí. Sin embargo, cuando ya se iba a desanudar la toalla, me miró burlona y dijo:

—¿No piensas ducharte? Sería una falta de cortesía acudir a la fiesta de Jensen con el sudor de todo el viaje.

—Estaba esperando que salieras —me defendí.

Por la sonrisa que me dirigió mientras saltaba de la cama y me dirigía al baño, supe que le encantaba aquel juego. En esencia, trataba de ir tensando el deseo hasta traspasar sus límites.

Dispuesto a no caer en la trampa, mientras me enjabonaba con cuidado las heridas de la cabeza, me dije que si todavía seguíamos con vida en aquel embrollo era porque a quien controlaba nuestros movimientos le convenía. Quién era y en qué momento se dejaría ver era algo que me resultaba cada vez más brumoso.

Dejé de darle vueltas a aquello cuando, a través de la cortina traslúcida, vi que Sarah entraba en el baño sin llamar. Actuaba como si yo fuera invisible, lo cual no ayudaba justamente a reforzar mi autoestima. Enfundada en su deslumbrante vestido, que se ajustaba a su cuerpo como un guante, se peinó frente al espejo mientras yo me escaldaba —no había manera de regular la temperatura— tal como había llegado al mundo.

Hasta que terminó de peinarse no me dirigió la primera mirada de reojo a través de las cortinas. Esbozó una suave sonrisa, antes de sacar un estuche de rímel para acicalarse las pestañas.

Irritado, alargué el brazo para capturar una toalla con la que salir a por una muda semifresca en mi maleta.

Tenía puestos los cinco sentidos en lo que nos esperaba en la azotea del hotel. En quince minutos asistiríamos a un acontecimiento difícil de olvidar para unos e imposible de recordar para otros, porque pronto perderían algo más que la memoria.

26

El año milagroso

Tus aspiraciones son tus posibilidades.

SAMUEL JOHNSON

La suite de Jensen ocupaba el último piso del Hotel Royal, y estaba conectada con la terraza por una escalera que partía del amplio salón. Un camarero uniformado a la antigua servía bebidas y tentempiés a una docena de invitados que charlaban en pequeños grupos. Por el hambre con el que devoraban la comida, parecían periodistas llamados a última hora para que asistieran al acto.

Mi duda era si aquello valdría la pena.

—Esto va más en serio de lo que me pensaba —me susurró Sarah al oído—. Y fíjate en Jensen…

En aquel momento el anfitrión cruzó la sala repartiendo saludos y se dirigió hacia nosotros con una sonrisa triunfal. Un impoluto traje blanco con pajarita granate le hacía parecer de otra época.

Tras estrechar mi mano y besar la de mi compañera, dijo:

—Celebro que os unáis a la fiesta. Este lunes por la noche va a ser un momento crucial para la historia de la ciencia.

Miré a Jensen con incredulidad antes de preguntarle a bocajarro:

—¿Va a venir Mileva?

—Podría venir perfectamente una Mileva —dijo acariciando con la mirada a los invitados—, porque es un nombre bastante común en Belgrado. Y hay medios que aún están por llegar.

—¿Has hecho una convocatoria de prensa?

—Bueno, he invitado a algunos periodistas locales y a los principales corresponsales en Belgrado. Serán nuestros embajadores esta noche histórica. También vosotros, queridos amigos, podréis divulgar la noticia a partir de mañana.

Estaba hablando como un mesías, pero no había respondido a mi pregunta. Faltaba saber si la nieta de Einstein había sido localizada y si tendríamos alguna clase de acceso a ella.

Como si le hubiera llegado el rumor de mis pensamientos, Jensen rodeó mi cintura y la de Sarah con estudiada ceremonia antes de proclamar enigmáticamente:

—A medianoche se destapará la caja de los truenos. Ya nada volverá a ser igual.

—¿Va a venir Pawel? —se me ocurrió preguntar.

El anfitrión me miró molesto, como si el recuerdo del físico polaco pudiera empañar la fiesta.

—No ha sido invitado. Una mente mecánica como la

suya no entendería el alcance de lo que estamos a punto de conocer. Es más, sería capaz de hacer campaña para desacreditarnos.

Sarah me dirigió una miradita maliciosa. Entendí que le resultaba patético que, al hablar en plural, el director de *Mysterie* nos incluyera en su grupo de iniciados.

—Mientras llega el gran momento, amenizaremos el acto con el documental *La esposa de Einstein*, que nuestra erudita dama —dijo guiñando el ojo a la francesa— ya debe de conocer. Tomen asiento, por favor.

Acto seguido, nos condujo con paso firme hasta un extremo del salón donde se había instalado un cañón proyector y una pantalla. Dos hileras de asientos plegables completaban el montaje.

Me senté en un extremo de la segunda fila con pereza anticipada, mientras Sarah se quedaba de pie detrás de mí. Media docena de espectadores acudieron de mala gana, copa en mano, cuando el documental dio inicio.

Era en inglés y empezó con un corto sobre la «Academia Olimpia», un círculo de amigos que Einstein impulsó en Berna para discutir sobre filosofía y física. Aunque había leído en el manuscrito de Yoshimura sobre esta tertulia, me sorprendió saber cuál había sido su origen.

Al parecer, en 1901 Albert había puesto un anuncio para dar clases de matemáticas y física, mientras esperaba el puesto en la oficina de patentes. Un estudiante de filosofía llamado Maurice Solivine se puso en contacto con él para que fuera su tutor, pero no llegó a darle clases, probablemente porque el aspirante a filósofo no tenía dinero.

Sin embargo se hicieron amigos, y a ellos se unió el matemático Conrad Habicht; los tres fundaron una especie de tertulia en la que discutían lecturas de Karl Pearson, ensayos filosóficos de David Hume o incluso el *Quijote*. La «Academia Olimpia» se disolvió cuando Habicht y Solivine abandonaron Berna, en 1904 y 1905, respectivamente.

El documental se centraba a continuación en lo que sucedió en 1905, el llamado «año milagroso de Einstein», ya que publicó tres artículos en la revista *Annalen der Physik* que cambiarían la historia de la ciencia. Cada uno de ellos abrió una nueva rama de la física: la teoría del movimiento browniano, la teoría de la luz a partir del fotón y la teoría de la relatividad.

Lo que en siglos de estudio no había podido desvelarse fue, aparentemente, un coser y cantar para un desconocido funcionario de la oficina de patentes.

El documental, que pretendía ser polémico, sostenía que Mileva había tenido una participación activa en la redacción de estos tres artículos, ya que estaban firmados como «Einstein-Mariti», la forma húngara de Marić. La mayoría de estudiosos restaban importancia a este hecho, ya que en Suiza todavía hoy es costumbre añadir el apellido de la esposa después del propio.

Aquel reportaje, sumado a las tres copas de vino que me había echado al gaznate, me arrancó un monumental bostezo. Fue entonces cuando me di cuenta de que era el último espectador que quedaba ante la pantalla. Un murmullo de voces me devolvió a la fiesta.

Durante la proyección de *La esposa de Einstein,* la suite del danés se había ido llenando de invitados que perseguían al camarero para que llenara sus copas. Mientras buscaba con la mirada a Sarah, vi que al grupo de periodistas de Belgrado se había sumado un grupo de hombres y mujeres maduros, probablemente profesores, así como dos jóvenes malhumorados de aspecto nórdico que deambulaban por la sala con una cámara y un trípode.

Supuse que eran los «chicos» de Jensen, obligados a abandonar la nave nodriza para cubrir el momento de gloria de su jefe. Fueron ellos mismos los que, desde la escalera, avisaron al anfitrión con un par de gritos en una lengua ininteligible.

El hombre del traje blanco juntó las manos y elevó la voz para que la veintena de congregados pudieran oír el aviso:

—Es casi medianoche. Va siendo hora de que subamos a la terraza para conocer la revelación.

El alcohol y algunos flirteos incipientes habían teñido el simposio de un espíritu lúdico que no casaba con las intenciones del anfitrión, pero ante la llamada empezaron a desfilar pacíficamente escalera arriba.

Seguí al cortejo esperando encontrar a Sarah ya en la terraza, pero tampoco estaba allí. La única explicación era que se hubiera cansado de aquello y hubiera regresado a la habitación sin avisar.

Enfurruñado con aquella segunda desaparición, ocupé una de las sillas dispuestas en círculo alrededor de una tarima. La pantalla y el cañón proyector habían sido trasladados allí rápidamente por los esforzados nórdicos.

Mientras me cargaba de paciencia, elevé la mirada al firmamento sobre Belgrado. Las estrellas serían los focos de un drama con desenlace inesperado.

27

La nueva fórmula

El bien y el mal son dos posibilidades de la ciencia. El destino de la humanidad dependerá de si los cohetes del futuro transportan un telescopio astronómico o una bomba de hidrógeno.

SIR BERNARD LOVELL

Aparte de la fuga de Sarah, algo estaba yendo mal en el tramo final del simposio. Tuve esa certeza cuando Jensen subió al estrado con expresión amarga, lo cual me hizo sospechar que la nieta de Einstein no haría acto de aparición bajo la noche estrellada.

El danés miró fatigado a la veintena de personas que se sentaban alrededor de la tarima, tras la cual se proyectaba en la pantalla una única fórmula:

$$E = mc^2$$

—Al afirmar que la energía equivale a la masa por el cuadrado de la velocidad de la luz —dijo elevando la voz—, Einstein parió la fórmula más famosa de todos los tiempos. Fue un descubrimiento genial: la materia y la energía son formas distintas de la misma cosa. Simplificando mucho, significa que la materia se puede transformar en energía y la energía en materia.

Una abrupta tos de fondo hizo que Jensen perdiera el hilo por un instante. Miró enojado en dirección a uno de sus chicos, que se había sentado lejos del círculo central, y prosiguió su discurso:

—En un kilo de agua hay ciento once gramos de átomos de hidrógeno. Parece poco, pero si los pudiéramos convertir en energía provocaríamos una hecatombe, justamente porque multiplicamos esta masa por los trescientos millones de metros que recorre la luz por segundo, elevada a su vez al cuadrado.

Jensen utilizó un mando a distancia para proyectar una nueva imagen en la pantalla. Encima de una botella de litro de agua en horizontal, se proyectaba el siguiente cálculo:

$$E = mc^2 = 0{,}111 \times 300.000.000 \times 300.000.000 =$$
$$10.000.000.000.000.000 \text{ julios}$$

—Con sólo un litro de agua obtendríamos una explosión de diez mil billones de julios. Suficiente para arrasar toda esta provincia. Afortunadamente para nosotros, no es tan fácil convertir la materia en energía. Para que suceda, debe ser destruida completamente por una cantidad equivalente de antimateria. La encontramos en los minerales radioactivos, pero eso es harina de otro costal.

Al llegar a este punto, me atreví a intervenir:

—¿Cuál es la revelación, entonces?

Algunos de los periodistas me miraron con simpatía. Probablemente no les gustaba haber dejado el bebercio en la suite para atender a una clase de física elemental. Si no había nada noticiable, lo mejor era volver a la fiesta.

—La sombra, ésa es la revelación.

Había dicho esto con un tono lúgubre. Su cara, bañada por el resplandor de la luna, parecía ahora más pálida. Se hizo un silencio expectante.

—Se ha hablado mucho de sus artículos de 1905 y de la concesión del Nobel en 1921. Ése es el lado soleado de Albert Einstein. Pero ya sabéis que toda moneda tiene su reverso, y a eso vamos. Dado que estuvo en activo hasta 1955, ¿a qué dedicó los treinta y cuatro años restantes? Ahí está la sombra. Todos sabemos que no sólo dio las claves de la energía nuclear, sino que escribió una carta a Roosevelt animándole a desarrollar la bomba atómica antes que Alemania y Japón. Esa carta que luego consideró «la decisión más equivocada de su vida» le indujo a llevar en completo secreto su investigación definitiva. Einstein hizo al final de su vida otro descubrimiento fundamental, pero prefirió ocultarlo hasta que la humanidad estuviera preparada para darle un buen uso.

En este punto, uno de los periodistas que hablaban mejor inglés levantó la mano para intervenir.

—Señor Jensen, si Einstein emprendió una investigación secreta que no salió a la luz, eso es algo que nunca podremos saber. ¿Cuál es el motivo de esta reunión?

El eco de alguien vomitando en la suite del danés pudo haber estropeado el clímax de la charla, pero el anfitrión estaba completamente metido en lo que iba a decir:

—El motivo es que el momento ha llegado, justo cuando la humanidad más lo necesita. Puedo revelar, aquí en primicia, que Einstein legó su «última respuesta» a una mujer serbia, su propia hija, pocos días antes de su muerte. Esa mujer era Lieserl Einstein, vamos a devolverle su apellido, y a su muerte entregó el secreto a su propia hija, llamada Mileva en recuerdo de su madre biológica.

Esta declaración, que a mí me llenaba de rubor —no me gustaba compartir conclusiones con aquel tipo—, provocó un sonoro murmullo entre los periodistas serbios. Entre todos ellos, una mujer enérgica con gafas de montura antigua preguntó con voz chillona:

—En ese caso... ¿puede concretarnos dónde vive esa Mileva nieta de Einstein y cuándo va a divulgar el legado?

Atribuí a la emoción del momento que Jensen se tambaleara extrañamente, como si estuviera desorientado, antes de responder:

—Todo lo que puedo decir, por ahora, es que ella misma nos ha entregado un avance de la última respuesta de su abuelo. De hecho, es mismamente su conclusión. La fórmula que van a ver es de la mano de Albert Einstein, lo han confirmado tres grafólogos diferentes.

Acto seguido apareció en la pantalla:

$$E = ac^2$$

—Ahora ustedes, como yo, se preguntarán qué significa esta «a» que sustituye a la «m» de masa. —Jensen tuvo que aclararse la voz dos veces, parecía mareado—. Todo lo que puedo decir es que en un par de días lo sabremos todo sobre esta última fórmula, incluyendo un original con los comentarios del mismo Einstein. Es más, con toda probabilidad, cuando dé a conocer «la última respuesta» la señora Mileva estará a mi lado para apoyarme. Hasta que llegue el momento, puedo avanzarles que esa «a» encarna una fuerza más poderosa que la bomba de hidrógeno. Es algo que podría destruir…

No logró terminar la frase. Las piernas de Jensen flaquearon de repente y se desplomó como si hubiera sido alcanzado por un rayo.

Un minuto más tarde estaba muerto.

28

La enciclopedia de los muertos

No sé con qué armas se luchará en la Tercera
Guerra Mundial, pero sí sé con cuáles lo
harán en la Cuarta Guerra Mundial: con
palos y mazas.

ALBERT EINSTEIN

En medio del caos que siguió a la muerte de Jensen sólo pude deducir que había sido envenenado durante el cóctel que había precedido a la revelación. Y no sólo él: también sus empleados de *Mysterie* yacían sin conocimiento en la suite.

Mientras sonaban a lo lejos las sirenas de ambulancias y de la policía, corrí escalera abajo hacia la habitación para advertir a Sarah sobre lo que acababa de suceder. En un primer cuadro de la situación, alguien se había infiltrado en la fiesta para envenenar las bebidas de los tres daneses. Sólo ellos habían tenido acceso a la documentación secreta, aunque el grueso estuviera por llegar, y al posible paradero de Mileva.

Había alguien empeñado en que la última respuesta de Einstein no saliera a la luz, y estaba dispuesto a todo para impedirlo.

Las botas de los policías ya resonaban en la escalera cuando entré en la habitación y cerré la puerta tras de mí. Nuevamente, las circunstancias me colocaban en el disparadero. Antes de aquella fiesta de trágico fin, la francesa y yo habíamos sido vistos departiendo con Jensen en una zona apartada del bar. Sin duda, el comisario al cargo de la investigación tendría algunas preguntas que hacernos sobre aquella reunión en pequeño comité.

Sarah no estaba en el dormitorio, así que llamé con los nudillos a la puerta del baño.

Nada.

Al regresar a la cama de matrimonio aún por deshacer, me di cuenta de que su maleta tampoco estaba allí. Había vuelto a desaparecer, dejando esta vez una nota sobre la cabecera de la cama:

Querido Javier:

Siento haberme ido de esta manera, pero no me quedaba otra alternativa. Mientras veías el documental, ha entrado una persona que no había sido invitada al simposio. No sé qué ha sucedido después, pero he sabido que Mileva está en peligro y debo ponerla sobre aviso ahora mismo. También nosotros debemos salir de la primera línea de fuego.

Después de leer esta nota, destrúyela y ponte en camino inmediatamente hacia la ciudad donde vivió Lieserl. Tú ya sabes.

No te preocupes: te encontraré.

Contigo,

S<small>ARAH</small>

Debajo de la nota encontré mi pasaporte, señal de que Sarah ya se había ocupado de pagar la cuenta.

Con pocas esperanzas de no ser interceptado por el camino, cerré mi maleta y salí a toda prisa de la habitación. De la planta superior llegaba un enorme jaleo de voces, así que bajé por la escalera antes de que la policía empezara a rastrear el hotel en busca de sospechosos.

En el lobby, uno de los daneses estaba siendo evacuado en una camilla, así que aproveché para salir a su lado, mientras tomaba la mano del que parecía más muerto que vivo.

El camillero me apartó a gritos. Aproveché la aglomeración de curiosos en la puerta del Hotel Royal para irme calle abajo arrastrando mi maleta. Aunque temía que en cualquier momento me darían el alto, también sabía que era demasiado pronto para que la policía hubiera averiguado la identidad de los asistentes al simposio.

Otra razón para salir de Belgrado cuanto antes era que el asesino no debía de andar lejos. Y yo podía ser la próxima víctima.

Deambulé en plena noche por un Belgrado menos apacible que a mi llegada. Tiraba de la maleta por una avenida con edificios ministeriales destruidos, testimonio de los bombardeos de 1999, cuando la OTAN castigó la ciudad para detener la guerra de Kosovo. Los impactos de los obuses seguían horadando el hormigón, cicatrices al aire de un conflicto casi tan viejo como la humanidad.

Mientras me preguntaba si los destrozos seguían allí como denuncia o por simple falta de presupuesto, me senté a descansar en un banco frente al río Sava, que estaba lleno de barcazas con bares y restaurantes al aire libre. A las dos de la madrugada, las luces de algunas cubiertas revelaban que aún quedaban clientes disfrutando de un verano anticipado.

Intentaba no pensar en la mano ejecutora que había aniquilado a los daneses. Antes debía decidir cómo iría hasta Novi Sad, la ciudad de Lieserl donde la francesa había prometido encontrarse conmigo.

El tren parecía la opción más sencilla, pero me obligaba a esperar hasta que amaneciera. También podía averiguar si alguno de aquellos minibuses cubrían la ruta, pero en aquel momento lo que menos me convenía era dar a conocer mi presencia extranjera en la ciudad.

Una hilera de débiles luces al pie del embarcadero me hizo pensar que un taxi podía ser la manera de salir de la ciudad con alevosía y nocturnidad.

Conté el dinero en mi cartera: disponía de pocos dinares serbios, pero tal vez un billete de 100 euros bastara para convencer al taxista para viajar en plena noche hasta la capital de Voivodina.

Nuevamente en marcha, mientras atravesaba el melancólico puente sobre el río me entretuve pensando en las novelas que había leído en mi época de estudiante. Con el boom de Milan Kundera, recordé que me había dado por investigar la literatura de los países del Este.

De la entonces Yugoslavia había leído *Un puente sobre el Drina*, una novela clásica que cuenta la historia de los Balcanes, y la inquietante *Enciclopedia de los muertos*, colección de cuentos de un tal Danilo Kis. El que daba nombre al libro me había impresionado especialmente: una mujer visita en Suecia la biblioteca de una misteriosa organización que se dedica a recopilar la vida de todos los seres humanos que han existido en el mundo, a excepción de las celebridades. En esta titánica enciclopedia logra dar con la entrada de su padre recién fallecido. Allí encuentra consignadas las calles donde vivió, la identidad de sus amantes, los bares en los que se emborrachó, los viajes realizados…

No sabía por qué este relato me había llegado tan profundamente. Tal vez fuera la conciencia de que, vista en perspectiva, cada vida parece un montón de circunstancias azarosas sin demasiado sentido.

Con estas cavilaciones llegué hasta el primer taxi de la fila, donde una sombra voluminosa fumaba en la soledad del habitáculo. Golpeé suavemente el cristal con una moneda y dos ojos resplandecieron al descubrirme. Pertenecían a un barbudo de algo más de cincuenta años, que me espetó:

—*Gde idemo?*

Entendí que me había tomado por un aborigen, lo cual no estaba mal, y que me pedía destino.

—Novi Sad —dije sin revelar aún que era extranjero.

El taxista reaccionó con un prolongado silbido de sorpresa. Luego me abrió la puerta y dijo:

—*Hajde!*

29

Chica de provincias

Dios está más cerca de aquellos que tienen
el corazón roto.

Proverbio judío

El conductor resultó llamarse Dimitri y hablaba un inglés razonablemente bueno. Lo suficiente para aceptar 100 euros para cubrir los 80 kilómetros de trayecto, a condición de que le pagara otros 100 para el viaje de vuelta.

Alegre por haber cazado un viaje interprovincial una noche de lunes, al dejar atrás los últimos suburbios de Belgrado se dio a la conversación.

—¿Qué le trae por aquí, amigo?

—Una mujer —dije sin faltar a la verdad—. Me había citado en Belgrado, pero se ha impacientado y ahora está en Novi Sad, donde su madre.

Dimitri chasqueó la lengua mientras negaba con la cabeza.

—Ay, las suegras…

Luego se contó algo para sí mismo en serbio y rió de su propio chiste, mientras atravesaba con el viejo taxi los primeros campos bajo la noche estrellada. Lo único que entendí de su monólogo fue «Voivodina», la provincia autónoma a la que nos dirigíamos.

—Todas las chicas de provincias son iguales —dijo—. Siempre quieren volver con su madre. Y las de Voivodina aún más.

—¿Conoce usted Novi Sad?

—*Igen*, eso es «sí» en húngaro. Se habla bastante por allá. También el eslovaco, el rumano, el ruso... ¡qué se yo! Hay mucha gente diversa en Novi Sad. A veces también se habla serbio, o como mínimo se canta. ¿Le gusta Djordje Balasevic?

Ahí me había pillado. Si el taxista había supuesto que tenía una novia del país, tal vez esperaba que conociera a los astros locales.

Al ver que no respondía, encendió un cigarrillo mientras con la otra mano buscaba un disco compacto en la guantera del coche. Tras mirar de reojo varias carátulas, eligió una con un tipo de cara afable y barba recortada. Iba vestido con armilla, como los violinistas tradicionales húngaros.

Introdujo el CD en el reproductor antes de decir:

—Ése es Balasevic, un cantautor de Voivodina. Fue el más famoso de Yugoslavia en su tiempo. Y aún lo es.

Acto seguido, unos acordes de guitarra empezaron a llenar el coche de nostalgia concentrada. El cantante entonaba con voz gruesa y dulce una bella melodía de la que no entendía ni una palabra.

Rekli su mi da je dosla iz provincije
strpavsi u kofer snove i ambicije?

—*Provincijalka* —dijo Dimitri sacándome de mi ensueño— significa eso: chica de provincias. ¿Quiere saber lo que dice?

Otorgué callando. El taxista apuró su cigarrillo, que ahogó en el cenicero a rebosar —todo el coche apestaba a tabaco— antes de empezar la traducción:

—«Me dijeron que ella venía de provincias, con la maleta cargada de sueños y ambiciones...».

Aquí se interrumpió, como si aquella letra hubiera tocado un resorte no deseado de su interior. Apagó el reproductor de CD y siguió conduciendo en silencio.

Mientras los campos sin fin se extendían bajo la luna, también yo fui atrapado por el abrazo de la melancolía. De repente regresó a mi memoria la llegada de Diana a Barcelona, que en aquel momento me parecía un lugar en el otro extremo de la galaxia.

Tras nuestro romance en Moscú, había pasado un mes en su pueblo de Lanzarote —también ella era una chica de provincias— antes de reunirse conmigo.

El reencuentro había sido muy emotivo. Tras un abrazo interminable en el aeropuerto, en el taxi que cruzaba la noche de Barcelona nos miramos sin acabarnos de creer que aquello había sucedido. Al tomar su mano en la mía sentí que el universo era un lugar mucho menos frío y desolado.

Permanecimos así, en silencio, mientras nuestros ojos

parecían unidos por una misteriosa corriente de éter amoroso.

Al llegar al piso, ella dejó su maleta en el pasillo y la llevé en brazos hasta la cama de matrimonio, donde acababa de lavar las sábanas tras un mes sin hacerlo. La estancia estaba iluminada con velas —a Diana le encantaban— y sonaba de fondo el disco de Nick Drake *Five leaves left*. Llevaba semanas escuchando a aquel pionero del folk alternativo; de hecho, su canción «Way to blue» se había convertido en una especie de himno personal a la soledad.

Por eso cuando, a medio desnudarnos, me pidió: «¿Puedes sacar este rollo?», lo viví como un mal augurio.

«¿No te gusta Nick Drake?», le pregunté mientras buscaba contrariado el mando del equipo.

Tendida en la cama con sólo el sujetador puesto, Diana clavó la mirada en el techo y respondió: «Me deprime. Ese tipo de música saca lo peor de mí».

Luego hicimos el amor, pero en mi interior supe que un hilo sutil que nos unía se acababa de romper. Tal vez no compartíamos tantas cosas como habíamos imaginado, me dije mientras la estrechaba entre mis brazos en el clímax del placer.

Cuando me despertó a la mañana siguiente con una emisora de salsa, mi temor se vio confirmado. Siempre he odiado la música que se apoya en el ritmo y en la repetición de palabras. Lo mío son las melodías tristes, tipos oscuros que cuentan sus coqueteos con el suicidio, o chicas lánguidas que buscan respuestas en el cielo abriendo mucho los ojos.

Para mí la vida nunca ha sido un lugar donde bailar.

En su momento, de haber contado a alguien estas desavenencias me habría tomado por maniático o por loco, pero yo sabía en lo más profundo de mí que estábamos poniendo banda sonora al primer capítulo de nuestra separación.

Una maniobra imprevista de Dimitri me arrancó de estos pensamientos. Con un hábil golpe de volante salió de la carretera y frenó de golpe en un descampado. El olor a neumáticos quemados se mezcló extrañamente con el de la hierba fresca empujada por la brisa.

Mi primer temor fue que había caído en una trampa. Esperé que el taxista me encañonara con una pistola y me exigiera el dinero y las tarjetas de crédito. Pero tal vez era algo peor que eso.

—Nos vienen siguiendo —dijo muy serio—. Desde hace un buen rato.

Miré atrás y vi cómo dos faros brumosos retrocedían lentamente hasta desaparecer de nuestro campo de visión.

30

El enigma de la luz y el espejo

> Una nueva verdad científica no triunfa por-
> que convence a sus oponentes y les hace ver
> la luz, sino porque los oponentes finalmente
> mueren y una nueva generación crece fami-
> liarizada con ella.
>
> MAX PLANCK

Dónde le dejo?

El taxi ya había entrado en el cas-
co urbano de Novi Sad, pulcro y ordenado como una ciudad austríaca. Eran poco más de las cuatro de la madrugada, pero ya se veía a algunos trabajadores esperando que
el autobús les llevara a su fábrica de horas perdidas.

Yo me sentía alerta desde que había sabido que nos seguían. Por eso medité la cuestión unos segundos antes de
decir:

—Lléveme a un hotel barato. No quiero despertar a mi
chica a estas horas de la madrugada.

El conductor asintió con la cabeza y dijo:

—Hotel Duga. Me han hablado de ese sitio.

No especificó si para bien o para mal, pero acepté la propuesta. Cualquier lugar sería bueno para echarme unas horas antes de pasearme por la ciudad a la espera de que Sarah me encontrara. Eso si no había salido ya del país.

Mientras bajábamos lentamente por la calle Cirilo y Metodio, donde se encontraba el hotel, de repente me asaltó una sospecha: ¿y si había sido la misma Sarah quien había envenenado a los daneses de *Mysterie*? Se había marchado en el momento justo, mientras los invitados tomaban el cóctel, y había desaparecido sin dejar rastro. Sólo una nota que me facturaba rumbo a Novi Sad.

Tras pagar a Dimitri y descargar mi maleta, me dije que aquella era una explicación posible, aunque no encajaba con la muerte del guía en Berna, puesto que nos encontrábamos juntos cuando aquello había sucedido. Por otro lado estaba el asesinato de Yoshimura, en el que Sarah podía haber tenido participación.

Ante la puerta del hotel me convencí de que había demasiados cabos sueltos para intentar tejer una hipótesis coherente, menos aún a las cuatro y media de la madrugada. En todo caso, si la francesa se había cargado a Jensen y su gente, lo mejor era que desapareciera para siempre.

En ese estado confuso entré en la recepción, encajada en un habitáculo de ladrillos blancos parecido a un baño.

Un recepcionista soñoliento de enorme papada me comunicó que podía tener una habitación por el equivalente a 45 euros. Acepté el trato y, efectuados los trámites de registro, a las cinco de la madrugada me encerré en lo que parecía una habitación de estudiantes: dos camas minúsculas separadas por una mesita con un puf a cada lado. Sin duda, allí se habían jugado innumerables partidas de cartas.

Cerré la puerta con llave y me tendí, demasiado agitado por las dudas para poder dormir. A mi estado de irritación no contribuyó que la luz empezara a fallar justo cuando repasaba el resumen del japonés —había algún hueco teórico que me correspondía llenar— sobre el primer artículo de Einstein.

La gran novedad del artículo fue su hipótesis de que la luz se transmitía en paquetes, eso quería decir que estaba cuantizada. A estos paquetes Einstein los llamó *cuantos*, aunque posteriormente serían rebautizados con el nombre de fotones. Gracias al avance que supuso su teoría se desarrollaron inventos como el televisor o la célula fotoeléctrica, que no deja de ser un dispositivo que transforma la energía luminosa (fotones) en energía eléctrica (electrones), principio que está detrás de las placas solares.

Al llegar este punto, la lámpara de la mesita se fundió definitivamente, postergándome a la oscuridad. En mi insomnio, recordé que en una nota al pie de ese capítulo se me pedía aclarar «el enigma de la luz y el espejo».

Era un clásico en los libros de divulgación sobre Einstein, que planteaba qué sucedería si, viajando a la velocidad de la luz, tratáramos de mirarnos en un espejo. Dado que la velocidad de la luz no se puede superar, ¿nos devolvería el espejo nuestra imagen?

Por las respuestas que había recopilado, la pregunta en sí ya era tramposa, dado que nada que tenga masa puede ir a la velocidad de la luz. Por consiguiente, había que partir de una situación en la que el astronauta va a una velocidad ligeramente inferior a la de la luz, con lo que los fotones sí tendrían tiempo de alcanzar el espejo a 300.000 kilómetros por segundo para devolverle su imagen.

No recordaba en qué momento me había quedado dormido. Por la claridad que reverberaba en las paredes de la habitación, el sol debía de estar cercano al mediodía.

Mientras mis ojos volvían a cerrarse para volver a las catacumbas del sueño, donde uno no es responsable de sus problemas, noté una leve opresión en la boca del estómago. Todavía en el duermevela, ataqué aquella molestia con la palma de la mano, que chocó con un objeto pequeño y anguloso.

Antes de que cayera al suelo, lo cacé entre los dedos al tiempo que me incorporaba de la cama.

No podía creer lo que estaba viendo.

Contemplé la pequeña libreta Moleskine un buen rato antes de atreverme a abrirla. Era la misma que había olvidado en Cadaqués. Cómo había llegado hasta allí era algo que escapaba totalmente de mi comprensión.

Exploré la habitación con la mirada. Todo estaba tal como lo había dejado la noche anterior. Todo a excepción de aquella libreta que se había materializado sobre mi vientre.

Liberé la tapa negra de su goma para cerciorarme de lo que ya sabía: era mi propia letra la que llenaba las páginas.

31

Cinco preguntas

La teoría es asesinada tarde o temprano por la experiencia.

ALBERT EINSTEIN

L a respuesta al misterio de la libreta se hallaba al otro lado de la puerta. Y tenía nombre y apellido: Sarah Brunet.

Después de un cuarto de hora perplejo en la cama, finalmente me había levantado y había hecho mi maleta para huir del Hotel Duga cuanto antes. No me interesaba permanecer en un lugar donde se materializaban pedazos de mi pasado y menos aún cuando eran testigos de un crimen.

Al abrir la puerta me topé con un fantasma de carne y hueso: la desaparecida en Belgrado me acababa de encontrar —ésa había sido su promesa— con una rapidez cuántica.

Vestía un elegante traje chaqueta de color crudo y parecía muy relajada.

—¿Adónde vas con esa maleta? —me preguntó con una sonrisa burlona.

—Lejos de aquí.

—¿No te gusta el hotel?

—No me gusta nada de lo que está sucediendo. —Dejé la maleta en el suelo antes de iniciar el interrogatorio—. ¿Por qué te fuiste de la suite de Jensen sin avisarme? ¿Quién es el intruso que detectaste en la fiesta? ¿Cómo es que no hiciste nada para impedir que…?

—Demasiadas preguntas de golpe —me interrumpió—. ¿Puedo invitarte a almorzar? Conozco un buen restaurante para que repongas las fuerzas perdidas. Yo de ti dejaría la maleta de momento; tal vez debamos quedarnos una noche más en Novi Sad.

Me ofreció el brazo para que la acompañara hasta el ascensor. Acepté, aunque estaba furioso por más cosas de las que estaba dispuesto a reconocer.

—¿Dónde te alojas? —le pregunté mientras bajaba el ascensor.

—En este mismo lugar. He tomado la habitación al lado de la tuya, por si tenemos que huir otra vez.

Hubiera querido preguntarle dónde había dormido aquella noche, e incluso si era ella quien había seguido mi taxi desde Belgrado, pero me reservaba la batería de preguntas para la sobremesa. En algo tenía razón: estaba muerto de hambre.

El Gusan era una cervecería que ocupaba uno de los locales más antiguos de Novi Sad. Construido originalmente para ser una mazmorra, había albergado estudios de artistas y fotógrafos, así como el primer cine que había existido en la ciudad: el Korzo. En la actualidad era una taberna muy concurrida donde se servía carne asada y la cerveza corría a raudales.

Tras dejar mi plato limpio, con la tercera jarra de cerveza me dispuse a interrogar a mi elegante compañera, que parecía vestida para una recepción. Antes de que empezara, sin embargo, me advirtió con una sonrisa:

—Sólo te concedo cinco preguntas por hoy. Así que piénsalas bien. Tenemos trabajo que hacer.

Inspiré profundamente antes de empezar:

—Esto no es una pregunta, sino una suposición, y espero que me digas si ando en lo cierto. De lo que ha sucedido esta mañana deduzco que recogiste mi libreta olvidada en casa del japonés y la has llevado contigo todo este tiempo. Después de fisgar en mis anotaciones personales, hoy has decidido devolvérmela mientras estaba dormido para darme un buen susto. ¿Me equivoco?

—No te equivocas —dijo acariciando su flequillo moreno con sus largos dedos—. Segunda pregunta…

—¿Por qué has retenido mi Moleskine tanto tiempo?

—Me gusta saber con quién trabajo. Esa libreta es un espejo fiel de lo que eres. Ahora sé que me puedo fiar de ti, Javier. Juntos vamos a llegar hasta el final de esto.

Un camarero puso en aquel momento dos vasitos de *rakija,* el aguardiente local, sobre la mesa. Estaba deliciosamente frío. Olvidando por un momento lo que había sucedido en el simposio de Jensen, sorbí un poco de licor antes de decir:

—El problema es que yo no sé si puedo fiarme de ti. No sé quién eres, para quién trabajas y qué esperas de mí.

—Son tres preguntas —apuntó ella acercándose el vasito a los labios carnosos—, justo las que te quedan.

—Pues voy a utilizar una de ellas. ¿Para quién trabajas?

—Para mí misma. En esto no soy una asalariada como tú. Aunque recibí una oferta del Princeton Quantic Institute, nunca llegué a firmar el contrato. No me interesa la biografía de Yoshimura ni la de ningún otro. Tengo mis propios motivos para querer llegar hasta el final.

Estuve tentado de preguntarle cuáles eran aquellos motivos, pero había otras preguntas de índole práctica que me preocupaban más.

—¿Cómo has sabido que me alojaba en el Hotel Duga? ¿Me has seguido hasta aquí? ¿Estabas tú en el coche que retrocedió de noche en la carretera?

Sarah apuró la *rakija* hasta la mitad del vasito antes de responder:

—Voy a contar todas esas preguntas como si fueran una, porque ésta es la cuarta. No te he seguido en ningún momento, pero ha sido muy fácil dar contigo, porque en Novi Sad tampoco hay tantos hoteles. Sólo he necesitado una hora de teléfono para localizarte. Me he presentado como tu esposa, así ha sido como me han dejado la llave de tu habitación.

—¿Y no te ha preguntado el recepcionista por qué una esposa toma la habitación contigua a la de su marido?

—Ésa sería tu quinta pregunta.

—Me importa un pimiento. No espero ya gran cosa de este interrogatorio.

—Vamos, no seas obtuso y pregunta algo que merezca la pena.

Tras decir esto, chocó su vasito con el mío y tragó el aguardiente de un sorbo. Parecía estar en el mismo estado de ánimo que la ya lejana noche en Berna. Una vez más, me daba cuenta de que no sabía con quién me estaba asociando, lo cual no era ninguna buena noticia.

—La quinta pregunta va a ser de trabajo —anuncié—. ¿Qué diablos hemos venido a hacer a Novi Sad? Aparte de comer y beber en el Gusan, quiero decir.

Sarah me acarició suavemente la mano mientras sus ojos se inflamaban de entusiasmo. Dijo:

—Tenemos cita con una hermanastra de Lieserl. Es una mujer centenaria con la salud muy delicada, pero he conseguido que nos reciba esta noche. Su hijo, que habla inglés, estará con ella, así que no necesitaremos traductor.

—¿Y Mileva...?

—De eso se trata: espero que su tía nos conduzca hasta ella.

32

La relatividad del éxito

> Un experto es una persona que ha cometido
> todos los errores que se pueden cometer en
> un determinado campo.
>
> NIELS BOHR

Faltaban cuatro horas para la cita con Tea Kaufler, la centenaria hermanastra de Lieserl. Tras mi breve interrogatorio, todo lo que había podido saber era que Sarah había prometido a su hijo una compensación económica por la molestia de nuestra visita, que tendría lugar a las ocho y media en el domicilio de la anciana.

Al salir del restaurante, mi socia en aquella aventura disparatada se había mostrado nuevamente fría y distante. Era como si estuviera preparando mentalmente el asalto que tendría lugar aquella noche.

Yo estaba demasiado cansado —por la falta de sueño y por el licor— para lidiar con humores ajenos, así que decidí pasar la tarde a mi manera en el centro de Novi Sad. En la sección inglesa de una librería había comprado un ejemplar de bolsillo de *A Short History of Nearly Everything*, un conocido ensayo divulgativo de un periodista de viajes inglés.

Me interesaba releer el capítulo «El universo de Einstein», que contenía algunas anécdotas que no había visto en otros libros. Sin duda, la más divertida era la que hacía referencia a cómo Einstein se volvió mundialmente famoso. Se refería a un equívoco acontecido en 1919, dos años antes de que fuera distinguido con el premio Nobel.

Al parecer, todo empezó cuando el *New York Times* decidió hacerle un reportaje para el que envió al corresponsal que tenían disponible, un tal Henry Crouch que llevaba la sección de golf en el periódico. El hombre no tenía ni idea de ciencia y lo entendió todo al revés. Entre los errores más sonados, escribió en su artículo que Einstein había encontrado un editor lo suficientemente audaz para publicar un libro que «sólo doce hombres en todo el mundo podían entender». Aunque no había tal libro, ni editor ni un círculo así de ilustrados, a los lectores les encantó la idea. Lo difícil siempre es atrayente.

La propia imaginación popular redujo aquellas doce mentes privilegiadas a tres —incluyendo Einstein—; una de ellas era el astrónomo británico Arthur Eddington. Cuando le preguntaron si era cierto, éste se quedo cavilando antes de responder: «Estoy intentando pensar quién es la tercera persona».

Un fogonazo azul me distrajo de la lectura. Como si una cámara de seguridad hubiera captado la señal de alerta desde la periferia de mi pupila, aquel color artificialmente intenso me hizo levantar la mirada.

Entonces la vi.

Caminaba a paso rápido y ya se perdía entre la multitud de paseantes, pero sus tiesas coletas azules no daban lugar a confusión. Lorelei estaba allí, atenta a todos mis movimientos. No sabía quién la mandaba ni cuál era su papel en aquella trama, pero sin duda había sido ella quien conducía el coche que me había seguido en la carretera nocturna.

Dejé el importe de la cuenta en la mesa y salí corriendo tras ella, sorteando los peatones que me salían al paso.

Como si tuviera ojos en la espalda, en ese mismo momento mi joven perseguidora aceleró el paso. Vi cómo sus piernas enfundadas en mallas verdes y botas militares iniciaban la carrera, mientras apartaba con sus manos a cualquier transeúnte que le saliera al paso.

Yo mismo estuve a punto de derribar a un anciano, que me maldijo en serbio, mientras Lore ya había alcanzado la carretera y detenía un taxi. Saltó dentro y llegué con el tiempo justo para ver arrancar el vehículo con su pasajera pegada a la ventana.

Antes de desaparecer entre el tráfico, hizo con tres dedos la señal de la pistola, que levantó dos veces mientras me miraba muy fijamente. Entendí que aquello significaba: «Bang, bang. Te voy a matar… Y cuando llegue el momento la pistola será de verdad».

El nuevo encontronazo con Lorelei la situaba definitivamente en el bando enemigo. La que me había parecido una adolescente excéntrica que se había cruzado dos veces en mi camino era a todas luces nuestra perseguidora.

Aunque no sabía quién la mandaba y lo que se proponía, que esa niñata se hubiera atrevido a parar un tren en marcha significaba que estaba dispuesta a todo.

A falta de un par de horas para la cita nocturna, entré en un cibercafé para indagar sobre aquel monstruo de coletas azules. Era improbable que me hubiera dado su verdadero nombre, pero aun así realicé una comprobación rutinaria introduciendo en el buscador «Lorelei» + «Zurich» + «Cabaret Voltaire».

El resultado fue tan extravagante como ella misma. Por alguna extraña razón, el algoritmo de Google me condujo hasta un club de Los Ángeles denominado Part Time Punks —«punks a tiempo parcial»—. A la izquierda de la página web constaban las canciones que habían sonado en la sala desde su creación. Tuve que descender hasta los abismos de aquel interminable listado hasta llegar al 13 de enero del año anterior. Aquella noche había sonado una banda de Virginia llamada Lorelei. El título de la canción, «Inside the Crime Lab» —«dentro del laboratorio del crimen»—, no resultaba justamente tranquilizador.

En cualquier caso, aquello no aclaraba nada; sólo servía para revelar las intenciones de quien podía haber tomado aquel sobrenombre.

33

La noche de Tea

No me siento aterrorizado por no conocer cosas,
por estar perdido en el misterioso universo sin
tener ningún propósito, pues éste es el modo en
el que la realidad es.

RICHARD FEYNMAN

La casa de la hermanastra de Lieserl se hallaba en las afueras de Novi Sad, al final de una arboleda solitaria con un estanque seco.

Al parecer, Tea había sido la última hija biológica de Helene Kaufler Savić, quien se había ocupado de la hija de su amiga antes de que ésta se casara con Einstein. Lo que había sucedido después era un misterio que esperaba resolver aquella misma noche.

Nos abrió la puerta un hombre mayor de pelo cano y expresión fiera. Tras presentarse como Milos, nos saludó estrechando su gruesa mano de agricultor. Luego dijo en un inglés bastante comprensible:

—Mi madre os espera en el salón. No la mareéis mucho, hoy no tiene un buen día.

Antes de cruzar el recibidor, Sarah le entregó un sobre. El hombre lo dobló en dos y lo guardó sin más en el bolsillo de su cazadora.

La pequeña mansión de Tea Kaufler era una desigual colección de recuerdos que acumulaban polvo y resentimiento. Del pasillo forrado de papel pintado colgaba un retrato del mariscal Tito, así como varias fotografías de un partisano de gran mostacho que debía de estar emparentado con la inquilina.

Milos nos hizo pasar hasta un salón pobremente iluminado donde pude distinguir un póster con el lema: VISIT YUGOSLAVIA. En la imagen, dos chicas de expresión alegre brindaban con la ciudadela de Dubrovnik —en la actual Croacia— de fondo.

Toda la estancia olía a cerrado y a orín de gato.

Visiblemente emocionada, Sarah me tomó del brazo cuando llegamos al balancín en el que una anciana de pelo rapado parecía dormir con una fina manta sobre las rodillas.

Su hijo me susurró al oído:

—Es ciega, pero sabe perfectamente que estáis aquí.

Un minuto después regresó llevando una bandeja con cuatro copas de *rakija*. Una era para la anciana, que capturó su licor con notable precisión. Se lo acercó a los labios mientras aspiraba fuertemente por la nariz, como si valorara el aroma de las ciruelas de las que había salido el aguardiente.

Luego murmuró con voz quebrada:

—*Kako...*

No era la que había dicho «Cabaret Voltaire», y muy probablemente las cartas tampoco habían salido de aquellas manos. Sin embargo, en ese momento Tea Kaufler era todo lo que teníamos para intentar encajar algunas piezas del rompecabezas.

Milos habló dulcemente al oído de su madre, que asintió un par de veces entre gruñidos. Luego él nos miró para darnos a entender que la entrevista podía empezar.

Dejé que Sarah llevara la iniciativa. Con las manos unidas recatadamente en el regazo, tras saludar a la anciana y darle las gracias por su atención, la francesa habló así:

—Nuestra visita se debe a que estamos completando una biografía de Einstein y nos gustaría aclarar algunos lazos familiares.

Milos tradujo la pregunta y la anciana pareció indignarse al oír el nombre del físico, ya que empezó a lanzar lo que parecían conjuras en serbio.

—Mi madre no tiene en gran estima a Einstein —dijo él—. No le perdona que jamás se dignara a conocer a su hija.

—¿Usted la conoció? —intervine dirigiéndome a él.

—La recuerdo muy vagamente. Era una mujer muy guapa, según cuenta mi madre. Al terminar la Segunda Guerra Mundial se estableció en Estados Unidos y ya no regresó.

Sarah tomó la palabra:

—Supongo que las dos hermanastras siguieron manteniendo contacto por telegrama o por teléfono. ¿Puede preguntar a su madre si Lieserl llegó a conocer a su padre en América?

La anciana escuchó la pregunta mientras sorbía ruidosamente su licor. Al ver de qué se trataba, empezó a negar con la cabeza mientras exclamaba:

—*Nema, nema, nema...*

Luego lanzó una larga perorata que su hijo fue recogiendo con murmullos de aprobación. Milos inspiró ruidosamente antes de empezar:

—Lieserl no tenía ningún interés en conocer al padre que la había abandonado. Especialmente después de cómo trató a Mileva, con quien ella mantuvo algún contacto. Lo que la llevó a Boston fue el amor por un soldado americano que conoció en un campo de refugiados de Trieste donde trabajó de enfermera.

Pude leer la decepción en el rostro de Sarah. Aquella versión de los hechos no encajaba con la hipótesis que habíamos hilado tan elaboradamente. Aun así, insistió:

—¿Puede preguntarle si Lieserl tuvo una hija en Estados Unidos? ¿Tal vez una niña llamada Mileva?

Milos transmitió la pregunta a la anciana, que respondió con una débil carcajada. Luego lanzó tres o cuatro frases en tono irritado. Estaba claro que aquella entrevista empezaba a cansarle.

El hombre se volvió hacia Sarah para explicarle:

—Todo lo que mi madre sabe es que tuvo un chico con el soldado. Se llamaba David. Luego Lieserl se separó y perdió el contacto con ella. Lo último que supo es que había aceptado un puesto de enfermera en Nueva York.

Aunque la situación aconsejaba dejar aquí la charla, Sarah rogó a Milos que hiciera una última pregunta a su madre. Quería saber si, antes de su muerte, Einstein trató de compensar a su hija de alguna manera, tal como había hecho con Mileva tras obtener el Nobel.

Tras escuchar con fastidio la pregunta, Tea Kaufler concluyó:

—El último regalo de Einstein a Lieserl, tras haberla despreciado como un insecto, fue dejar en la estacada a Mileva para acostarse con su propia prima.

Después de traducir esto, el hombre de la casa nos invitó a marchar. Un taxi llamado por él nos esperaba en la puerta.

Al ocupar el asiento de atrás, Sarah y yo nos miramos. Estábamos en un callejón sin salida. Mientras el taxista nos llevaba de vuelta al centro de Novi Sad, ella exhaló un suspiro y dijo:

—¿Y ahora qué?

34

Mensajes de América

> Meditando sobre nuestra vida y tareas, nos damos cuenta que hacemos y deseamos casi todo en relación con otras personas.
>
> ALBERT EINSTEIN

Habíamos recalado en un restaurante tradicional serbio con mesas rústicas y troncos como vigas, el Ognjiste. De la entrevista con Tea podía hacerse una lectura positiva y otra negativa.

La parte buena era que Lieserl hubiera vivido en la costa Este de Estados Unidos, lo que desmentía que fuera la Zorka Savić que había residido en Serbia hasta finales de los noventa. El hecho de que hubiera «hecho las Américas» facilitaba que Einstein se hubiera puesto en contacto con ella para entregarle la última respuesta. La posible existencia de un hijo viviendo en el país era otra valiosa fuente de información.

La parte fea de aquel asunto era que Lieserl no quisiera

saber nada de su padre. Aunque era comprensible, aquello restaba posibilidades a su candidatura como custodia del secreto. Sin embargo, aunque no se hubieran conocido jamás, si en el testamento de Albert había algo para ella, sin duda habría llegado a sus manos. Otra cuestión era lo que quisiera hacer con lo recibido.

Tras enfrentarme con cuchillo y tenedor a una enorme parrillada de carne —el famoso *ćevapi* serbio—, con la segunda botella de vino húngaro Tokaj puse la cuestión sobre la mesa:

—Dado que en Serbia no vive ningún descendiente directo de Lieserl, que sepamos, no me encaja la revelación de Jensen sobre la fórmula y el atentado. Tal vez los tres daneses estén ya criando malvas por una fórmula que nadie sabe de dónde ha salido.

—Pero Mileva mantuvo contacto con su tierra natal —argumentó Sarah con la copa en la mano—. No se puede descartar que un borrador de su marido quedara olvidado en un cajón familiar en Belgrado o Novi Sad. Sobre todo si ella le ayudaba con el cálculo matemático. Al vaciarse una de esas casas, pudo acabar en manos de un coleccionista que ha vendido ahora el documento.

—Es una buena explicación, pero Jensen anunció al final de la ponencia que en un par de días le acompañaría la propia Mileva, la supuesta nieta de Einstein, para presentar todos los datos sobre esta última fórmula.

—Ése puede haber sido el móvil del crimen —apuntó la francesa—. Jensen y los suyos habían contactado con una persona, tal vez nuestra Mileva, que alguien está muy interesado en que no salga a la luz pública. La gran pregunta es por qué.

Me serví otra copa de vino blanco, como si aquella rareza seca de Hungría —los Tokaj suelen ser dulces— pudiera disolver alguna de las dudas que se iban acumulando en nuestra investigación. Luego dije:

—Antes de morir, Jensen aseguró que esta fórmula, $E = ac^2$, tenía un poder superior a la bomba atómica. Sólo por eso ya puede haber alguien interesado en desarrollar su aplicación tecnológica sin compartirla con el resto de la humanidad.

—Estoy de acuerdo contigo. En cualquier caso, tenemos dos pruebas de que la Mileva que estamos buscando no se halla en Serbia. La primera es lo que acabamos de saber por boca de Tea Kaufler. La otra, el hecho de que esta persona necesitara dos días para llegar a Belgrado. Me hace pensar en un viaje intercontinental.

—Sí, es el tiempo que necesitaría alguien desde Estados Unidos para, con los husos horarios en contra, cambiar de avión unas cuantas veces hasta llegar a Belgrado. Eso implica que si hay alguien relevante en todo este asunto, tendremos que cruzar el charco para darle alcance.

Mi conclusión fue recibida como una propuesta por Sarah, que tomó mi mano y se la llevó a los labios. Al sentir aquel leve beso se desató un bombardeo en mi corazón.

Traté de volver a la conversación para ocultar mi nerviosismo:

—¿Cuándo crees que deberíamos poner rumbo a América?

Antes de responder, fijó su mirada azul en la mía:

—Mañana mismo.

La habitación para adolescentes del Hotel Duga no parecía el lugar más indicado para una noche romántica, pero el vino y las perspectivas de dejar la vieja Europa nos habían achispado el ánimo.

Hicimos el camino a pie con las manos unidas. Su ajustado traje chaqueta hacía que Sarah pareciera una ejecutiva llegada al Este para liquidar algún oscuro negocio. Y algo había de eso.

Era más de medianoche y las calles de la capital de Voivodina ya se habían vaciado. Sólo nuestros pasos titubeantes rompían el silencio de una ciudad tal vez demasiado perfecta.

Al llegar al hotel, el recepcionista de la papada no estaba, así que tuvimos que tomar nosotros mismos las llaves de detrás del mostrador. Luego entramos en el ascensor para iniciar una modesta ascensión de dos pisos.

Aunque no parecía tan ebria como en Berna, Sarah se hallaba en plena transformación. La mujer fría e impenetrable había dado paso nuevamente a la reina de la frivolidad. Antes de llegar al segundo piso, pulsó el botón de parada. La cabina se detuvo en seco y vibró por unos segundos como si fuera a desarmarse.

—¿Tienes miedo? —preguntó ella mientras me miraba desafiante con su nariz rozando la mía.

—No me gustaría pasar la noche en el ascensor —dije

recordando mi claustrofobia—. Aunque me acompañe una dama tan encantadora como tú.

Acto seguido, presioné el botón del segundo piso. La juguetona Sarah pareció decepcionada al comprobar que la cabina arrancaba. Con una entonación infantil, sentenció:

—Eres aburrido.

Al salir del ascensor, cerró los ojos y dijo:

—Llévame hasta tu habitación.

No sabía si aquello tenía el sentido que yo imaginaba, pero me negaba a hacer el ridículo una vez más. Como un padre que devuelve a su hija al redil, abrí la puerta mientras sujetaba a Sarah con la mano izquierda.

Al encender la luz, sin embargo, me enfrenté a algo peor que el ascensor detenido: el contenido de mi maleta estaba esparcido por todas partes. Incluso los colchones habían sido arrancados de los somieres.

El manuscrito y el ordenador ya no estaban allí.

35

El asalto

Los grandes peligros tienen su belleza, y es
que promueven la fraternidad entre extraños.

Victor Hugo

Parece que hemos tenido visita —dije mientras evaluaba las dimensiones de la catástrofe.

El panorama devolvió la cordura a Sarah, que se apoyó en la pared para contemplar lo que había pasado.

Quien hubiera irrumpido en la habitación, además de llevarse el ordenador y el manuscrito, había explorado hasta el último centímetro de moqueta en busca de algo que no había encontrado.

Tras devolver mi ropa sucia a la maleta saqueada, la cerré y me senté sobre ella. Por su parte, la francesa se sentó sobre una de las camas y me miró compasiva.

—Te has quedado sin tu trabajo, ¿verdad?

—Sería la segunda vez en menos de dos semanas —repuse mientras sacaba del bolsillo un lápiz USB—, menos mal que lo tengo todo aquí. Incluso una copia del manuscrito.

—Pero no tienes ordenador —remarcó.

—Puedo comprar uno mañana, aunque me temo que el teclado estará en cirílico.

Nos miramos con una sonrisa que derivó en un estallido de risa tonta, de esos que le dan a uno cuando ha perdido el norte y nada parece salir bien.

—Cómpralo en Nueva York —dijo Sarah—. Va a ser nuestro próximo destino.

En medio de aquella conversación relajada, demasiado incluso para lo que acababa de suceder, me di cuenta de que no habíamos comprobado algo fundamental.

—¿Y tu habitación?

—No ha pasado nada —respondió ella—. El ladrón no ha entrado ahí. Probablemente, ni siquiera imaginaba que estaba alojada en este hotel.

—¿Cómo puedes saberlo? —pregunté desconfiado.

—Ven conmigo y lo verás.

Mientras la embriaguez iba dando paso a un dolor de cabeza terrible, seguí a Sarah hasta la puerta contigua. Antes de introducir la llave, me mostró el monitor de su móvil.

—Mira qué sucede si no desactivo la alarma.

A continuación, giró la llave en la cerradura. Cuando la puerta se abrió, el teléfono móvil empezó a vibrar a la vez que emitía una penetrante sirena. La francesa acalló la alarma pulsando un botón, antes de encender la luz de la habitación.

Tal como ella había anunciado, todo estaba en su sitio. Había ropa tirada por el suelo, pero eso formaba parte de los hábitos de la inquilina.

El dispositivo de seguridad era un pequeño transmisor que colgaba del pomo de la puerta. Deduje que al captar el movimiento activaba automáticamente la alarma en el móvil de Sarah.

—Eres una mujer prudente. ¿Y ahora qué hacemos?

—Interrogar al recepcionista. Conviene saber quién está tras nuestros pasos.

—Creo que ya lo sé, pero vayamos.

El hombre de la gran papada volvía a estar en su sitio, aunque por el vendaje que la cubría, parecía que media cabeza ya no estaba allí. Nos miró furioso mientras se acercaba el auricular del teléfono y susurraba:

—*Policija*.

Añadió dos frases, de las que sólo entendí el nombre del hotel, y luego colgó.

La cosa se estaba poniendo fea, así que agradecí que hubiéramos bajado nuestras maletas.

—Han entrado en mi habitación —dije a la defensiva.

—Y un bate de béisbol ha entrado en mi cabeza, por si le sirve de consuelo —repuso con los ojos inyectados de sangre—. Su amiguita tiene una especial manera de salirse con la suya.

—¿Mi amiguita? ¿De qué me habla?

Sabía perfectamente quién había detrás de aquello, pero no estaba dispuesto a que me relacionaran con aquella zumbada.

—Al saber que usted no estaba, me ha dicho que iba a esperarle en su habitación. Yo le he advertido que no era posible: nadie que no esté registrado puede entrar,

201

y menos en la habitación de un cliente. Antes de que pudiéramos seguir discutiendo, ha sacado un bate de su bolsa y me ha atizado. Cuando he recuperado el conocimiento, he tenido que ir al hospital a que me dieran puntos.

En aquel momento, un coche de policía estacionó delante del hotel. De su interior salieron dos agentes uniformados de azul. En los diez segundos que tardaron en alcanzar la recepción, Sarah tuvo tiempo de realizar una negociación fulminante.

—¿Cuánto quiere para que no nos relacionen con esto? —le susurró.

—¿Cómo? —preguntó asustado el recepcionista.

La francesa sacó de su bolso dos billetes de 500 euros y los puso con un rápido movimiento en el bolsillo del hombre. Mientras los agentes ya saludaban al entrar, ella le habló en tono hipnótico:

—Nosotros no hemos tenido nada que ver con esto, ¿de acuerdo? Dígales que la agresora no llegó a subir a las habitaciones.

El recepcionista miró a Sarah y a los agentes, respectivamente. Luego se llevó la mano al bolsillo para comprobar que los billetes grandes estaban efectivamente ahí. Con más color en el rostro, empezó a vociferar en serbio mientras señalaba la herida en su cabeza.

Uno de los policías nos miró detenidamente mientras interrogaba al herido, que dijo algo así como:

—*Goste su.*

Debía de haber cumplido el trato, ya que el policía nos

saludó llevándose la mano a la sien y se despreocupó de nosotros.

Salimos del hotel mientras levantaban el atestado de lo que había sucedido allí. Sin duda, el recepcionista daría una cumplida descripción de la esbirra del pelo azul, que en aquel momento debía de estar preparando su próximo movimiento.

Como nosotros.

Lo mejor era dejar el país antes de que se complicaran más las cosas. Con el bajón del alcohol, Sarah había palidecido. Era obvio que le costaba mantener los párpados abiertos.

—¿Buscamos otro hotel? —propuse.

—Mejor no —suspiró—. Novi Sad ya no es una ciudad segura para nosotros.

—¿Adónde vamos entonces?

—A América.

TERCERA PARTE

Agua

El Agua es el elemento de la emoción y del subconsciente.

Simboliza el amor, los sentimientos positivos, la amistad,
el perdón, la compasión, la generosidad, la entrega,
la apertura del corazón, la alegría, incluso la fe.

También a ella pertenecen las pasiones, el dolor y el placer
de los sentimientos, los temores y anhelos, esperanzas y
desesperanzas, lo esotérico y lo perteneciente al mundo psíquico.

El Agua es elemento esencial en los rituales de depuración
y fertilidad.

Sin Agua no habría vida. El Agua la alberga y la transporta.

Es el elemento del corazón.
La sangre es líquida, y las lágrimas están compuestas de Agua,
una composición que varía en función de la alegría
o la tristeza que se expresa en ellas.

36

La vida secreta del genio

Cuando uno se enamora, a menudo se empieza engañando a sí mismo para acabar engañando a los demás. Eso es lo que el mundo llama romance.

OSCAR WILDE

A las 6.45 había un vuelo de Belgrado destino a Nueva York, con sólo una escala en Munich. Dada la situación, lo mejor era tomar un taxi hacia el Nikola Tesla, el aeropuerto de la capital.

Ya en el interior de un viejo Mercedes, me dije que mi sino era cruzar Serbia de madrugada. Los extensos campos por los que había pasado a la ida ahora parecían menos desolados, tal vez porque Sarah dormía en mi regazo.

Aunque una escena similar —en el tren Flecha Roja— había tenido un final trágico, mi corazón latía feliz mientras la francesa respiraba profundamente.

Una persona que empiezas a amar durmiendo de madrugada en tu regazo mientras viajas de ningún sitio a ninguna parte. Ésa era para mí una buena definición de la felicidad.

Cuando el Boeing 735 atravesó las primeras nubes, Sarah tomó mi mano y me dirigió una sonrisa que no supe interpretar. Había sido una expresión de alegría ingenua, como la de un niño que vuelve a casa después de un largo y fatigoso viaje.

Sin embargo, yo no sentía que estuviera regresando a puerto seguro. Al contrario, a medida que avanzábamos en aquella aventura me sentía más extraviado, tanto en lo que correspondía a la misión como en el propio sentido de mi vida.

La voz aterciopelada de Sarah me sacó de aquellos pensamientos.

—No me ha gustado que Tea fuera tan dura con Albert.

—¿Por qué? —repuse sorprendido—. ¿Crees que trató bien a Mileva?

—En absoluto, pero no me parece bien que se le juzgue por una época de su vida que debió de ser muy difícil.

—Tengo ganas de repasar en el manuscrito de Yoshimura el asunto de la prima, pero tendré que esperar a hacerme con un portátil para descargar de nuevo el documento.

—Esos cotilleos te los puedo contar yo misma —dijo mientras sorbía la taza de té—. A fin de cuentas, llevo varios años con una tesis dedicada a Mileva Marić, aunque veo que hay muchas cosas que no se han consignado en ningún libro.

—El editor del manuscrito hablaría de «huecos».

—Pues a mí aún me falta una fosa por llenar para entender el papel de Mileva en las teorías de Albert. Sobre su vida personal sabemos muchas cosas, sobre todo desde que en Christie's se subastaran cuatrocientas treinta cartas que se cruzaron en los buenos y en los malos tiempos. Algunas eran terribles. Por ejemplo, cuando la relación ya se había degradado, Einstein puso a su esposa tres condiciones para seguir viviendo juntos: renunciar a cualquier relación personal con él, dejar el cuarto sin protestar cuando él lo dijera y ocuparse de que sus sábanas estuvieran en orden.

Pedí un segundo café antes de arremeter contra la estudiante de doctorado:

—Esto es algo que siempre me ha reventado de las intelectuales como tú. A un hombre de la calle lo colgaríais vivo por un comentario desafortunado que se pudiera interpretar como machista. En cambio, a los genios como Picasso o Einstein les perdonáis que maltrataran a sus mujeres hasta los límites del suicidio.

—Bueno, tal vez estos hombres han hecho una aportación tan grande a la humanidad, incluyendo a las mujeres, que se les puede perdonar sus crueldades domésticas. Los hombres como tú, en cambio, sólo podéis poner vuestros actos cotidianos en la balanza.

Sarah compensó el duro ataque dándome un suave beso en la mejilla. Hice ver que seguía enfadado hasta recibir un segundo beso, esta vez más cerca de los labios. Definitivamente, me estaba portando como un niño.

—Lo bueno de esas cartas —prosiguió— es que refuerzan la teoría de que Mileva estuvo muy implicada en los artículos de su marido, con o sin la ayuda de Tesla. Por ejemplo, en alguna de ellas Einstein se dirige a su esposa hablando de «nuestro trabajo», como si hubiera sido una tarea conjunta. Eso explicaría también que le entregara todo el importe del Nobel en 1921, cuando ya estaban separados y había una enemistad manifiesta entre ellos.

—Quizás se lo dio porque se había portado como un cretino, como dijo Tea, y tenía mala conciencia.

—Einstein no tenía ese tipo de problemas —repuso taxativa—. Yo lo veo más bien como una rendición de cuentas por una tarea de los dos en la que toda la gloria se la llevó él.

—Fuera lo que fuera, no me importa. Como bien has dicho, yo soy un hombre vulgar al que sólo le interesa el cotilleo. ¿Qué pasó con la prima?

—Es una larga historia.

—Tiempo es justamente algo que no falta en este avión. Si no terminas de aquí a Munich, podemos seguir en el vuelo a Nueva York.

Sarah me dio un codazo antes de advertirme:

—Te la contaré si te estás calladito, sin hacer comentarios impertinentes.

Levanté la mano en señal de juramento.

—Las cosas se torcieron del todo cuando los Einstein se instalaron en Berlín en 1914 —empezó—. A Mileva no le gustaba nada esa ciudad. Además, empezaba a sospechar de la relación que había entre Albert y su prima Elsa Löwenthal, que era su amante ocasional desde hacía dos años. Él le escribía cartas diciendo lindezas así: «Trato a mi mujer como a una empleada a la que no puedo despedir».

—Un gran acto de consideración.

—Cuando se supo lo de la prima y su matrimonio se fue a pique, Albert escribió la famosa carta con las tres condiciones para vivir juntos. Mileva estuvo a punto de aceptar, pero cambió de idea al recibir una nueva carta de su marido donde le aclaraba que jamás habría compañerismo entre ambos, que lo suyo debería ser como una relación de negocios sin contactos personales. En esa carta terminaba diciendo: «Te aseguro que mi actitud hacia ti será correcta, como lo sería hacia una extraña».

En aquel momento, el avión inició las maniobras de aterrizaje en el aeropuerto Franz Josef Strauss de Munich.

—¿Y cómo acabó la cosa? —la apremié—. Vamos, no me tengas en vilo.

El pecho de Sarah se hinchó al inspirar profundamente. Luego dijo:

—Por supuesto, Mileva era una mujer inteligente y no aceptó esa sarta de tonterías. Decidió separarse y se llevó a los niños a Zurich. Cinco años después, Albert se casó con su prima Elsa, con quien las cosas le fueron aún peor que con su primera esposa. Lo cual demuestra que también los genios se equivocan, y que se puede ser un diez en física y un cero en ciencias del corazón.

Las ruedas del avión estaban a punto de tocar suelo alemán cuando pregunté a mi acompañante:

—¿Tú a quién preferirías a tu lado, a un genio cretino o a un borrico de buen corazón?

Como toda respuesta, Sarah cerró los ojos y sonrió.

37

Williamsburg

El americano vive más para sus objetivos, para el futuro, que el europeo. La vida para él siempre es devenir, nunca ser.

ALBERT EINSTEIN

Manhattan se había convertido en una isla burguesa donde era imposible dormir por menos de 120 dólares la noche, así que desde el JFK nos dirigimos a Brooklyn en busca de prados más verdes.

Desde mi huida de Barcelona para seguir el rastro de Einstein, los 25.000 dólares iniciales habían bajado de la veintena y se acercaban peligrosamente a los 15.000. Si dábamos muchas vueltas por Estados Unidos en busca del fantasma de Mileva, podía acabar volviendo con una mano delante y otra detrás.

A no ser que lograra completar el manuscrito del japonés y el editor cumpliera su parte, sin el trabajo en la radio me esperaba un futuro sombrío a mi regreso.

Esta reflexión económica me había llevado a proponer a Sarah que alquiláramos un apartamento por días en Williamsburg, el barrio alternativo de Brooklyn. Era la solución más barata y discreta, ya que así evitábamos que nos pudieran localizar a través del registro del hotel.

El taxi nos dejó en Bedford Avenue, una larga vía que conecta el barrio ultraortodoxo con los bares y mercadillos hippies.

En comparación con el caos del tráfico rodado y humano de Manhattan, caminar por Williamsburg era como estar en otra ciudad, incluso en otro país. A la arquitectura de antiguos almacenes de dos y tres plantas se sumaba un inesperado silencio, como si los coches hubieran huido de allí hacía tiempo.

Tampoco el ambiente tenía nada que ver con lo que uno esperaba encontrar en Nueva York. Todo era gente vestida con ropa de segunda mano, chicas con gafas enormes y pamelas, además de variantes diversas de la estética punk.

—Esto parece un santuario de tribus urbanas extinguidas —comentó Sarah mientras contemplaba la luna de Spoonbill & Sugartown, una librería de Bedford Avenue.

—Quizás aquí sepan dónde podemos alquilar un apartamento —dije al entrar.

En las mesas se exhibían libros vanguardistas, subversivos o directamente *freak*, como un caro volumen dedicado a enanos toreros, o un álbum infantil para colorear que recreaba escenarios de guerra, con cabezas volando, miembros quemados y edificios en ruinas.

Al lado de la caja, dos gatos descansaban en sendas mecedoras a escala.

Pregunté la cuestión del alojamiento a un tipo con gafas que era la viva estampa de Allan Ginsberg. Se acarició la barba negra unos segundos, como si frotara la lámpara de Aladino, y luego dijo:

—Tengo entendido que en el Space hay algún rincón libre. Decidle a Baby que venís de parte de Jiddu. Ella sabe.

El Space resultó ser un edificio de tres plantas compartimentado con tabiques móviles para uso de artistas y desarraigados como nosotros. La tal Baby, una vieja hippy cargada de amuletos, nos explicó así el criterio de precios:

—En esta cooperativa se paga sólo por el espacio que uno ocupa. En principio son dos dólares por metro cuadrado y día, aunque si os vais a quedar una temporada os puedo aplicar la tarifa de residente. El primer mes se paga por adelantado.

—No estaremos tanto tiempo —me adelanté—. De hecho, todavía no tenemos planes.

—Así me gusta —repuso Baby—, pero en cualquier caso la primera semana hay que pagarla por adelantado. ¿Cuántos metros cuadrados necesitáis, ratoncillos?

Sarah se paseaba con su maleta roja por aquel loft por el que entraba la luz a raudales. En la tercera planta había dos pequeños espacios cerrados por tabiques móviles. La administradora de la cooperativa nos dijo que uno de ellos era el taller de un tatuador y el otro un estudio comparti-do por tres diseñadoras gráficas. Salvo raras excepciones, por la noche en aquella planta nunca había nadie.

Quedaba un montón de espacio libre, así que supuse que la sofisticada Sarah pediría una buena porción para montar nuestro cuartel general en América. Pero, para mi sorpresa, dijo:

—Con treinta metros cuadrados tendremos más que su-ficiente.

—De acuerdo —dijo Baby mientras estudiaba a la fran-cesa a través de sus gafas de culo de botella—. En el sótano tengo sofás, camas, mesas, sillas… lo que queráis. También hay sábanas. Cada pieza son unos centavos al día de alqui-ler. Elegid lo que necesitéis y os ayudaremos a subirlo. En un santiamén tendréis la casita montada. La cocina, los ba-ños y la lavadora son comunitarios y se encuentran en la primera planta.

Mientras bajábamos la escalera hasta el sótano, me pre-guntaba si no habría metido la pata al llevar a Sarah a aquella cooperativa espacial, como se definía en un mani-fiesto colgado en las paredes. Sin embargo, al ver cómo se entusiasmaba eligiendo un sofá, dos camas individuales y una amplia mesa de trabajo, entendí que se sentiría cómo-da en aquel reducto de alternativos de diseño.

Una vez montado nuestro estudio, delimitado por dos mamparas que cerraban el espacio en un cuadrado, el al-quiler de los treinta metros con los muebles quedó fijado en sesenta y cuatro dólares diarios.

Nos inscribimos con nombres falsos para asegurarnos

que permanecíamos de incógnito en la ciudad. Baby no nos pidió los pasaportes, porque afirmaba que los tratos en Space se basaban en la confianza. Eso sí: nos cobró la primera semana por adelantado.

Cuando finalmente se largó haciendo sonar sus alhajas, eché un vistazo a lo que sería nuestro hogar mientras estuviéramos en la ciudad que nunca duerme. El espacio estaba delimitado por cuatro muebles principales: una mesa arrimada al gran ventanal, un sofá justo detrás; a lado y lado, las camas individuales. Un par de planteros con ficus sirvieron para llenar huecos y dar más unidad al espacio.

El pisito ya estaba montado. Ahora sólo faltaba saber qué diablos sacaríamos en claro en Nueva York.

Sarah se dejó caer sobre el sofá y se quedó un buen rato mirando las azoteas de Williamsburg a través del ventanal. Por primera vez la vi despeinada. Y me gustó aún más.

—Aprovechando que nadie nos conoce —dijo—, tenemos que vestirnos como la fauna local. Si llevamos la cabeza cubierta y gafas de sol, será difícil que nos reconozcan. Así podremos trabajar con menos riesgos en la búsqueda del hijo de Lieserl y su hermana. No revelaremos a nadie nuestro nombre verdadero ni nuestra procedencia, ¿vale?

—¿Para qué tanta precaución? —pregunté acercándome al ventanal—. Nadie va a encontrarnos en una ciudad de nueve millones de habitantes. Además, ¿quién iba a venir hasta aquí…?

La imagen siniestra de Lorelei pareció plasmarse en la retina de Sarah, que dijo:

—No te confíes. La psicópata del pelo azul nos seguiría hasta el fin del mundo.

38

Mensaje en una botella

¿Qué es una ciudad sino su gente?

WILLIAM SHAKESPEARE

Tras deshacer las maletas y poner nuestra ropa a lavar, iniciamos el operativo de búsqueda.

Mientras Sarah, conectada al wifi de Space, rastreaba con el ordenador y el teléfono si en los hospitales de Nueva York había trabajado alguna «Lieserl» o «Kaufler» —era posible que hubiera cambiado su nombre de pila por el más pronunciable «Lisa»—, bajé a la calle para procurarme un portátil de ocasión.

Siguiendo el consejo de la francesa, antes pasé por una tienda de ropa de segunda mano y compré unos pantalones de algodón, una camisa a cuadros, una gorra y unas gafas Ray-Ban algo rayadas. Por el módico precio de 30 dólares salí a la calle hecho un auténtico energúmeno, pero con la seguridad de que nadie, ni siquiera mi madre, me reconocería.

A continuación recorrí la Sexta Avenida de Brooklyn, donde se encontraban muchas de las tiendas de Williamsburg. No muy lejos de la Ear Wax Records —«discos "Cera de Oreja"»— encontré una tienda de informática con ofertas de segunda mano. Por algo menos de 200 dólares me hice con un portátil algo tronado, pero que tenía el teclado en español.

—No te fíes de las apariencias —dijo un vendedor con peinado afro—. Este trasto pilla cualquier wifi que haya en un kilómetro a la redonda. Es un pepino.

Contento con aquella adquisición, me detuve en el kitch restaurante SEA a tomar un almuerzo tardío. A aquella hora empezaba a llenarse de jóvenes que acudían al barrio a bailar música tecno alternativa o a leer *The Onion,* una revista satírica que se distribuía gratuitamente.

Tomé de un revistero un ejemplar con la fotografía del pontífice durante una vista en Estados Unidos. Llevaba la siguiente noticia en portada: «EL PAPA REGRESA AL VATICANO CON UN PLAN COMPLETO PARA VOLAR POR LOS AIRES ESTADOS UNIDOS. La Casa Blanca, el Estadio de los Yankees y la Zona Cero estarían entre los primeros objetivos».

Tras devorar una ensalada de marisco y tofu con un batido de té, decidí regresar al estudio. Iba siendo hora de que trabajara en algo, aunque sólo fuera en el manuscrito de Yoshimura.

Al regresar a nuestro cubículo en Space, me costó reconocer a Sarah. Durante mi ausencia, había tenido tiempo de raparse el pelo por la nuca. De su media melena negra sólo quedaba un flequillo que le caía como una cortina hasta la nariz.

En lugar de sus vestidos de pasarela, llevaba unos tejanos desgastados y una vieja chaqueta de chándal roja. Unas Converse blancas descansaban sobre la alfombra. Estaba claro que tampoco la reconocerían con aquella pinta. Se había convertido en otra persona.

Sentada en el sofá con las piernas en tijera, tecleaba vigorosamente sobre su pequeño Sony Vaio. Me dirigió una mirada burlona y volvió a la tarea con redoblado brío.

—¿Qué pasa? —protestó—. ¿No te gustan mis adquisiciones?

—La próxima vez, deja que te acompañe. Incluso para ir desaliñado hay que tener estilo.

Respondí con un gruñido mientras abría mi ordenador sobre la mesa de trabajo. Arrancó con relativa rapidez y ya tenía instalado el sistema operativo, así que sólo tuve que inyectar mi lápiz USB y arrastrar a continuación todos mis archivos, así como el manuscrito del japonés. Afortunadamente incluía todos los añadidos que había introducido en Zurich.

Tras el parón por el robo en Novi Sad, me propuse revisar en diagonal todo lo que había para hacerme un índice de los huecos por llenar. Antes, sin embargo, pregunté a Sarah mientras le daba la espalda:

—¿Has averiguado algo?

—No mucho, la verdad. En los ocho hospitales de Nueva York que he podido rastrear no constaba ninguna Lie-

serl que hubiera trabajado allí. He encontrado un empleado de apellido Kaufler, pero su nombre de pila era Barry.
No sirve. Estoy explorando ya otras vías.

—Podríamos buscar en listines telefónicos a partir 1950
—propuse—, que debió de ser la época en la que se instaló
en Nueva York. Será una tarea de chinos, pero si la hija de
Einstein tenía teléfono, debe de haber una Lieserl o Lisa
Kaufler en esos listados.

—Mañana me ocupo de eso. Es absurdo buscar a ese
tal David mientras no encontremos la pista de la madre,
ya que es muy posible que llevara el apellido del soldado
americano. Como esta búsqueda puede ir para largo, ya
he lanzado un anzuelo en internet. Si el hijo o hija de Lieserl tiene acceso a la red, puede que lea el mensaje o que
alguien nos aporte una pista sobre su paradero.

—¿Cuál es ese anzuelo? —pregunté girándome hacia ella.

Sarah pulsó una tecla para leer lo que había colgado en
una web gratuita de objetos perdidos apoyada por el ayuntamiento.

NECESITO ENCONTRAR AL HIJO O HIJA
DE LIESERL / LISA KAUFLER.
RECOMPENSA CUÁNTICA.
(REF. 127)

—¿Qué quiere decir eso de «recompensa cuántica»?

—Nada, es sólo para que capte el guiño. Si esta persona
es depositaria de la última respuesta, es muy posible que
sepa algo de mecánica cuántica.

Giré el asiento de oficina 180 grados hasta quedar frente a ella.

—¿Sospechas que la fórmula definitiva de Einstein, $E = ac^2$, puede tener algo que ver con la mecánica cuántica?

—Sería lo más lógico. Aunque la impulsó sin quererlo, Albert renegaba de las conclusiones de la mecánica cuántica. Por eso dijo aquello de «Dios no juega a los dados». Sin embargo, a la teoría de la unificación tiene que llegarse a través de la cuántica. Ya sabes: al final de su vida intentó dar con una fórmula que sintetizara las leyes fundamentales de la física.

—¿Y crees que Einstein pudo llegar a esa fórmula pero no la reveló? —pregunté.

—Es posible, si no estaba seguro de las consecuencias de ese avance teórico. Hiroshima y Nagasaki nunca se despegaron de su conciencia.

Mientras se hacía de noche sobre Williamsburg, pensé en la tarea titánica de encontrar una teoría unificadora —por lo que sabía, la gravedad y la fuerza electromagnética se daban de patadas—, y en el no menos titánico intento de hallar al poseedor de esa fórmula a través de un mensaje en internet.

Aunque estuviera en una web de objetos perdidos del ayuntamiento, debía de haber miles de «posts» que se acumulaban diariamente sin que nadie reparara en ellos. Era como lanzar un mensaje en una botella al océano y esperar a que la persona adecuada diera con ella.

Pero a veces el mensaje de un náufrago llega a su destino.

39

Los años berlineses

Cuando tocas a un científico estás tocando
a un niño.

RAY BRADBURY

Sarah se había quedado dormida en el sofá mientras me entregaba a un repaso exhaustivo de los años berlineses de Einstein. Llevaba un par de horas completando lo que podía sobre la marcha, al tiempo que el índice de tareas pendientes no hacía más que crecer.

Aparté el ordenador de su regazo y la tomé en brazos cuidando de no despertarla. Al trasladarla lentamente a la cama que ella había elegido, sentí algo muy diferente a la noche que la había subido por la escalera del Martha-haus de Berna.

La tendí con suavidad sobre la cama individual y la cubrí con una sábana hasta los hombros. Sarah reaccionó haciendo una mueca de placer, como una niña que se sabe a salvo de los peligros de la noche.

Permanecí un rato observando cómo dormía, a la vez que trataba de entender el cambio que se había operado en mí. Ya no sentía la necesidad inmediata de desnudarla y hacer el amor con ella. No era que me pareciera menos atractiva, al contrario; era algo peor: por primera vez me daba cuenta de que el deseo estaba mutando en una energía más sutil que no sabía definir.

Estaba perdido.

Volví a mi mesa intentando alejar de mi cabeza aquellos pensamientos turbadores. Había trazado un diagrama, con los «huecos» al margen, de todo lo que había sucedido a Einstein tras la publicación de aquellos primeros artículos.

En 1908 había podido dejar la oficina de patentes al ser contratado por la Universidad de Berna como profesor invitado.

Tras el nacimiento de su primer hijo «oficial», la familia se trasladó a la actual República Checa, donde Albert había obtenido un puesto académico de mayor rango. Hacía las funciones de catedrático de física teórica en la Universidad Alemana de Praga.

Aunque su fama todavía no había cruzado el océano, en los ambientes académicos europeos Einstein empezaba a ganar relevancia. Esto llevó a que fuera elegido miembro de la Academia Prusiana de Ciencia y a que el emperador le invitara personalmente a dirigir la sección de física del Instituto Kaiser Wilhelm. En total pasaría diecisiete años en Berlín, durante los que tuvo tiempo para divorciarse de Mileva y casarse con su prima Elsa, que se había ocupado de él durante una crisis nerviosa.

La década de 1920 supuso el estallido de la popularidad de Einstein, muy especialmente tras la concesión del premio, aunque sus teorías no eran aceptadas por todos los medios. Algunos periódicos de lengua alemana atacaban lo que, en el caldo de cultivo nazi, se entendía como el desvarío de una mente judía enferma.

Un año antes de que Adolf Hitler se hiciera con el poder, el ambiente de intolerancia y antisemitismo hizo que finalmente saliera de Alemania en 1932 con rumbo a Estados Unidos.

Mi primer despertar en Brooklyn empezó con una canción dulce y dolorosamente bella que se fue colando entre los muros del inconsciente. Sin acabar de salir a la vigilia, empleé toda la atención disponible para captar desde mi limbo lo que decía aquella canción, parecida a un gospel.

> *There's a lazy eye that looks at you*
> *And sees you the same as before…**

El tacto de una mano suave sobre mi pelo me arrancó definitivamente del sueño.

Como si la canción estuviera plasmando la vigilia, descubrí que un ojo imposiblemente azul me miraba a un par de centímetros de mi cara. Tardé unos segundos en entender que, tras reproducir el CD en su portátil, Sarah se ha-

---

* «Hay un ojo perezoso que te mira, / y te ve tal como antes había sido…»

bía tendido en el espacio libre del colchón para asistir a mi despertar.

—¿Qué es lo que suena? —pregunté soñoliento.

Como toda respuesta me entregó la carátula de un disco llamado *Rabbit songs*, de Hem, una banda alternativa de Nueva York. Detrás se veía la ilustración de dos conejos huyendo del peligro, lo que interpreté como un mal augurio para la recién inaugurada etapa americana.

—He encontrado ese disco en la ranura del sofá. ¿A que es gracioso?

Luego se incorporó de un salto y se plantó frente al ventanal a observar el ajetreo de aquel jueves por la mañana.

—Deberíamos aprender de los conejos —dijo—. Tienen las orejas grandes para escucharlo todo y saben que su madriguera es provisional.

Me vestí sin apartar la mirada de la chica del chándal rojo. Me gustaba aquella intimidad que se había creado entre nosotros. En mi fuero interno, deseé que la búsqueda en Nueva York se prolongara indefinidamente, y pudiera despertarme muchas mañanas con canciones para conejos.

—Por cierto —añadió Sarah de repente—, todavía no me has dado tu hipótesis sobre la «a».

—¿De qué me hablas?

—De la fórmula que Jensen proyectó en Belgrado. ¿No era $E = ac^z$?

Me vestí perezosamente mientras daba vueltas a aquel enigma que, al recibir el primer sobre, yo había percibido como un error. Mi estómago rugió de hambre antes de contestar:

—Tal vez signifique «aceleración».

—Eso es absurdo. No podemos multiplicar la aceleración por la velocidad de la luz al cuadrado. No tiene sentido.

—¿«Absorción»?

—Más absurdo todavía.

—Entonces… ¿cuál es tu propuesta?

Sarah se giró hacia mí con expresión misteriosa.

—Cuando esté más segura te la diré. No quiero condicionar tu búsqueda por ahora.

40

El tatuador

La formulación de un problema es más
importante que su solución.

ALBERT EINSTEIN

Me quemé las cejas toda la mañana en el manuscrito, mientras Sarah buscaba en la ciudad listines telefónicos antiguos, como yo le había propuesto la tarde anterior. Dar con un descendiente de Lieserl de ese modo sería como encontrar una aguja en un pajar, pero había que ir descartando opciones antes de aceptar que nuestro desembarco en América había sido otro fracaso.

Las diseñadoras gráficas habían llegado a su cubil a las nueve en punto. Desde entonces, un triple tecleo servía de banda sonora a mi farragosa labor. De vez en cuando sonaba un teléfono y la que respondía elevaba la voz como si no confiara en la tecnología inalámbrica anticipada por Tesla.

Todas ellas tendrían algo menos de treinta años, como Sarah, pero no me daban ni frío ni calor. Eran tres WASP

—*White Anglo-Saxon Protestant*— con pinta de frecuentar bares de solteros y las convenciones del Partido Republicano. Al subir a la tercera planta, me habían saludado con un apático «*Hi*» antes de desaparecer tras su panel.

La llegada al mediodía del tatuador tuvo un signo completamente diferente. Vestía una cazadora de *hellangel*, llevaba greñas y debía de pesar al menos ciento veinte kilos.

A diferencia de sus compañeras de loft, pidió entrar en nuestros treinta metros con un escandaloso: «¿Hay alguien ahí?», pronunciado en español costarricense. Luego se dejó caer sobre el sofá como si fuera un pariente al que hay que atender quieras o no.

—Mi nombre es Fernando Sebastián, pero en Williamsburg todos me conocen como el Cuco.

Dicho esto, se levantó de golpe y prácticamente incrustó su cabezota en el monitor para curiosear lo que yo estaba haciendo.

En aquel momento tenía delante una de las pocas páginas del manuscrito con fórmulas. Yoshimura trataba de explicar la teoría de Einstein sobre la velocidad de interacción de los cuerpos.

—¿Eres profe de mates?

—Ya me gustaría. Sólo soy un periodista a sueldo que intenta descifrar una fórmula sin lograrlo.

Me sorprendía a mí mismo que revelara esto a un extraño. Tal vez su aspecto primario me había convencido de que era inofensivo, como si lo que llevaba entre manos no formara parte de su universo mental. Sin embargo, pronto demostró que tenía algo que decir al respecto.

—Hay un truco que nunca falla, te lo dice el Cuco: tatúate esa fórmula en la piel y la acabarás resolviendo. Incluso cuando duermas, tu cuerpo será consciente de que hay que solucionar eso y pondrá a trabajar el turno de noche. Una mañana te levantarás con la respuesta sin saber cómo.

No supe qué contestar. Me limité a mirar a aquel tipo, que ya había vuelto a adueñarse del sofá. Entendí que, si le faltaban clientes, podía ser mi pesadilla en Space.

Confirmando mis temores, declaró:

—Hasta después de comer no tengo a nadie. ¿Quieres que te tatúe la formulita? Vamos, no seas melindroso.

La llegada de Sarah con una gran bolsa me salvó in extremis.

Como si de repente se sintiera invasor de nuestra intimidad, el Cuco se levantó de golpe y tendió la mano a la francesa, que la estrechó sin demasiado interés. Luego el tatuador se refugió en su reducto, de donde empezó a sonar a toda pastilla un disco de Creedence Clearwater Revival.

Los gritos de una de las WASP hicieron que el volumen se redujera a la mitad.

Justo entonces, Sarah me puso las manos sobre los hombros mientras su rostro resplandecía de entusiasmo.

—Tenemos una pista —susurró—. Puede tratarse de una coincidencia, pero merece la pena seguirla.

—¿Qué has encontrado?

—En Manhattan y Brooklyn no ha habido suerte, pero en Staten Island hay un David Kaufler. Digo «hay» en vez de «había» porque consta en una guía telefónica de este año, lo que es aún mejor noticia.

—¿Crees que se trata del hijo de Lieserl y el soldado americano?

Sarah sacó una cazadora tejana de la bolsa y me la lanzó antes de decir:

—Vamos a averiguarlo. Ponte esto: seguro que en el transbordador hará fresco.

El viaje en metro hasta Battery Park fue como retroceder cincuenta años —si no más— en el tiempo. Los túneles y los mismos vagones que transportaban a miles de pasajeros parecían estar allí desde el debut de Frank Sinatra en la ciudad.

También la terminal de la que salía el ferry gratuito hacia Staten Island era propia de una película en blanco y negro. Mientras los pasajeros esperaban trasladarse al distrito más remoto de Nueva York, un cantante negro de ojos vidriosos cantaba un clásico del blues acompañándose de una guitarra con sólo dos cuerdas. Sonaba mejor que muchos discos que tenía en mi —ya lejano— apartamento.

Cuando la enorme barcaza llegó, cientos de personas de expresión gris salieron de ella a toda prisa antes de que nos dejaran acceder al ferry. Cinco minutos después, arrancó pesadamente, poniendo mar de por medio entre nosotros y el *skyline* de Manhattan.

Disfrazados como bohemios de Williamsburg, mientras el viento nos atizaba en la cubierta del barco, vi emerger la Estatua de la Libertad en su isla. Me vino a la mente la reproducción daliniana de Cadaqués, con las dos antorchas levantadas.

A medida que nos acercábamos a la original, no me parecía menos amenazadora. Con su rostro impenetrable de bronce, más que un símbolo de la libertad parecía un titán dispuesto a pegar fuego a cualquier proyecto humano.

41

Staten Island

El miedo colectivo estimula el instinto de la manada, y tiende a despertar la ferocidad hacia aquellos que no forman parte de ella.

BERTRAND RUSSELL

Al llegar a puerto recordé que había hecho aquel mismo trayecto, diez años atrás, sin bajar del transbordador. En mi guía *Nueva York en una semana* se recomendaba el viaje para ver la Estatua de la Libertad sin hacer colas, pero aconsejaba no desembarcar en Staten Island. El motivo no era que aquel distrito metropolitano de Nueva York fuera peligroso, sino que carecía de los atractivos de la «Gran Manzana».

Isla republicana en una ciudad de mayoría demócrata, Staten Island había intentado independizarse de Nueva York en varias ocasiones desde 1980, porque la población se sentía ninguneada por la alcaldía de la ciudad. En 1993 había organizado incluso un referéndum en el que el 65 por ciento abogó por la separación, pero la asamblea del estado de Nueva York tumbó el resultado.

Recientemente había leído sobre una nueva tentativa del republicano Andrew Lanza, que demostró en un documento de 2.115 páginas que la isla soportaba una fiscalidad más alta que el resto de la ciudad, mientras recibía sólo la mitad de los servicios.

Dejé aquí mi afición a las curiosidades inútiles para ayudar a Sarah, que había desplegado un mapa y trataba de encontrar la dirección de David Kaufler: Richmond Hill Road 46. Tras dar muchas vueltas al plano, descubrimos que la carretera en cuestión nacía en una zona verde con un nombre poco tranquilizador: Fresh Kills Park.

Estaba muy lejos de la terminal de ferrys, así que tratamos de encontrar un taxi, pero una fina lluvia había vaciado de vehículos la parada. Mientras esperábamos, vi pasar un autobús con un aviso en el lateral —NO TRANS FAT— que me chocó.

—¿Lo has visto? —dije escandalizado a Sarah—. Ese autobús se niega a transportar a gordos. ¿Será porque supone un gasto extra de combustible?

La francesa soltó una carcajada antes de decir:

—No puedes hablar en serio…

—¡Totalmente! —protesté—. Lo has visto con tus propios ojos.

—Sí, pero no significa lo que piensas. Te veo un poco pez en inglés: «*No trans fat*» significa «No a las grasas transgénicas». Debe de ser una campaña a favor de los alimentos biológicos.

Mientras manteníamos esta conversación trivial, finalmente llegó un taxi a la parada y pudimos poner rumbo hacia la primera pista americana.

El taxista se detuvo delante de una casa de dos plantas de aspecto abandonado. Tras pagar 27 dólares por la carrera, salimos bajo una lluvia más intensa aún.

—Si no hay nadie estaremos perdidos —dije valorando con la mirada aquella carretera—. No creo que pasen taxis por aquí, y menos con este tiempo.

—Vamos, no seas cenizo —repuso ella.

Pulsó un timbre gastado junto a la verja, que daba a un pequeño jardín donde crecía una desordenada selva de arbustos y lianas. Media fachada estaba invadida por enredaderas que llegaban a tapar una de las ventanas.

—Aquí no hay nadie —me quejé, empapado, mientras ella pulsaba nuevamente el timbre.

Esperamos un minuto más sin resultado. Del flequillo de Sarah bajaba una pequeña cascada de agua.

La única opción era echar a andar hasta el primer bar abierto, si es que había alguno en la isla, a riesgo de pillar una pulmonía. Pero mi compañera tenía otra idea. Me señaló una casa de aspecto prefabricado de la misma Richmond Hill Road, unos cincuenta metros más arriba. Había luz en una ventana, lo cual no era tan raro a pleno día, porque el cielo se había oscurecido con la tormenta.

—Podríamos llamar —propuso ella—. Además de resguardarnos de la lluvia, le preguntaremos sobre su vecino, David Kaufler.

—Eso si no nos recibe con una escopeta. Por estos lares son muy celosos en todo lo relativo a la propiedad.

—¿Tan peligrosos parecemos?

No tenía un espejo para verme, pero la remojada Sarah con el flequillo chorreando, chaqueta de pana y tejanos gastados había dejado de parecer una intelectual aprincesada.

—Enseguida lo sabremos —dije.

Corrimos bajo un auténtico diluvio hasta alcanzar el porche de la casa, que estaba ensamblada con materiales baratos. El aspecto exterior contrastaba con el timbre, que era dorado y liberó una suntuosa melodía de carrillón.

Un minuto más tarde se oyeron unos pasos lentos y pesados que se detenían al otro lado de la puerta, que no se abrió.

Sin duda, alguien nos estaba espiando desde la mirilla.

Tras un largo rato sin que sucediera nada, finalmente salió un hombre de unos sesenta años. Era extraordinariamente alto y delgado. Llevaba un chaleco de ante sobre el que colgaba un enorme crucifijo.

—Creo que os equivocáis, chicos.

Sarah esbozó su mejor sonrisa y dijo con fuerte acento francés:

—En realidad, buscamos a una persona que vive en el 46 de Richmond Hill.

—No es aquí, sino esa casa de más abajo.

—Pero no hay nadie —insistió ella—. ¿Sabe usted si…?

El hombre flaco y rancio la cortó diciendo:

—¿Sois ladrones? En ese caso, habéis elegido un mal lugar para delinquir. Lo único que conseguiréis aquí es que os peguen un tiro. Estáis avisados.

La puerta ya se cerraba cuando Sarah me sorprendió exclamando:

—¿Puede darnos el número de un taxi de Staten Island? ¡Estamos empapados!

Tras dudar unos instantes, el gigante flaco asomó la cabeza y clavó sus ojos en la francesa. Luego dijo:

—Date la vuelta, quiero verte bien.

Sin entender a qué venía eso, Sarah giró grácilmente sobre sí misma con los brazos separados, como si fuera una modelo.

—Ahora tú —me ordenó.

Hice lo que me pedía.

Entonces dijo:

—Bueno, pasad. Ya veo que no lleváis armas.

42

La casa muerta

Los forasteros son excitantes. Su misterio
parece no tener fin.

Ani DiFranco

El interior de la casa prefabrica-
da era algo parecido a un mu-
seo de los horrores. El recibidor estaba cubierto de retratos de niños, a cual más monstruoso: uno de ellos tenía la
cabeza tan grande que, en comparación, el cuerpo parecía
raquítico; otro reía retorciendo la cara a la vez que mostraba varios dientes rotos.

—Son mis sobrinos —aclaró—. Viven lejos. Allá por
Detroit.

«Tanto mejor», me dije dirigiendo la mirada hacia una
pared en la que se exhibía una colección de machetes.
Aquella entrada se completaba con un documento enmar-
cado que debía de ser la escritura de la casa.

Al vernos de cerca debió de entender que éramos inofensivos, ya que cambió totalmente de tono:

—Voy a preparar café. Estáis empapados.

Acto seguido, desapareció en el interior de la casa dejándonos en el recibidor. A través de la ventana sucia vi que la tormenta había amainado de golpe.

—Larguémonos —dije a Sarah—. No me gusta este tipo.

—¿Bromeas? Yo no me voy de aquí sin preguntarle por el inquilino del 46.

Como si fuéramos dos de sus sobrinos discutiendo por memeces, el gigantón nos arrojó dos toallas antes de decir:

—Secaos la cabeza. Dentro tengo ropa seca y el café en la mesa.

Aquellas confianzas no me gustaban nada. Sin embargo, Sarah no parecía pensar lo mismo, ya que tiró de mí mientras me susurraba:

—Haz el favor de comportarte.

El anfitrión nos hizo pasar a la cocina, donde ya humeaban dos tazones llenos de café.

—Sentaos —ordenó.

Mientras nos secábamos el pelo con las toallas, desapareció en una habitación contigua. Un minuto más tarde regresó con un enorme jersey marrón, unas bermudas y un vestido floreado de mujer que debía de tener al menos cuarenta años.

Tras lanzarnos las prendas, cruzó los brazos esperando a que nos cambiáramos. O era un pervertido o bien nos consideraba unos críos que necesitan vigilancia. Yo me sentía furioso pero, por el esfuerzo que ella hacía por contener la risa, me di cuenta de que estaba encantada con la situación.

Resignado, me quité la cazadora, la camisa y los pantalones para ponerme aquella combinación imposible.

Por su parte, Sarah tardó escasos segundos en quedar en ropa interior —llevaba un conjunto de licra negra— antes de enfundarse aquel vestido. Le quedaba sorprendentemente bien.

Mientras la imagen de aquel cuerpo sinuoso quedaba grabado a fuego en mi retina, el gigante nos arrebató las ropas mojadas y dijo:

—Voy a ponerlas sobre el radiador. Pero primero habrá que encenderlo.

Cuando volvió a salir, eché un vistazo a la cocina. De las paredes colgaban decenas de tazones de distintos estados americanos. En el único trozo libre había una gran placa de latón con las torres gemelas y el lema: «REMEMBER THE TOWERS».

—En media hora estará seca —anunció el anfitrión al regresar y sentarse a la mesa—. Para que no digan luego que los de Staten Island somos mala gente. Un poco desconfiados sí, es natural en los tiempos que corren. Pero encontraréis más humanidad aquí que en cualquier barrio de Manhattan.

—Vivimos en Brooklyn —apuntó Sarah.

—Puaj —repuso—. Ahí hay gentuza.

Empezaba a entender que no íbamos a sacar nada en claro de aquel tipo, así que decidí buscar un atajo:

—Una agencia inmobiliaria nos ha dicho que la casa del 46 está en venta a muy buen precio. Mi esposa y yo queremos salir de nuestra ratonera en Brooklyn y hemos pensado que mudarnos aquí sería una bonita opción. ¿Sabe dónde podemos encontrar al dueño?

El viejo se acarició la larga barbilla mal afeitada antes de contestar:

—Hace años que no vive ahí, por eso me parece raro que os hayan dicho que la casa está en venta.

—Tal vez por eso quiere venderla —intervino Sarah—. Una casa en la que no se vive es una fuente de gastos y preocupaciones. ¿Sabe dónde podríamos localizar al dueño? ¿Lo conoce?

—Bastante. Es un buen tipo; muy conservador, por otra parte. Me extraña que quiera vender su propiedad. Pensaba que le tenía mucho cariño. Aunque, eso sí, se había vuelto un lugar imposible para vivir. Eso dijo antes de mudarse a una casa nueva más pequeña.

—¿Imposible? —se interesó Sarah, que se esforzaba en tragar el café de calcetín—. ¿Por qué era un lugar imposible para vivir?

—No se sabe la causa. Parece ser que, en determinado momento, la casa se murió.

Crucé con Sarah una mirada de estupefacción. Con su taza en la mano, el hombre siguió explicando:

—Como cuando la palma un animal y empieza a descomponerse y a apestar, ese caserón un día se murió. A partir de entonces se fue pudriendo poco a poco. Primero reventaron las cañerías. Luego el tejado empezó a ceder. De la humedad y los hongos, incluso se desmoronaron algunos tabiques.

—El hundimiento de la Casa Usher —me atreví a decir.

No me creía una palabra de aquello que estaba contando, pero el anfitrión tampoco parecía confiar mucho en nosotros, ya que empezó a abrir y cerrar compulsivamente un cajón de la mesa.

Algo inquieta, Sarah hizo un intento de reconducir la conversación:

—No queremos molestarle más. De hecho, sólo nos gustaría saber dónde encontrar al amo de la casa.

—Eso es fácil: lo tenéis delante de vosotros.

Acto seguido, sacó un revólver del cajón y me encañonó:

—Y ahora, cerdos mentirosos, decidme qué andáis tramando antes de que llame a la policía.

43

Las puertas del pasado

La única razón para la existencia del tiempo es que impide que sucedan todas las cosas a la vez.

ALBERT EINSTEIN

La única salida era poner las cartas sobre la mesa. Antes de que a aquel loco se le fuera el gatillo o llamara al sheriff del lugar, Sarah supo exponer en pocas palabras que preparaba una tesis doctoral sobre la primera esposa de Einstein. Sin embargo, David Kaufler no parecía contento de hablar de su madre biológica.

—No sé nada de ella ni me importa. Llevo su apellido porque mi padre decía que el suyo, Smith, era demasiado vulgar para llegar a algo en la vida. Salta a la vista que se equivocó. —Dejó caer el tazón vacío sobre la mesa antes de concluir—. Además, no llegaron a casarse y en aquella época no era cómo ahora, por eso soy un Kaufler a mi pesar.

—En todo caso —intervino Sarah con timidez—, nos gustaría saber si Lieserl…

El viejo gigante se puso en pie haciendo chirriar horriblemente la silla. Pensé que con eso la reunión quedaba clausurada pero, para nuestra sorpresa, Kaufler se encaramó hasta lo alto de un armario de cocina y bajó un álbum cubierto de polvo.

Mientras nos daba la espalda, me permití guardar el revólver —había quedado peligrosamente náufrago sobre la mesa— en su cajón, que cerré justo antes de que dijera:

—Conservo un solo recuerdo de ella.

Acto seguido el álbum aterrizó con estrépito sobre la madera. Sarah miraba fascinada las gruesas tapas de tela marrón. Bajo la fina capa de polvo, aún se podía distinguir el título algo chocante: «DOORS OF TIME».

Tuvimos que esperar a que las manazas del anfitrión se decidieran a abrir la primera de aquellas «puertas», tras la que había una fotografía en blanco y negro de un esbelto militar. Aparecía montado sobre un asno con expresión pícara. No costaba imaginar que aquél era el soldado que había robado el corazón de Lieserl.

Como si aquella imagen no mereciera ninguna clase de comentario, Kaufler pasó a la siguiente cartulina negra. Entre dos fotografías de nutridas reuniones familiares, había el retrato de una mujer que sostenía en brazos un enorme bebé. Era tan feo como los que adornaban el recibidor de aquella casa.

Por si quedaba alguna duda, el gigante posó una uña larga y negra sobre el niño.

—Ése era yo.

Nuestra mirada viajó hasta la parte superior de la fotografía. La que sostenía aquel bebé desproporcionado era una mujer joven y frágil. Bajo su cabellera rizada, unos ojos vivamente astutos —como los de su padre— parecían desafiar al fotógrafo.

—Me dejó en la estacada con poco más de dos años —dijo cerrando el álbum de sopetón.

Una nube de polvo se levantó sobre la mesa como un hongo nuclear en miniatura.

—Debía de tener una buena razón para hacerlo —se atrevió a decir Sarah—. Quiero decir, una madre no abandona a su hijo pequeño si no es que…

Se interrumpió al ver que el cajón del revólver volvía a abrirse y cerrarse compulsivamente. Hice una señal a la francesa para que nos levantáramos. La paciencia del anfitrión parecía haberse agotado. Era una incógnita cómo podía terminar aquello si seguíamos tensando la cuerda.

—Tal vez nuestra ropa ya esté seca —intervine—. Le agradecemos mucho que nos haya salvado de una pulmonía.

Nos habíamos puesto en pie, invitando a Kaufler a que hiciera lo mismo y nos trajera nuestros trapos para poder largarnos de ahí. Sin embargo, el lenguaje no verbal fracasó. El anfitrión seguía zarandeando el cajón relleno de hierro y plomo mientras clavaba una mirada furiosa en Sarah. Sólo detuvo el traqueteo para decir:

—Zorra.

Los ojos azules de mi compañera centellearon de indignación. Dio un paso hacia Kaufler y me temí la catástrofe, pero éste se encogió repentinamente de hombros para añadir:

—Nada justifica que mamá desapareciera de la noche a la mañana. Ciertamente mi padre tenía mal carácter, porque la guerra le había endurecido, pero en Boston había conseguido darnos un hogar. No jugaba, ni bebía, ni frecuentaba prostitutas. Por lo tanto, era un hombre bueno.

Kaufler parecía hablar para sí, con la mirada perdida en un rincón de la cocina. Sin mencionar a su madre, me dispuse a dar un discreto giro a su discurso para complacer a Sarah.

—¿Cómo llegó usted a Staten Island?

El gigante giró la cabeza hacia mí con la lentitud de un reptil prehistórico.

—Me casé con la propietaria de la casa muerta. Fuimos felices por un tiempo, pero todo lo bueno se acaba.

Tras decir eso se quedó ensimismado.

El cajón estaba medio abierto, pero ya no se movía. Sarah y yo nos miramos con incomodidad. Como si de repente se hubiera dado cuenta de ello, David Kaufler se levantó pesadamente y cruzó la cocina hasta desaparecer en dirección al salón.

—No hemos avanzado en nada —susurré a Sarah.

—Eso nunca se sabe.

Nuestras ropas ya secas cayeron sobre la mesa. Esta vez el gigante salió de la cocina para que nos cambiáramos, como si se hubiera hartado ya de nosotros.

Con la mirada fija en el suelo para no turbarme, mientras me desnudaba y me volvía a vestir agradecí poder salir de aquel ambiente opresivo y lleno de recuerdos amargos.

Kaufler ya nos esperaba en el recibidor con la puerta abierta. Estaba todo dicho.

Me despedí en silencio de aquella exhibición de monstruos infantiles antes de salir de la casa. Con la seguridad que le proporcionaba la libertad recobrada —y la certeza de que el revólver estaba en la cocina—, Sarah encontró el valor para lanzar una última pregunta.

—¿Sabe si su madre tuvo una hija tras llegar a Nueva York?

Como toda respuesta obtuvimos un portazo.

Antes de que regresara con el revólver, aprovechamos que no llovía para echar a andar cuesta abajo. Al pasar nuevamente junto a la casa muerta, un rostro en la ventana libre de enredaderas me dejó helado.

Tomé por el brazo a Sarah, que instintivamente elevó la mirada.

Parecía una niña, pero ambos sabíamos que no lo era.

Lorelei.

Un taxi salvador que se acercaba hacia nosotros fue la señal de que debíamos largarnos de ahí.

44

La regla de las diez mil horas

Cuando una puerta se cierra, otra se abre.

Miguel de Cervantes

Necesito una copa —dijo Sarah al salir del metro al oasis de Williamsburg.

—Creo que yo también.

Tomamos la calle Seis de Brooklyn, donde se concentraban buena parte de los restaurantes, bares y terrazas del barrio. Una de ellas evocaba una playa, con hamacas sobre la arena, toallas y música calipso.

Mientras los últimos rayos de sol bañaban los almacenes reconvertidos por el artisteo, en muchos locales empezaban actuaciones de nivel desigual. Cada jueves era la «noche del micro abierto», lo que significaba que cualquier espontáneo podía pedir turno para subir al escenario y despacharse a su gusto cantando, bailando o soltando obscenidades.

Tras una larga conversación sobre la psicópata del pelo azul, Sarah se había entregado a uno de los silencios a los que me tenía acostumbrado.

Aseguraba no saber más de Lorelei que yo. Había estado presente desde el principio de aquella aventura, pero ninguno de los dos sabíamos cuál era su papel en la trama ni a quién representaba. Algo teníamos claro: ella siempre estaba sospechosamente cerca de cualquier fuente de información sobre Lieserl, lo que hacía pensar que la mandaba alguien interesado en que su legado secreto, si algo así existía, no saliera a la luz.

Más allá de eso, los movimientos y motivaciones de aquella energúmena con coletas eran todo un enigma.

Nos detuvimos en el Galápagos, un teatro alternativo bastante popular entre la parroquia local. Se programaban actuaciones —sin micro abierto— cada media hora mientras una clientela ligeramente curiosa se entregaba a vaciar pintas de cerveza.

Pedí una cerveza Brooklyn para refrescarme después del calor que había seguido al chaparrón. Sarah brindó con una copa de vino blanco californiano antes de decir:

—Por la última respuesta.

Mientras chocaba el cristal la miré fijamente a los ojos, tratando de adivinar si me estaba tomando el pelo. La obstinación de su mirada, sin embargo, me confirmó que iba en serio. Recurrí a mi vertiente más racional para hacerle una composición de lugar que disipara sus expectativas.

—Nos encontramos en el punto de partida —declaré—, o aún peor: ahora sabemos que David Kaufler no nos puede conducir hasta el paradero de su madre.

—Se trata de abrir otras vías de investigación.

—Eso no garantiza que lleguemos a ninguna parte. La

única pista clara que nos ha dado es una fotografía vieja, y una chiflada que a partir de ahora irá estrechando el cerco a nuestro alrededor. Cuando termine de husmear en la casa muerta, no tardará en averiguar que hemos hablado con Kaufler. Y somos tan poco discretos que le hemos revelado que vivimos en Brooklyn.

—Brooklyn es grande.

—Cierto. Pero es menos grande que el conjunto de Nueva York. Y con las pintas que llevamos, Lorelei puede haber acotado aún más nuestra procedencia. Pronto la tendremos aquí y veremos qué pasa.

Sarah me hizo callar cuando la banda del momento inició su concierto. Se presentaron como Lhasa, y su cantante era una hippiosa cuya voz oscura recordaba a la Nico de los años setenta. Mi compañera siguió con gran atención las primeras dos canciones. Debían de haber inspirado alguna idea peregrina en su cabeza, ya que de repente me dijo:

—Deberíamos echar cuentas del tiempo que llevamos en la búsqueda. ¿Conoces la regla de las diez mil horas?

Negué con la cabeza antes de sorber lo que quedaba de Brooklyn en el vaso.

—Lo ha descubierto un tal Gladwell. En un libro que analiza por qué algunas personas tienen éxito y otras no, llegó a la conclusión de que, además del talento, sólo llegan a la meta las que son capaces de invertir diez mil horas en la misión que se han fijado.

—Diez mil horas es una barbaridad —dije mirando con desagrado el vaso vacío—. Si dividimos esa cifra por las ocho horas de jornada laboral, nos daría algo así como cuatro años para llegar a meta. Mi presupuesto no me alcanza ni de lejos para algo así.

Sarah me miró de reojo antes de afirmar:

—Quizás, sin darte cuenta, llevas ya varios años de tu vida dedicado a esto y estás encarando ahora la cuenta final.

—Quizás —repetí escéptico.

—¿Sabes cómo descubrió Gladwell la regla de las diez mil horas? Hizo sus cálculos sobre la Academia de Música de Berlín, uno de los conservatorios más prestigiosos que existen. Estudió las horas que habían practicado su instrumento tres grupos de alumnos: los calificados por el profesorado como mediocres, los buenos y las estrellas con madera de grandes solistas. De los cinco años de edad hasta los veinte, cuando abandonan la escuela, los mediocres sumaban un promedio de cuatro mil horas de práctica, mientras que los «simplemente buenos» habían echado el doble de horas a su instrumento. Los alumnos excepcionales habían empezado a brillar a partir de las diez mil horas, las mismas que necesitaron los Beatles para triunfar. Y, al parecer, Bill Gates se estrelló unas cuantas veces hasta cumplir ese mismo cupo de horas.

—No estoy de acuerdo con esta regla —argumenté—, ya que, de ser cierta, cualquier tonto que hinque los codos podría convertirse en un fuera de serie. Te puedo asegurar que he conocido unos cuantos y la cosa no funciona así. El talento es esencial, porque si alguien lo posee, una hora invertida le cundirá más que cien horas de quien no ha nacido para hacer eso.

Lhasa ya había abandonado el escenario y una nueva banda se preparaba para sumar horas hacia el éxito, según el principio de Gladwell. Tras un breve viaje a la barra para aprovisionarnos de vino y cerveza, Sarah puntualizó:

—Lo has entendido mal. La regla de las diez mil horas no significa que cualquier pelele que rasque el violín vaya a convertirse en Mozart, ni que te forres como Bill Gates porque quemes años en un negocio. Significa que necesitas hacer esa inversión de tiempo para descubrir lo que eres.

Di un buen sorbo a mi segunda Brooklyn antes de añadir:

—Más vale, por lo tanto, apuntar bien de entrada, porque puedes perder los mejores años de tu vida en algo que no conduce a nada.

—Aquí es donde entra la observación y el sentido común —dijo Sarah—. Si no dispones de esta inteligencia básica, ya puedes echarle un millón de horas que siempre avanzarás en círculos.

45

Los hilos de la casualidad

Azar es una palabra vacía de sentido. Nada puede existir sin causa.

Voltaire

Independientemente de que avanzáramos en círculos o fuéramos hacia alguna parte, los últimos acontecimientos me decían que no nos convenía permanecer quietos demasiado tiempo.

Nuestra perseguidora debía de estar ya estrechando el cerco, mientras nosotros desconocíamos totalmente su paradero, a no ser que hubiera tomado la casa abandonada como residencia, lo cual no parecía lo más probable. Yo había contraatacado llamando al Cabaret Voltaire para preguntar por la identidad de la dependienta, pero una voz masculina me había comunicado bruscamente que no revelaban datos personales de sus colaboradores. Al preguntarme quién era yo, había simulado que se cortaba la línea.

Moverse, ése era un verbo auxiliar en nuestro caso. Nuestro único auxilio sería no estar en el lugar esperado por el criminal, como los que habían caído ya.

Al mismo tiempo, detestaba la idea de abandonar aquel espacio amueblado donde compartía la cotidianidad con Sarah. Me gustaba desayunar con ella a media mañana en el comedor comunitario; mirarla con el pelo recién lavado, cuando sus ojos azules contemplaban la vida de Williamsburg desde el ventanal; verla trabajar con el ordenador en su regazo, a la vez que sostenía entre sus labios un lápiz que no utilizaría.

De día solía llevar el chándal rojo que la rejuvenecía. En la calle vestía ropa informal pero femenina, y su presencia no pasaba inadvertida a los jóvenes —y no tan jóvenes— «hipsters». Por la noche se ponía un pijama que invitaba a estrecharla en los brazos.

No había pasado nada entre nosotros, y cada vez era más difícil que algo pudiera ocurrir. Desde que el deseo se había convertido en un amor creciente, sentía un respeto reverente por aquella mujer que continuaba desconcertándome.

Sabía en mi fuero interno que me ocultaba algo esencial. Pero en lo más profundo de mí también sabía que mi corazón se había decantado hacia Sarah. Contra eso no había razón que valiera, sólo una melancólica espera.

Para sacudirme aquellos sentimientos, así como la sensación de que la calma recién adquirida estaba a punto de terminar, decidí escribir un correo electrónico a Raymond L. Müller. El jefe de publicaciones del PQI podía allanarme el camino hacia nuestra siguiente área de investigación. Utilicé el mismo estilo formal y ceremonioso en el que aquel hombre se había dirigido a mí en su momento.

De: Javier Costa
Para: Princeton Quantic Institute
Asunto: Una petición

Estimado señor Müller:

Sin olvidar lo firmado en nuestro contrato, donde me comprometía a no entrar en contacto con la editorial hasta que la tarea estuviera completada, me dirijo a usted para plantearle una petición que redundará en el bien del trabajo.

Antes de su desaparición, el profesor Yoshimura me habló de un hallazgo realizado en el despacho de Einstein en Princeton. Puesto que el director de esta institución estaba dispuesto a compartir con él dicho descubrimiento, me pregunto si usted, en calidad de jefe de publicaciones del PQI, podría interceder a mi favor para que pueda tener acceso a esta nueva documentación.

Estoy seguro de que a título individual no voy a obtener ese privilegio, y es en aras de una mayor excelencia de la biografía que solicito su ayuda.

Le doy las gracias por adelantado. Muy cordialmente,

Javier Costa

Justo cuando este correo iniciaba su viaje por el ciberespacio, el sonido de una campanita indicó que un nuevo mensaje había entrado en el Outlook de Sarah, que tecleaba en el sofá a mi espalda.

Me giré hacia ella:

—¿Eres tú, acaso, el editor jefe del PQI?

—No, pero ha sucedido algo divertido. Ven a ver…

Fui a sentarme a su lado y vi que su mensaje procedía de la web de Lost & Found —objetos perdidos— donde días atrás había lanzado su mensaje en la botella.

Respuesta a…

«NECESITO ENCONTRAR AL HIJO O HIJA DE LIESERL / LISA KAUFLER. RECOMPENSA CUÁNTICA.
(REF. 127)»

De… (REF. INDETERMINADA)
«NO CONOZCO AL HIJO O HIJA DE LIESERL,
PERO SU PADRE LE ESPERA ESTE DOMINGO 6 DE JUNIO
A MEDIANOCHE EN EL MONKEY TOWN»

Sarah me miró sorprendida antes de preguntarme:

—¿Crees que se trata de una broma?

—Podría ser. El padre de nuestra Lieserl es Albert Einstein. No me lo imagino volviendo del reino de los muertos para ir a un lugar llamado Monkey Town.

—Vamos a ver si existe —repuso ella mientras escribía en Google este nombre.

El buscador la dirigió a un restaurante de Brooklyn cuyo emblema era un mono con una gorguera cervantina.

—Fíjate en la dirección —dijo Sarah excitada—. ¡Está en las afueras de Williamsburg!

—Entonces no es casualidad.

46

Años de fama

Si *A* es el éxito en la vida, la fórmula del éxito
sería $A = x + y + z$. La x es el trabajo; la y es el
juego; la z, mantener la boca cerrada.

ALBERT EINSTEIN

Tras dedicar infructuosamente viernes y sábado a rastrear una Kaufler que pudiera encajar como hija de Lieserl, el domingo decidimos que acudiríamos a la cita nocturna.

Podía tratarse de una broma o incluso de un error. Tal vez nos esperara el padre de otra Lieserl afincada en Nueva York. A fin de cuentas, era un diminutivo suizo bastante común y en la ciudad debía de vivir más de un suizo.

En cualquiera de los casos, el hecho de que Monkey Town fuera un club a quince minutos de nuestro loft no dejaba de ser inquietante. Podía tratarse de otra casualidad, o bien de una trampa en la que nos disponíamos a caer sin tomar ninguna clase de precaución.

—¿Qué puede suceder en un club de Williamsburg? —argumentaba Sarah con el portátil en su regazo.

—Cualquier cosa, si tenemos en cuenta que está en una calle periférica y que un domingo a las doce de la noche no habrá nadie.

—Así debe ser. Si la cita tiene algo que ver con nuestra búsqueda, toda discreción será poca.

Tras esta breve conversación, habíamos dedicado el resto del domingo a pesadas tareas de fondo. En mi caso, me ocupé de localizar lagunas en la época de fama que llevó a Einstein hasta Princeton.

El año del Nobel, 1921, se desplazó a Estados Unidos para recaudar fondos a favor de la creación de la Universidad Hebrea de Jerusalén. En este primer viaje había dado una charla sobre la relatividad en el mismo Princeton con el auditorio a rebosar.

Ya entonces era tal la fiebre viajera de Einstein, que no pudo recoger el Nobel personalmente porque se encontraba de viaje en Japón. Su afán por atender todas las peticiones de conferencias le llevó a sufrir un colapso nervioso en 1928, lo que le obligó a pisar el freno. No reemprendería sus giras internacionales hasta 1930.

Dos años más tarde, en su tercera visita a Estados Unidos recibió la oferta de la Universidad de Princeton. En principio el plan era pasar siete meses al año en Berlín y otros cinco en Princeton, pero la llegada de Hitler al poder en 1933 hizo que Einstein renunciara a sus responsabilidades en la capital alemana. Hizo bien en no regresar, porque inmediatamente después el régimen nazi prohibió sus teorías, que fueron calificadas despectivamente como «ciencia judía». Para desprestigiarle, publicaron incluso un libro titulado *100 autores en contra de Einstein.*

Antes de optar por la universidad de la costa Este había rechazado muchas propuestas en Europa, entre ellas la del gobierno de la II República española. Le ofreció una cátedra extraordinaria en la Universidad Central de Madrid, pero Einstein prefirió hacer las Américas.

Hice una pausa en la lectura al llegar a este punto.

Mientras contemplaba cómo la luna pendía sobre Williamsburg, recordé que no había comprobado mi correo electrónico desde primera hora de la mañana. Tenía el Outlook desactivado desde que había leído en un artículo que los que trabajan frente a la pantalla de un ordenador actualizan su correo electrónico hasta cuarenta veces por hora a la espera de mensajes personales. Deprime a más no poder.

Dos consultas diarias me parecía algo razonable, así que entré en mi correo. Entre el spam habitual encontré la respuesta a mi petición al editor.

De: Princeton Quantic Institute
Para: Javier Costa
Asunto: Re: Una petición

Estimado señor Costa:

Ciertamente nuestro contrato estipula que usted no debe ponerse en contacto con el instituto hasta la terminación de la tarea en curso, pero el carácter extraordinario de su solicitud merece una excepción por nuestra parte.

Para serle franco, el PQI no tenía conocimiento de un hallazgo de tal magnitud por parte de la universidad, pero su petición ya ha sido transmitida al director del centro, que le atenderá gustosamente este lunes a las 10.15 de la mañana.

Lamentamos comunicarle la cita este fin de semana y con tan poco margen de tiempo, pero hasta ahora no hemos tenido conocimiento de la cita. En las universidades americanas todo el mundo trabaja siete días por semana, desde los estudiantes hasta el rector.

El PQI le desea un encuentro provechoso que redunde, según sus propios deseos, en la calidad de la biografía que aguardamos en el plazo previsto. Quedamos emplazados hasta entonces.

Saludos cordiales,

RAYMOND L. MÜLLER,
jefe de publicaciones del PQI

PD. Una advertencia suplementaria: por la confidencialidad del asunto, le rogamos que acuda solo a la reunión.

Cerré la ventana del correo con fastidio. Un protocolario encuentro con el director del centro no era la manera más ligera de iniciar la semana, más aún cuando aquella noche de domingo teníamos que salir.

—¿Sabes cómo demonios se llega a Princeton? —pregunté buscando a Sarah con la mirada.

A falta de media hora para la cita, la francesa ya se había vestido con sus mejores galas. Contraviniendo el estilo informal de Williamsburg, llevaba un breve y ajustado vestido granate con zapatos de tacón.

—Te has vestido para matar… —comenté antes de insistir—. ¿Qué me dices de Princeton?

—No está lejos —dijo mientras se pintaba los labios del mismo tono que el vestido—. Se encuentra en New Jersey, así que con el metro y el tren no tardarás más de dos horas.

Calculé mentalmente que debería levantarme a las siete para asearme y llegar con tiempo suficiente. Me extrañaba, sin embargo, que Sarah no se hubiera ofrecido a acompañarme —era como si supiera que debía acudir solo— ni me hubiera preguntado el motivo del viaje.

47

Monkey Town

Que no tengas el mono pegado a tu espalda
no significa que el circo haya dejado la ciudad.

GEORGE CARLIN

El club estaba en una zona oscura y solitaria de Williamsburg. Empujamos lo que parecía el portón de una discoteca, aunque no había ningún guarda de seguridad para recibirnos.

Después de atravesar un pasillo en penumbra, llegamos a la sala principal del bar, que estaba desierto de clientes y camareros. Sólo una gigantesca lámpara encendida hacía pensar que aquel domingo había habido allí algún tipo de actividad.

A la izquierda de la barra encontramos un pasadizo iluminado por una tenue luz blanca. De ahí reverberaba un lejano rumor difícil de definir. Podía ser una bestia o una máquina. Nos miramos inquietos antes de que Sarah decidiera por los dos:

—Vamos a ver qué se cuece ahí dentro.

Mientras la seguía, casi aguardaba la aparición de la psicópata del pelo azul. Sin embargo, de momento sólo encontramos un pasillo blanco con dos puertas: una lateral que era el baño y otra al fondo, de donde procedía el rumor. Pero no era el único sonido allí.

—¿Has oído esa voz? —me susurró Sarah señalando la puerta del baño—. Escucha...

Como ella, pegué el oído a la madera. Una mujer parecía estar hablando largamente con alguien en el interior. No llegaba a entender lo que decía, pero el tono era solemne y también algo triste, como alguien que comunica malas noticias. Esa voz...

Reconocí que era la misma que había dicho al teléfono «Cabaret Voltaire», lo que puso todos mis músculos en tensión. Antes de que pudiera hacer nada, Sarah tiró de mí hacia la puerta del fondo, de donde procedía el rumor.

Al otro lado nos esperaba una extravagante sorpresa: en una sala cuadrada recubierta de pantallas de cine se apiñaban una treintena de personas repartidas por sofás blancos.

Todos parecían absortos ante lo que se proyectaba en las cuatro paredes a la vez: una vista aérea en blanco y negro de una ciudad indeterminada. Por la vibración constante, parecía filmada desde un avión de poco tonelaje. Sobre estas imágenes, que eran monótonas y de baja calidad, se oía la conversación confusa entre dos pilotos. Entendí que hablaban de coordenadas, de altitud y de un *Little Boy* que se iba a caer.

No entendía por qué esa filmación despertaba tanto interés en aquella sala llena de tipos alternativos de nuestra edad. Cuando ya me disponía a salir de ese cine improvisado, Sarah me sujetó del brazo y, mientras me señalaba un trozo de sofá libre, me susurró:

—Siéntate.

Sólo había espacio para una persona y no me parecía bien dejarla de pie. Además, el documental no me interesaba. Pero un empujón suyo hizo que la obedeciera.

Me senté en el espacio mínimo que quedaba al lado de un barbudo con gafas de pasta, que rugió incómodo. Para mi sorpresa, segundos después Sarah se sentó sobre mi regazo. La abracé suavemente desde atrás y cerré los ojos. Trataba de retener aquel momento perfecto para siempre. Pero justo entonces se produjo alguna novedad en el documental, ya que el público empezó a emitir suspiros de pánico.

Al abrir los ojos, vi que un enorme hongo atómico emergía furioso de la ciudad gris. Entendí que aquélla era la filmación del ataque nuclear contra Hiroshima. Cuando aquella energía monstruosa acabó de desplegarse, se oyó cómo uno de los pilotos decía: «Dios mío. ¿Qué hemos hecho?».

Aquella escena pareció conmover a Sarah, que se levantó de repente —muy a mi pesar— y salió de la sala mientras el público seguía hipnotizado con la expansión del hongo.

Corrí tras ella, que se había detenido junto a la puerta del lavabo en el pasillo. Tenía lágrimas en los ojos.

Sin saber muy bien qué hacer, tomé su mano y me la acerqué a los labios. Tras un beso apenas rozado, le pregunté:

—¿No quieres entrar en el baño a refrescarte?

—Lo haría si esa pesada no siguiera ahí dentro con su rollo.

Recordé la voz que había oído antes de entrar en la proyección y volví a acercar el oído a la puerta. Definitivamente, era ella. La misma voz suave hablaba y hablaba sin parar. Quienquiera que fuera, me sorprendía que mantuviera una larga reunión en el baño de un club. Golpeé la puerta con los nudillos.

Nada.

—Aquí pasa algo raro —dije mientras empujaba la puerta, que se abrió sin oponer resistencia.

El baño estaba vacío. Lo había estado desde nuestra llegada. Como si nuestra intromisión hubiera sido detectada, la voz había callado.

Sarah entró tras de mí y cerramos la puerta con el seguro. Entonces la grabación volvió a arrancar. La voz femenina anunció: «Carta de Albert Einstein a Theodor Roosevelt, 2 de agosto de 1939».

Acto seguido, escuchamos la lectura de un texto ya conocido. En la misiva enviada al presidente norteamericano, el padre de la relatividad le alertaba sobre los avances de los alemanes para la obtención de una bomba de poder destructivo nunca imaginado. Y no se limitaba a lanzar esta advertencia, sino que exhortaba a la administración estadounidense a poner todos los medios para fabricar la bomba atómica antes que sus enemigos, dando algunas indicaciones para iniciar su desarrollo.

Al terminar la lectura de la carta, ésta volvió al inicio, en un *loop* donde quien —ironías del destino— más adelante sería abanderado del pacifismo daba el pistoletazo de salida a la carrera nuclear.

—¿Quién diablos…?

Antes de que pudiera terminar la frase, Sarah tiró de mí hasta salir al pasillo, por el que ya desfilaban los espectadores del documental.

—Vámonos —me susurró Sarah nerviosa al oído.

—Aún no hemos tomado nada. ¿A qué viene tanta prisa?

La francesa me mostró la pantalla de su móvil. Un remitente oculto había dejado el mensaje:

SALID DE MT AHORA MISMO.
CUANDO SE VACÍE LA TRAMPA,
ENTRARÁ QUIEN NO DEBE

48

Llegada a Princeton

Señor Einstein, a usted le quiere todo el mundo porque no entiende nada de lo que dice.

CHARLES CHAPLIN

Luchaba contra el sueño en el tren a New Jersey mientras la carta dirigida a Roosevelt todavía resonaba en mi cabeza. La carta, leída por la mujer de la voz tranquila, había sido la segunda parte del show del Monkey Town; la primera era la bomba lanzada por el *Enola Gay* en Hiroshima.

El documental mostraba el resultado de la propuesta del premio Nobel. La pregunta era quién había montado aquella *performance* a la que nos había invitado «el padre de Lieserl», es decir, supuestamente el propio Einstein enlatado.

¿Sería la misma persona que nos había advertido que saliéramos del local? Sobre la que «no debía entrar», podía hacerme una idea bastante aproximada de quién era.

¿Habría leído el mensaje en Lost & Found? ¿O simplemente estaba pendiente de cualquier acto en la ciudad que tuviera que ver con Einstein?

Antes de salir del club, habíamos preguntado a un solitario camarero quién había organizado el acto, pero sólo habíamos obtenido respuestas vagas:

—La programación la deciden los socios del Monkey Town.

—¿Y quiénes son? —le había preguntado.

—Ni idea, son muchos. Un centenar al menos.

O sea, que continuábamos sin la menor pista sobre la dama misteriosa. Sin duda era la que me había llamado por teléfono y había puesto voz a la carta de Einstein. Fuera de eso, sólo podía suponer que se trataba de su nieta, la hija de Lieserl.

El resto sólo era una enorme nube de confusión.

Tal vez «el show de la bomba», como lo había bautizado Sarah, contenía alguna pista para proseguir la búsqueda. El problema era identificarla para poder seguirla. De momento, lo único que había obtenido era una reunión en Princeton que quizás arrojara alguna luz sobre aquel embrollo.

Había dejado a Sarah durmiendo como un lirón mientras yo salía cargado con las páginas del manuscrito sobre la llegada del genio a Princeton. Me había dedicado a leerlas en el metro atestado de gente, así como en el tren no menos lleno con destino al «Garden State».

Al parecer, Albert Einstein había desembarcado discretamente en Nueva York en 1933, cuando ya contaba cincuenta y cuatro años. Las crónicas de la época recogían que había burlado a una multitudinaria comisión de bienvenida. Fiel a su talante excéntrico, lo primero que hizo en aquel tercer —y definitivo— viaje a América fue comprarse un helado de vainilla y chocolate. La camarera, que le había reconocido, exclamó: «¡Esto lo voy a apuntar en mi diario!».

Cuando, a su llegada a Princeton, le preguntaron qué material necesitaba para trabajar cómodamente, su respuesta fue: «Lápiz, papel, goma y una enorme papelera para tirar mis errores».

Hice una pausa en la lectura cuando las primeras urbanizaciones de New Jersey ya corrían frente a la ventanilla del tren, a la vez que me preguntaba cómo debía de sentirse Einstein en aquella civilización después de dar tantos tumbos por la convulsa Europa.

De todo lo que había leído deducía que aquel retiro dorado —había pedido un salario anual de 3.000 dólares, pero a su llegada se encontró que le habían asignado 15.000— había tenido un sabor agridulce. Algunos lugareños recordaban que el sabio había acompañado con su violín a un grupo de niños que por Nochebuena cantaban villancicos de casa en casa, recolectando dinero para comprar regalos. Sin embargo, otras personas que le visitaron no se habían llevado una impresión tan idílica. Uno de sus amigos explicaba, por ejemplo, que «Algo había muerto en él. Se sentaba en una silla, se atusaba sus blancos cabellos entre los dedos y hablaba ensoñado sobre cualquier cosa. No volvió a sonreír nunca más».

El campus de Princeton resultó ser más plácido y bucólico aún de lo que había imaginado. A aquella hora de la mañana, el césped estaba lleno de grupos de estudiantes, todos ellos pulcramente vestidos, que compartían el desayuno como si se hallaran en una vetusta universidad inglesa.

En un segundo correo electrónico se me había especificado que sería recibido en el Instituto de Estudios Avanzados, un coqueto edificio de ladrillo apartado de la universidad.

Vi en el campanario rematado por una cúpula verde que había llegado unos minutos antes de las 10.15, pero una cincuentona uniformada ya me esperaba en la puerta. Me estrechó la mano con inesperada fuerza y se presentó:

—Meret Wolkenweg, para servirle. El director del centro no ha podido acudir en persona, pero tengo instrucciones precisas para que haga su visita provechosa. ¿Le parece bien que empecemos por el aula magna?

«Mal inicio», me dije. Si me habían tomado por un simple turista del mundo académico, saldría de allí con las manos vacías. Decidí agarrar el toro por los cuernos sin más dilación:

—Si le soy sincero, para mi investigación sólo me interesa el despacho de Einstein. Más concretamente, busco una nueva documentación que el señor director notificó en Europa.

Meret abrió una puerta junto a la entrada principal antes de decir:

—¡Ah, claro! Es gracioso cómo lo descubrimos. Hay objetos que parecen encontrar su propio escondite hasta que deciden que ha llegado la hora de dejarse ver. Aún debe de estar ahí…

Al leer el entusiasmo en mi rostro —yo barajaba la posibilidad de que «la carta» contuviera la última respuesta—, la mujer frunció el ceño y añadió:

—Antes de nada, debo contarle algo sobre este instituto que le sorprenderá.

49

La misiva del desierto

Triste época la nuestra, en la que es más fácil
desintegrar un átomo que un prejuicio.

Albert Einstein

Nos habíamos detenido junto a la
puerta de vidrio opaco que daba
al despacho del genio. Me extrañó que un lunes por la mañana no hubiera apenas actividad en aquella ala del edificio.

—Este instituto lo abrieron los hermanos Bamberger
justo después del crack de 1929 —explicó la mujer—. En
un principio querían que fuera una escuela dental, pero un
amigo les convenció de que dedicaran el centro a las ciencias teóricas. Su misión era acoger a emigrantes judíos,
como Einstein, que eran rechazados por la antisemita Universidad de Princeton.

Por la manera enérgica en la que me contaba esto, entendí que Meret era judía y se sentía orgullosa de trabajar
en el instituto. Antes de abrir la puerta, me miró fijamente y me preguntó:

—¿Sabe usted quién dirigió el instituto los últimos años de vida de Albert?

Me encogí de hombros con cierta vergüenza. Me daba cuenta de que mi preparación para la etapa de Princeton era bastante precaria.

—Julius Robert Oppenheimer. El padre de la bomba atómica, nada menos. Puede imaginar qué discusiones tendría el señor Einstein ahí dentro con el director… Uno era el autor teórico del invento. El otro, su ejecutor.

Abrió con una pequeña llave la puerta del despacho y encendió las luces. Me sentí como un iniciado que penetra en el lugar más sagrado de su religión. El silencio de aquella amplia sala con muebles gastados por el uso estaba lleno de interrogantes. Entendí que si Einstein había llegado al final de su vida a una «última respuesta», ésta habría surgido entre aquellas paredes.

Tras el macizo escritorio con su asiento, había una nutrida biblioteca científica y una pequeña pizarra con su soporte de pie. La superficie parecía haber sido borrada recientemente, como si Albert aún viviera y hubiera eliminado sus errores antes de salir a dar un paseo.

Al observar mi interés por la pizarra, Meret dijo:

—Como todo en la vida, lo interesante no está en la parte visible, sino detrás.

Acto seguido, hizo girar la pizarra sobre su eje para mostrar su reverso. Un segundo antes de que éste se ofreciera ante mis ojos, supe —como alcanzado por una premonición— qué era lo que iba a ver.

$$E = ac^2$$

Aunque el trazo de los signos era igual a la fórmula proyectada por Jensen, lo cual daba credibilidad a su hipótesis, me asaltó la decepción de haber viajado hasta allí para ver algo que ya conocía. Desde el inicio mismo de aquella aventura, la fórmula me perseguía.

—¿Sabe qué significa esa «a»? —pregunté.

—Nadie lo sabe —repuso cruzando los brazos—. Y yo aún menos. Trabajo en la administración del centro. No soy científica.

Para no hacer un feo a la funcionaria, apunté nuevamente la fórmula en mi Moleskine fingiendo gran interés.

—Ahora debo irme —anuncié—. Creo que hay un tren…

—Pensaba que quería ver lo que se ha encontrado aquí.

—¿No es la fórmula?

Meret liberó una carcajada breve y seca antes de explicar:

—Eso está ahí desde la muerte de Einstein. Me refería a ese cuadro. Fíjese bien, ¿no ve nada raro?

Me señaló una pequeña pintura colgada entre dos librerías. Mostraba un viejo transatlántico —tal vez el mismo en el que el físico había viajado hasta allí— surcando un mar embravecido. Busqué en la parte inferior derecha la firma del artista, por si era de Einstein, pero estaba sin firmar.

Hice notar esto a Meret, que contestó:

—Hay muchos cuadros sin firmar, sobre todo cuando

su función es puramente decorativa. Pero éste tiene algo que llama la atención. Mírelo bien…

Intrigado, me acerqué a la pintura. No había nada raro en el barco, ni en el mar o el cielo. Al retroceder unos pasos para verlo en conjunto, observé una ligera inclinación hacia la derecha de la línea del agua, como si el artista hubiera ladeado ligeramente la cabeza mientras pintaba la embarcación del natural.

Sin pedir permiso a la funcionaria, levanté la parte izquierda del cuadro unos cuantos milímetros hasta que la línea del mar estuvo perfectamente horizontal con mi mirada. Justo entonces algo cayó de detrás.

—Así fue como lo descubrimos —dijo orgullosa mientras se agachaba a recoger un sobre de tamaño inusualmente pequeño—. El señor Albert ideó una ranura detrás del marco que sólo deja caer su contenido cuando se inclina tal como lo ha hecho usted ahora. Ingenioso, ¿no le parece?

La mujer depositó suavemente en mis manos el sobrecito, que me recordó a los que se utilizaban, años atrás, para las estampitas de la primera comunión.

—Sólo el director del centro y yo misma conocemos este pequeño secreto. Usted será la tercera persona. Se lo ha ganado por venir de tan lejos.

Abrí con cuidado el sobre, que llevaba sello y estaba franqueado, aunque no logré descifrar su procedencia. Extraje de su interior una hoja de papel vegetal doblada varias veces. Al desplegarla, reconocí la misma letra de la postal de Cadaqués, aunque de trazo más inseguro e infantil.

Un escalofrío cruzó mi columna vertebral y provocó un leve temblor en mis manos mientras leía la misiva:

Trinity, 3 de enero de 1955

Querido abuelo:

¡Es tan grande el desierto y tan pequeña mi esperanza de volverte a ver!

Pienso muchas veces en lo que me dijiste: hay una fuerza más poderosa que la gravedad, el magnetismo y la fisión nuclear. Nuestra misión como seres humanos es descubrirla y domarla para iluminar el mundo entero.

Si esa fuerza existe, hay que liberarla aquí mismo, en el lugar más triste de la Tierra. Por eso nos quedaremos.

Siempre tuya,

MILEVA

50

El segundo visitante

Ciencia es creer en la ignorancia de los
científicos.

RICHARD FEYNMAN

Anoté cuidadosamente en mi cuaderno el breve texto de la carta, que deseaba ardientemente compartir con Sarah. Luego la funcionaria lo devolvió a su particular escondite detrás del cuadrito.

—Preferimos dejarlo en su sitio. Si Albert decidió ocultarlo allí, no somos nadie para exponer su vida privada. Aunque tampoco sabemos...

El sonido de un grillo la interrumpió. La mujer me hizo una señal con la mano para que la disculpara. Luego sacó del bolsillo de su chaqueta un diminuto teléfono móvil que estaba sonando.

Meret enrojeció antes de decir:

—Discúlpeme, profesor. Estaba con la primera visita del día y no me había dado cuenta de la hora que es. Ahora bajo a buscarle.

Cuando hubo colgado, me explicó acalorada:

—Había olvidado completamente que hay una segunda visita programada esta mañana. Un catedrático de física amigo del director quiere visitar el despacho. ¿Me acompaña hasta la puerta?

Dicho esto, cerró —por poco tiempo— la puerta de cristal y se apresuró por los impolutos pasillos del instituto. Mientras la seguía, me preguntaba a qué estado debía pertenecer la ciudad de Trinity, de donde medio siglo antes había llegado la carta de la hija de Lieserl.

Nuestras sospechas de que existió otra Mileva Einstein parecían estar fundadas. Aunque era improbable que siguiera con vida, rastrear lo que ella denominaba «el lugar más triste de la Tierra» podía ayudarnos a atar cabos. Me preguntaba también si la fuerza misteriosa de la que hablaba en la misiva tendría algo que ver con la fórmula que ya había aparecido tres veces.

Con estas cavilaciones llegué a la salida principal, donde la funcionaria del instituto ya estaba recibiendo a la nueva visita. Al despedirme de ella, me di cuenta de que conocía al nuevo visitante, que me miró con estupefacción.

Era Pawel.

Se dirigió a mí directamente en castellano para que la mujer no nos pudiera entender, aunque hay millones de estadounidenses que lo hablan.

—No esperaba tropezar con usted tan lejos —dijo sin ocultar su irritación.

Meret se alejó unos metros con la excusa de consultar

su móvil, como si nuestra conversación pudiera derivar en una pelea a puñetazos.

—Yo tampoco, si le soy sincero. Pero no es tan raro: a fin de cuentas, éste es un lugar obligado de peregrinación para los estudiosos de Einstein. Antes o después hay que pasar por aquí.

Pawel me estudiaba como a una especie peligrosa de insecto a través de sus gruesas lentes. Bajo sus ojos saltones, me pareció que las arrugas se habían multiplicado desde la última vez que le había visto, apenas hacía tres semanas. Tal vez no estuviera durmiendo mucho últimamente, me dije, o bien para los que estábamos —mejor dicho: los que quedábamos— metidos en aquella aventura el tiempo corriera más rápido.

La funcionaria se acercó al doctor en físicas de la Universidad de Cracovia para instarle a iniciar la visita. Mientras me preguntaba si él sería la cuarta persona en conocer el «pequeño secreto», su mirada severa se tornó forzadamente amistosa.

—Puesto que ambos buscamos lo mismo, le propongo que almorcemos juntos y pongamos en común nuestros descubrimientos.

—Lo siento, tengo ya una cita para este mediodía —mentí.

No me apetecía «poner en común» mis especulaciones con aquel tipo cínicamente racional. Pero no se dio por vencido.

—Entonces quedemos a media tarde. Le llevaré a una taberna donde se sirve la mejor cerveza de Princeton.

—Me encantaría, pero me temo que tendremos que dejarlo para otra ocasión. Como sólo estoy un día en Princeton, tengo reuniones hasta las ocho de la tarde —volví a mentir, escamado ante aquel súbito interés—. Luego debo regresar a Nueva York, donde esta noche me espera otra persona.

Con los brazos tensamente cruzados, Meret miró a Pawel, que contraatacó con un cambio de rasante:

—¿Cómo ha venido hasta aquí?

—En tren.

—Fantástico, entonces regresaremos en mi coche de alquiler. Yo también voy a Nueva York esta noche. Mañana debo tomar un vuelo de regreso a Europa.

Era absurdo continuar inventando excusas. Si aquel científico resabiado tenía algo que contarme, eso que tendríamos ganado. Por mi parte, podía limitarme a compartir con él sólo algunas vaguedades de la investigación.

Tras almorzar solo en un McDonald's y curiosear por algunas librerías estudiantiles, llamé un par de veces a Sarah desde una cabina, pero me saltó directamente el contestador del móvil.

Para matar el tiempo, me instalé el resto de la tarde en el Small World Coffee, una pequeña cafetería del *downtown* de Princeton. Mi sarta de mentiras no sólo no me había librado de Pawel, sino que encima debería pasar todo el día en la ciudad para esperarle.

A diferencia del 99 por ciento de los bares de Estados

Unidos, en el Small World Coffee reinaba un ambiente informal y los camareros no se te echaban encima cada cuarto de hora para obligarte a consumir. Por lo tanto, pude pasar la tarde con sólo tres cervezas mientras repasaba las hojas sueltas del manuscrito.

Me llamó la atención una anécdota que recogía Yoshimura sobre un periodista que, tras abordarle al salir del instituto, le lanzó una pregunta que el físico había tenido que contestar miles de veces: «¿Me puede usted explicar la relatividad?».

Einstein respondió con otra pregunta: «¿Me puede usted explicar cómo se fríe un huevo?».

Cuando el periodista, muy impresionado, le dijo que sí, Einstein respondió: «Bueno, pues hágalo, pero imaginando que yo no sé lo que es un huevo, ni una sartén, ni el aceite, ni el fuego».

51

La vía de Pawel

La mente es más amplia que el propio cielo.

EMILY DICKINSON

El coche alquilado por Pawel era un Mercedes clase A que parecía recién salido de fábrica. Había llegado a la cita con veinte minutos de retraso, así que a las nueve de la noche pasadas nos estábamos incorporando a la autopista 95 con destino a Nueva York.

—Espero que su amiga no le espere para cenar —dijo con voz gruesa—, aunque en una hora deberíamos estar ahí. ¿Adónde le llevo?

Medité unos segundos mi respuesta. No me interesaba que Pawel, ni nadie, supiera nuestro escondite en Brooklyn, pero me inquietaba que hubiera mencionado a una mujer, cuando no le había dicho nada al respecto.

—¿Qué le hace pensar que me espera una amiga?

El polaco adelantó con gran serenidad un camión de largo morro, antes de responder con media sonrisa:

—La cita nocturna de un hombre acostumbra a ser con una mujer en el ochenta por ciento de los casos. Que yo sepa, por la noche no hay simposios y son raras las reuniones de trabajo con una sola persona.

Era una explicación razonable que me daba cierta tranquilidad, aunque me resultaba cargante la seguridad arrogante con la que Pawel opinaba sobre cualquier tema. Decidí seguirle la corriente:

—¿Y el otro veinte por ciento?

—Son los hombres que se citan de noche con otros hombres para lo mismo que el otro ochenta por ciento.

Fue aminorando la marcha hasta tomar una curva en una dirección que claramente no era la de Nueva York.

—¿Adónde vamos? —pregunté alarmado.

—A un restaurante de comida rápida. Necesito tomar un bocado antes de seguir. ¿Le importa?

Me importara o no, tenía claro que Pawel estaba acostumbrado a actuar según su voluntad, y esperaba que los demás le siguieran. En cualquier caso, yo también empezaba a tener hambre.

—Le acompañaré con una hamburguesa, pero necesitaría llegar a Nueva York antes de medianoche.

—Como Cenicienta —bromeó—, eso está hecho.

Las luces de Friendly's ya resplandecían al final de la carretera secundaria. Era un enorme restaurante acristalado de forma circular. Sobre un panel rojo se encendía y apagaba el neón con el nombre del establecimiento.

A aquella hora sólo había una pareja rolliza que devoraba en silencio sus gigantescas raciones de comida.

El camarero se dirigió hacia mí directamente en caste-llano —con acento mexicano— para conducirnos hasta una mesa en el extremo opuesto a la entrada.

—¿Cómo sabe que hablo su idioma? —comenté a Pawel cuando se hubo marchado.

—Los camareros son grandes fisonomistas, especial-mente los de bares de carretera. Por el aspecto y la mane-ra de andar del cliente pueden adivinar incluso su ciudad de procedencia. Ahora, yo también poseo esa facultad.

Para demostrarlo, llamó al camarero que nos había atendido con un descortés chasquido de dedos. Cuando llegó a nuestra mesa, Pawel le preguntó:

—Usted es de Puebla, ¿me equivoco?

—No se equivoca, señor. ¿En qué puedo ayudarles?

—Venga en cinco minutos y se lo diremos.

El camarero frunció el ceño y se marchó con paso enér-gico. Sin duda, nos estaba maldiciendo. Entendí que Pawel era muy probablemente un hombre odiado en su departa-mento en la universidad.

—¿Cómo ha sabido que es de Puebla? —le pregunté asombrado por el acierto y por su grosería.

—De forma puramente empírica. Por mi trabajo, vengo muy a menudo por aquí y tengo la mala costumbre de pre-guntar a los camareros inmigrantes su procedencia. Así es como he descubierto que los mexicanos de Nueva York y alrededores que trabajan en restaurantes casi siempre son de Puebla.

Aquella conversación estúpida empezaba a cansarme, así que decidí dejarme de anécdotas y chismes para ir al grano.

—¿Qué le ha parecido el despacho de Einstein?

Pawel se frotó las manos gruesas y peludas antes de responder:

—Un aburrimiento, como todos los despachos del mundo académico. No quiero saber la de siestas que debió de echarse Einstein en aquel sillón.

—Le tenía a usted por un gran defensor del padre de la relatividad. ¿No ha encontrado nada de su interés en Princeton?

—Nada nuevo bajo el sol. Sólo esa maldita fórmula que trae de cabeza a unos cuantos.

Me gustó que el polaco hubiera puesto las cartas sobre la mesa, porque así terminaríamos antes.

—Así que usted también trabaja en la fórmula, como Jensen.

—Se lo ruego —protestó—, no me hable de gente vulgar. En cuestiones de ciencia, yo sólo doy crédito a personas que hayan completado una licenciatura y un doctorado como mínimo. El resto harían mejor en callarse.

—Entonces mejor que dejemos aquí la conversación —dije molesto de que hubiera hablado mal del muerto—, porque sólo soy un pobre periodista especialista en todo y en nada a la vez.

—Por favor, no me malinterprete —repuso conciliador—. A usted le tengo por una persona sensata que no pontifica sobre lo que no sabe. Y estoy seguro de que en estos momentos sabe bastante más que yo.

—Y, por lo tanto, se dispone a sacarme la información. Pues siento decepcionarle, pero no tengo ni la más remota idea de lo que significa esa fórmula. Como usted ha dicho, no tengo un doctorado, ni siquiera una licenciatura en ciencias.

—La fórmula a mí me trae sin cuidado. Mi investigación va en una dirección completamente diferente. En colaboración con el departamento de neurología de mi universidad, trabajo sobre el cerebro de Einstein. Ahí está la clave, y pronto vamos a llegar a conclusiones llamativas.

—Me gustaría saber en qué consiste su trabajo —dije con repentina curiosidad.

—Es lógico, pero será mejor que se lo cuente después de cenar, porque el asunto puede resultarle algo desagradable.

Acto seguido, volvió a llamar al camarero con un chasquido de dedos. El de Puebla acudió con furia mal contenida. Fue entonces cuando tuve la corazonada de que aquella noche iba a terminar mal.

52

Los viajes póstumos de Einstein

> El secreto de la creatividad es saber cómo ocultar tus fuentes.
>
> ALBERT EINSTEIN

Hasta que nos sirvieron el café Pawel no decidió ponerme al corriente de su investigación. Antes, sin embargo, me advirtió que me pediría algo a cambio.

—Dudo que pueda ofrecerle algo de valor —dije a la defensiva—. Mi trabajo sobre Einstein se limita a completar unas cuantas lagunas en su biografía. Hasta la fecha no creo haber descubierto nada que interese a un hombre de ciencia.

—Eso me corresponde a mí juzgarlo —repuso mientras se subía las pesadas gafas sobre el puente de la nariz—. Le propongo un trato: yo le procuro la biografía de Einstein después de su muerte y usted me hace a cambio un pequeño favor. Tiene que ver con una persona que ambos conocemos.

Todas las luces del restaurante se apagaron, a excepción de la de nuestra mesa, lo cual era una clara invitación a que nos marcháramos. Pagué la cuenta con el quince por ciento de propina obligatorio, pero Pawel no parecía tener prisa por levantarse. Sostenía la taza de café sin que llegara a sus labios.

—¿Acepta el trato? —insistió.

—De acuerdo, aunque no sé de qué me habla. Tampoco entiendo qué es eso de la biografía de Einstein después de su muerte. Pensaba que la biografía de alguien terminaba justamente cuando la palma.

Pawel rió para sus adentros mientras se rascaba el pelo frondoso del cogote. Luego se acercó la taza a la nariz. El vapor de café que ascendía debió de parecerle demasiado caliente, ya que volvió a dejar la taza sobre la mesa.

—Eso es así con la inmensa mayoría de los mortales, pero no con Einstein. Por extraño que pueda sonar, su cerebro siguió viajando una vez muerto. ¿No conoce la historia?

Negué con la cabeza mientras el camarero se llevaba la cuenta. Su ayudante ya estaba montando las sillas sobre las mesas para empezar a fregar.

—A su muerte —prosiguió—, en abril de 1955, muchos científicos se interesaron por los quince mil millones de neuronas que habían cesado su actividad. Einstein tenía setenta y seis años cuando su cuerpo fue incinerado y las cenizas esparcidas cerca del río Delaware. Sin embargo, el médico de la Universidad de Princeton que estaba al cargo de la autopsia, Thomas Harvey, decidió llevarse el cerebro antes de que la familia procediera a la cremación. Y aquí empieza una fascinante historia.

—¿Se quedó la universidad con el cerebro para estudiarlo?

—Fue mucho más complicado que eso. Tras fotografiar el órgano, que tenía un peso perfectamente normal, kilo y medio, Harvey lo diseccionó en doscientas cuarenta partes y estudió una de ellas bajo el microscopio. Esperaba encontrar algo excepcional, pero el cerebro de Einstein era perfectamente normal y corriente. Sin embargo, el médico de Princeton, que era doctor en patología, no se dio por satisfecho.

La luz sobre nuestra mesa se encendió y apagó dos veces. Era una señal inequívoca que nos mandaban desde la barra. Significaba: «Largaos de una puñetera vez». Pero Pawel parecía inmune a cualquier clase de aviso, ya que continuó:

—Tras compartir con colegas de su facultad algunas muestras del cerebro de Einstein, decidió por su cuenta guardarlo en casa. Fue amonestado por la misma universidad e incluso tuvo que afrontar varias denuncias, pero como en la jurisprudencia de Estados Unidos no había precedentes de algo parecido, no lo pudieron condenar. En medio del lío, Harvey prometía a periodistas y científicos que en el plazo de un año publicaría el resultado de sus investigaciones.

—Conservaba la esperanza de encontrar algo especial en el cerebro más brillante del siglo xx —resumí incómodo con la situación—. ¿Y cómo acabó el asunto?

—Una vez expulsado de la universidad y de los círculos científicos, Harvey se trasladó al oeste, donde trabajó de médico en una prisión federal y en varios ambulatorios. Al jubilarse se estableció en una pequeña ciudad de Kansas, donde siguió custodiando el cerebro que había robado. Ésa era la realidad. Había recibido suculentas ofertas económicas por parte de millonarios y de museos de anatomía, entre otras instituciones, pero Harvey se negaba a deshacerse de él. En una segunda fase de su investigación, envió muestras de su tesoro a científicos de los cinco continentes para que le ayudaran en su estudio. Estos envíos no pasaron inadvertidos para la prensa, y un diario sensacionalista empezó a anunciar que se planeaba clonar el cerebro de Einstein.

De repente, la luz sobre nuestra mesa se apagó y el restaurante quedó a oscuras. En el exterior del local, el camarero de Puebla sostenía la puerta mientras fumaba un cigarrillo. Por primera vez Pawel pareció darse cuenta de la situación.

—Parece que nos invitan a marcharnos —dijo.

—Eso mismo creo yo.

Nos levantamos por fin y cruzamos el restaurante a oscuras hasta la salida. Al pasar junto al camarero, éste tiró el cigarrillo al suelo y lo aplastó con rabia.

El cartel luminoso de Friendly's junto al que habíamos aparcado el coche estaba ya apagado. Miré el reloj: eran casi las doce.

Mientras el físico desgranaba más anécdotas sobre el cerebro de Einstein, salimos del aparcamiento para retomar la solitaria carretera que conectaba con la autopista 95. Sin embargo, no habíamos recorrido más de dos kilómetros, cuando nos cerró el paso una valla con una señal intermitente que obligaba a girar a la derecha.

—Vaya, carretera cortada —suspiró Pawel—. Parece que alguien está empeñado en que esta noche no vea usted a su chica. O a su chico, por supuesto.

—Esto no me gusta nada. Hace dos horas esa señal no estaba ahí, y dudo que en New Jersey se inicien obras para reparar el asfalto a medianoche.

Pawel acercó su cabezota a mi ventanilla para ver el desvío al que obligaba la señal. Era una estrecha carretera rural sin ninguna clase de iluminación. Sin embargo, el polaco no parecía inquieto. Dijo:

—Las máquinas deben de estar por llegar. Es más lógico reparar el asfalto de noche que de día, cuando hay tanto tráfico. Aunque también puede ser que haya habido un accidente y por eso han cortado la carretera.

—Entonces demos media vuelta —propuse—. Ya encontraremos la manera de enlazar con la autopista.

—¡Ni hablar! Sería un rodeo innecesario. Hagamos caso a la señal, seguro que nos lleva de vuelta a la 95.

Luego arrancó nuevamente el motor y nos metimos en la boca del lobo.

53

El coche fantasma

El que tememos que va a ser nuestro último día
es, de hecho, el nacimiento de la eternidad.

Séneca

Circulábamos a baja velocidad porque la senda era estrecha y tenebrosa. Con las manos agarrotadas sobre el volante para controlar el vehículo —no paraban de saltar piedras bajo los neumáticos—, Pawel siguió contando la biografía post mórtem de Einstein, que parecía no tener fin.

Al parecer, un periodista se reunió varias veces con Harvey para elaborar un reportaje y acabó haciendo migas con el viejo patólogo, con quien viajó en coche a California para visitar a Evelyn Einstein, una nieta reconocida del genio. La idea era devolverle el cerebro y terminar así con cuatro décadas de peregrinación. Cuando once días después llegaron a Berkeley, donde residía Evelyn, ésta vio el *tupper* con el cerebro de su abuelo en formol y lo rechazó.

Harvey tuvo que regresar a New Jersey con la carga que había propiciado la larga travesía.

—La biografía póstuma de Einstein generó muchas más aventuras chocantes —concluyó el polaco mientras la autopista 95 no aparecía por ningún sitio—, pero la cuestión de fondo, la parte seria de este asunto, todavía no se ha aclarado. Nadie ha sido capaz de explicar qué tenía de especial ese cerebro y dónde estaba su peculiaridad.

—Tal vez la respuesta no esté en el cerebro.

—¿Dónde si no?

No supe responder. Estaba inquieto porque el terreno a nuestro alrededor era cada vez más desolado. Habíamos dejado las últimas casas kilómetros atrás y cada metro que avanzábamos parecía más claro que la autopista no aparecería por allí.

—¿Qué es lo que quiere de mí? —le pregunté cambiando totalmente de tercio.

—Espere a que lleguemos a Nueva York y se lo diré. Este lugar es demasiado…

Pawel se interrumpió. Justo entonces vi por el retrovisor un par de faros que se acercaban.

—Alguien viene —añadí.

Aunque trataba de aparentar calma, Pawel pareció asustado ante esa noticia. Detuvo el coche en seco y sacó la cabeza por la ventanilla para mirar atrás.

Las luces seguían aproximándose, pero ahora lo hacían más lentamente.

—Vamos a pedir ayuda —dije mientras bajaba del coche—. Si es alguien de aquí, sabrá decirnos cómo podemos regresar a la autopista.

—Prefiero quedarme dentro del coche, si no le importa —repuso Pawel antes de cerrar la puerta con seguro.

Sorprendido ante tanta precaución, salí a estirar las piernas en dirección a las luces. Un ejército de grillos cantaban furiosamente bajo la noche estrellada. El coche que había seguido nuestro camino de repente había desaparecido.

No entendía nada.

Avancé un poco más hasta encontrar una gran roca al borde del sendero. Me encaramé sobre ella para tratar de descubrir el coche fantasma bajo el tenue resplandor de las estrellas.

De repente lo vi. Parecía un coche muy voluminoso. Se había detenido en un claro junto al sendero y tenía los faros apagados. Tal vez el conductor hubiera salido a mear, me dije. O quizás se tratara de una pareja de New Jersey, que habían elegido aquel lugar solitario para hacer el amor dentro del vehículo.

Sin intención de dar más vueltas al asunto, rehíce el camino hacia el pequeño utilitario de Pawel. Por alguna razón se había asustado, y me temía que arrancara sin mí dejándome en medio de ninguna parte.

Lo encontré sacando su cabezota por la ventana. Estaba visiblemente nervioso.

—¿Ya no nos siguen? —preguntó mientras me sentaba a su lado.

—Creo que no. ¿Cuánta gasolina nos queda?

—La suficiente para salir de este camino de cabras —dijo arrancando de nuevo—. Le doy la razón: hubiera sido mejor tomar la carretera del Friendly's en sentido contrario.

—No importa ya —le tranquilicé—. Tiremos millas a ver adónde salimos.

Aún no había terminado de decir eso, cuando los faros reaparecieron detrás de nosotros. Y se aproximaban a nuestro vehículo a máxima velocidad.

En los dos o tres segundos que precedieron al impacto, vi agrandarse en el retrovisor un enorme Hummer, pesado como un tanque. Al volante, por un breve momento logré vislumbrar una cara joven y pálida como la luna.

Fue lo último que vi antes de que nuestro coche crujiera entre un estallido de cristales. Dimos una vuelta de campana. Luego otra. De repente, el tiempo parecía pasar a cámara lenta. Noté cómo un hierro candente me desgarraba la cara, pero extrañamente no sentía ningún dolor.

Un velo negro lo cegó todo.

54

La muerte azul

Quien se acerca al riesgo y al peligro, juega a los dados con su vida.

FRIEDRICH NIETZSCHE

Cuando abrí los ojos, me sorprendí de no estar muerto.

Tampoco me encontraba en el coche, sino bajo las estrellas. Olía a hierba fresca a mi alrededor. Con doloroso esfuerzo, logré girar la cabeza hasta descubrir lo que quedaba de nuestro coche, ahora un amasijo de hierros en llamas.

Deduje que habían pasado pocos minutos —tal vez sólo segundos— desde la colisión, puesto que el fuego no se había consumido aún. Y lo más extraordinario era que yo me hallaba relativamente a salvo, a unos veinte metros. No estaba seguro de volver a caminar, pero de momento seguía allí.

Un hedor a gasolina y carne quemada revelaba que Pawel no había tenido mi suerte, aunque me resultaba inexplicable que yo hubiese volado tan lejos del coche y continuara con vida.

Tenía el brazo derecho totalmente inválido, pero con el izquierdo me limpié la cara, empapada de sangre. Intenté mover una pierna, pero necesité tensar todo el cuerpo para elevar muy ligeramente la rodilla. Cuando trataba de repetir la operación con la otra pierna, un paño helado presionó mi pómulo haciéndome gritar de escozor.

Acto seguido, una voz conocida susurró desde detrás de mi cabeza.

—¿Duele?

Esperé a que el paño abandonara mi mejilla desgarrada para responder:

—Lorelei, eres el colmo del cinismo. Déjame morir en paz.

—No quiero que mueras —dijo inclinando su cara sobre la mía—. Mi hermana se pondría triste.

—¿Quién diablos es tu hermana?

Un aguijonazo de dolor me paralizó la mandíbula al decir esto. La chica del pelo azul ladeó entonces la mirada, como si tratara de ver las fracturas bajo mi piel.

No había respondido a mi pregunta, pero de hecho no era necesario. Su media sonrisa me resultaba familiar. Hice acopio de fuerzas para decir:

—Sarah.

—Bueno, hemos crecido en países diferentes, pero la sangre siempre tira.

—Ni que lo digas. Lástima que me hayáis pillado en medio.

—Te acabo de salvar la vida, bobo.

Tras decir esto, Lorelei volvió a aplicar el paño mojado sobre mi mejilla. Esta vez no pude contener un grito de dolor.

—Ibas hacia una muerte segura. De haber seguido un par de kilómetros más, ahora estarías bajo tierra.

—¿Qué quieres decir?

Lorelei sopló suavemente sobre mi mejilla abierta antes de explicar:

—Os venía siguiendo desde Princeton. Cuando os habéis desviado hacia el restaurante, me he olido algo chungo. He esperado a que entrarais para aparcar mi coche cerca. Al salir a dar un garbeo lo he calado: un tipo poco recomendable que fumaba en una furgoneta aparcada al lado de la carretera. De repente ha mirado el móvil, supongo que porque ha recibido un mensaje de Pawel. La furgo ha subido entonces a toda leche por la carretera. Se ha parado un momento y el tipo ha sacado de la parte trasera la señal de desvío. La ha encendido y se ha metido con la furgo en el camino antes de que Pawel te llevara al huerto. Has estado a punto de caer en la trampa.

—Yo diría que me ha ido de un pelo no acabar aplastado entre la chatarra —protesté con un hilo de voz—. Tienes una curiosa manera de salvar a la gente, ¿sabes?

Lorelei se sentó a mi lado con las piernas en tijera, como si yo no me estuviera desangrando y tuviéramos todo el tiempo del mundo.

—Se me ha ido un poco la mano, eso lo reconozco. ¡No sabía que este bicho llevara tanta inercia! Sólo quería haceros salir de la carretera con un toquecito. Espero que el Hummer no haya quedado muy maltrecho. Aunque lo he alquilado con seguro a todo riesgo, no es bonito devolverlo con el morro como un acordeón.

Aunque estaba más muerto que vivo, no pude evitar revolverme de indignación. Si le preocupaba más la carrocería de su coche que las vidas humanas, sin duda Lorelei era una psicópata.

—¿Te ha mandado Sarah que me protejas? —pregunté mientras cerraba los ojos para mitigar el dolor.

Mi cabeza empezó a dar vueltas en la oscuridad, lo que indicaba que pronto iba a desmayarme de nuevo.

—En absoluto. Si por ella fuera, yo continuaría en Lausana muerta de aburrimiento. Estoy en esto por decisión propia, pero no me gusta que Sarah pierda la vida. Por eso os vigilo.

Tras un par de intentos fallidos, renuncié a levantarme del suelo. Noté cómo las fuerzas me abandonaban progresivamente. Había perdido mucha sangre. Si Lorelei no llamaba a una ambulancia, lo cual parecía improbable, acabaría muriendo allí mismo.

Esa certeza me dio una repentina tranquilidad, como si poco importara ya vivir o morir en un mundo que había dejado de comprender. Por eso mismo seguí murmurando preguntas:

—¿Dónde está Pawel?

—En algún lugar entre ese montón de chatarra. Uno menos: al infierno con él.

—Y tu hermana… ¿aprueba tus métodos?

303

—En absoluto, es una ilusa. Piensa que la gente es buena si se le da la oportunidad de serlo. Yo lo veo distinto. Para mí en el mundo hay dos clases de personas: las que sobran y las que no. Cuando entiendes eso, todo se vuelve claro como el agua.

—Agua… —repetí mientras me deslizaba en una inconsciencia de la que no esperaba ya regresar.

Mientras me hundía cada vez en estratos más profundos de la oscuridad, escuché el eco de la voz de Lorelei:

—Soy la mano ejecutora del destino. La muerte azul.

55

La hermana rebelde

Dios es complicado, pero no es malo.

ALBERT EINSTEIN

Azul era el color de los ojos que me miraban cuando desperté de mi caída en el abismo. No podía imaginar mejor regreso a la vida, así que permanecí en silencio, contemplando el dulce rostro de Sarah, que dijo:

—Bienvenido al mundo.

Luego depositó un suave beso en mi frente.

Moví la cabeza con cautela para hacerme una idea del lugar donde reiniciaba mi viaje por la vida. No sabía cómo había llegado hasta allí, pero volvía a estar en el loft de Williamsburg, sobre la misma cama de la que me había levantado para ir a Princeton.

Entre medio, tenía la impresión de haber atravesado el infierno.

Traté de incorporarme, pero un aguijonazo en la espalda me devolvió a la horizontalidad.

—No te precipites —dijo Sarah desde el borde de la cama—. Estás entero, pero magullado de la cabeza a los pies. Es un milagro que sólo te hayas roto un brazo.

Mi mirada se desvió hacia la funda de escayola que recubría todo mi brazo derecho. Estaba llena de corazoncitos azules.

—¿Quién ha hecho eso? —pregunté.

Sarah contuvo la risa antes de responder:

—Yo misma mientras esperaba que despertaras. Llevas dos días durmiendo, ¿sabes?

Saber todo el tiempo que había permanecido inconsciente hizo que la cabeza volviera a darme vueltas.

—¿Cómo he llegado hasta aquí?

—Me llamaron del Brooklyn Hospital Center. La persona que te ingresó les dio mi teléfono móvil para que hablaran conmigo. Antes de meterte en la ambulancia de vuelta, han cobrado una factura de cinco ceros por todas las curas. Pero no te preocupes de eso.

—Mil gracias —dije pensando en mi menguante economía—. Y, ¿te han dicho quién me llevó hasta allí?

—El médico de guardia me contó que te llevó una chica en su coche después de que sufrieras un accidente. Eso me ha sorprendido, porque pensaba que habías ido a New Jersey en tren. ¿Qué hacías en un coche?

—Ahora te lo cuento, pero deja que te haga antes una pregunta: ¿tienes alguna idea de quién puede haberme rescatado?

Sarah se pasó nerviosa la uña por los labios antes de responder:

—En el hospital sólo me han dicho que era una chica muy joven. Se largó antes de que la policía viniera a pedir datos sobre el accidente. Ése es un asunto que he tenido que resolver yo para poder sacarte.

—¿Resolver? —pregunté asombrado—. ¿Qué has dicho a la policía?

—Que ibas en un taxi que se ha estrellado contra una farola. El conductor te ha dejado en el asfalto y se ha dado a la fuga porque hubiera dado positivo en alcoholemia. Una transeúnte te ha llevado en su coche y ha encontrado mi teléfono en tu bolsillo. Eso es todo.

Inspiré profundamente mientras Sarah me acariciaba suavemente el costurón de mi mejilla derecha.

—Han hecho falta doce puntos para coserte esa cara —dijo cambiando de tema—. ¿Vas a contarme ahora qué te ha pasado?

Levanté un poco la cabeza en dirección al ventanal. Empezaba a oscurecer sobre Brooklyn. Retuve su mano en mi mejilla antes de iniciar mi relato, del que sólo reservé como guinda final el «pequeño secreto» del despacho de Einstein. El resto lo conté con todo lujo de detalles: la funcionaria del instituto, la fórmula en la pizarra, el encuentro con Pawel y todo lo demás hasta llegar al accidente.

Antes de la guinda, me dispuse a clavarle la estocada:

—Tu hermana me libró de la emboscada, pero su *modus operandi* fue tan expeditivo que he salido vivo de milagro. ¿Se llama verdaderamente Lorelei? ¿O es sólo su apodo de guerra?

Sarah palideció al responder:

—No, ése es su nombre. Imaginaba que había tenido algo que ver, pero no quería saberlo.

—¿Por qué? ¿Cuántas cosas más me ocultas mientras me haces dar palos de ciego por medio mundo?

—Hay un par de cosas que aún desconoces. No es bueno saberlo todo de golpe, créeme. Ahora ya has descubierto quién es Lorelei. Espero que no nos la volvamos a cruzar, aunque me temo que busca lo mismo que nosotros.

—¿Qué buscamos nosotros? —pregunté con tono cínico.

—La última respuesta.

—Lore dice que quiere protegerte, y que me ha salvado porque no le gusta verte triste.

—No hagas caso de lo que te diga —dijo endureciendo súbitamente el tono de voz—. Mi hermana es totalmente imprevisible excepto por una cosa: desde muy pequeña, siempre ha intentado emularme. Como no tiene vida propia, le gusta hacer lo que yo hago, aunque no entienda de qué va la cosa. Se ha sumado a esta aventura por su cuenta y riesgo sin entender el alcance de todo esto.

—Yo tampoco lo entiendo.

Sarah retiró la mano de mi frente y se peinó con los dedos sus finos cabellos negros.

—Nadie lo entiende del todo… todavía.

—En cualquier caso, no te gusta que Lore esté metida en esto.

—Digamos que la prudencia no es su mejor virtud. De hecho, puede llegar a ser muy violenta: su visión del mundo se limita a la división entre buenos y malos. Si a eso le sumas que la segunda esposa de mi padre es una millonaria irresponsable que le da todo lo que ella quiere, ya tienes todos los elementos para entender que Lorelei es una bomba de relojería. Cuanto más lejos esté, más seguros nos encontraremos.

—Es sólo una niña —dije mientras el sueño me embotaba nuevamente la cabeza.

—Yo diría que es una psicópata de dieciocho años que de vez en cuando hace alguna buena acción, aunque sea por error. Como traerte aquí…

Tras decir eso, sus labios se posaron sobre los míos un breve instante. Fue un beso sutil, apenas esbozado, pero sentí que un fuego desconocido me quemaba dulcemente por dentro.

Abrí los ojos para decirle:

—Si me das otro de ésos, pondré en tus manos un secreto que Einstein ocultaba en su despacho.

Sarah sonrió frunciendo el ceño antes de decir:

—Sólo si me prometes que no me pedirás un tercero.

—Prometido.

—Vamos, suéltalo.

—Es una carta —dije con emoción—. La he apuntado en la última página de mi Moleskine, en el bolsillo de mi cazadora.

La francesa fue a buscarla y revolvió mis bolsillos hasta dar con el cuaderno. Lo liberó de la goma elástica y abrió con cuidado la tapa negra inferior. Al leer mi trascripción de la carta de Mileva a su abuelo, dejó escapar un suspiro de emoción.

Acto seguido, devolvió la libreta a mi bolsillo y dijo:

—Ahora duerme, has de recuperar fuerzas. Necesitamos salir de viaje cuanto antes.

—No te olvides de pagarme —protesté.

Los labios carnosos de Sarah viajaron lentamente hacia los míos, que fueron succionados hacia el lugar más agradable del universo conocido. Al despegarse, sentí la soledad del astronauta que, roto el amarre a la nave, queda a la deriva en el frío cósmico.

56

La Hermandad

*La verdad es una fruta que no deberíamos
recolectar hasta que esté madura.*

Voltaire

Durante mi convalecencia, me alimentaba con los boles de sopa que Sarah me traía de un restaurante judío cercano. No hubo más besos, pero la sentía tan cercana a mí que su sola presencia me llenaba de felicidad por todos los poros.

Me sentía estúpidamente romántico.

Los personajes de aquella trama empezaban a dejarse ver, aunque la materia oscura aún superaba las pequeñas rendijas de claridad que se iban abriendo en el laberinto donde nos habíamos metido.

—Entonces —la interrumpí una vez más mientras tecleaba nerviosa en su portátil—, ¿crees que Pawel liquidó personalmente a Yoshimura para evitar que conociera el secreto oculto en el despacho de Einstein?

—Probablemente el motivo fue más complejo. Mi hipótesis es que regresó a la casa de noche, e intentó obligar al japonés a que revelara secretos que todavía no conocía. En todo caso, Pawel era sólo un peón de una organización con agentes en todo el mundo, como la nuestra.

—¿Cuál es «la nuestra»? Nunca me han preguntado si quiero formar parte de una organización.

Sarah suspiró antes de decir:

—Espiritualmente formas parte de ella, aunque no lo quieras. Al elegir estar conmigo ya has tomado partido. Yoshimura, el guía de Berna, Meret Wolkenweg, el supuesto editor que ha pagado tus viajes... todos ellos buscan la fórmula secreta de Einstein para liberar una energía más poderosa que ninguna otra.

—Un momento —la interrumpí—. ¿Me estás diciendo que Raymond L. Müller, el director de publicaciones del PQI, no tiene intención de publicar el libro?

—Eso mismo. Tampoco existe ese editor; todo ha sido una pantalla a fin de proveerte de fondos para que pudieras acompañarme hasta aquí. Tampoco hay ningún instituto cuántico en Princeton con ese nombre. Nuestra única protección en esta aventura es mantenernos en el anonimato.

Aquello era más de lo que podía asimilar de una tacada. Traté de incorporarme sin éxito para mirar a los ojos a Sarah, que por primera vez estaba poniendo las cartas sobre la mesa.

—Entonces... —empecé a indignarme— todo el trabajo que estoy haciendo no sirve de nada.

—Al contrario —me tranquilizó mientras me ponía la mano en el hombro—, está siendo esencial en nuestra búsqueda de la última respuesta. Queremos que continúes con tu labor. Cuando todo esto termine, percibirás el resto del dinero.

Me dejé caer nuevamente sobre el sofá.

—O sea, que soy un mercenario trabajando para una organización de la que ni siquiera conozco el nombre.

—Nuestros enemigos nos llaman la Quintaesencia, por motivos que no vienen al caso ahora. En cualquier caso, no es una organización de estructura piramidal, con líderes y reglas, sobre todo desde la muerte de Yoshimura. Somos personas independientes que se acercan libremente, cada cual por su propio camino, hacia la última respuesta. Eso es lo que nos une, y lo que hace que nos ayudemos en esta carrera contra reloj.

Me quedé unos segundos pensativo, mientras trataba de encajar las piezas de aquel extraño puzle, que empezaba a tomar un vago sentido.

—Por lo tanto, Yoshimura era alguien importante en la Quintaesencia.

La voz de la francesa tembló al responder:

—Lo fue al menos para mí. Dirigía mi tesis y era casi un padre. Acudí a la cita secreta en Cadaqués para tratar de protegerle, porque sabíamos que entre los convocados habría enemigos de la Quintaesencia. Queda claro que fracasé.

Una lágrima lamió su mejilla y permaneció allí hasta romperse en finos afluentes de tristeza.

Deseé incorporarme para abrazarla, pero aún me dolía todo el cuerpo. Por otra parte, dado que se había abierto la veda de la verdad, quería llegar hasta el final.

—¿También era el protector de Lorelei?

—Se conocían poco. Ella siempre ha vivido en Suiza. Mi padre murió cuando ella tenía cinco años y no somos hijas de la misma madre. La nuestra es una familia complicada. Yo lo tengo aún peor que ella: estoy totalmente sola en el mundo.

Un silencio melancólico se adueñó de nuestro pequeño espacio en la tercera planta del Space, desierto a aquella hora de la tarde.

—¿Y qué hay de los verdugos? —salté volviendo a mi papel de periodista—. Los que se dedican a liquidar a todo aquel que se acerca a la fórmula secreta, ¿también son espíritus libres que practican el crimen como camino espiritual?

—Ellos sí que forman parte de una estructura —respondió recuperando el aplomo—. El mal siempre está organizado, mientras que la bondad no conoce límites. Pero si te soy sincera, no tengo claro cuáles son sus objetivos en todo esto. Sólo sabemos que quieren llegar a la última respuesta antes que nosotros. Por los pocos documentos que hemos interceptado, sabemos que se hacen llamar la Hermandad.

Aquel nombre me hizo pensar en la Hermandad de la Bomba, un grupo secreto al que supuestamente había pertenecido Oppenheimer durante la Guerra Fría. Dentro de la paranoia de la época, les habían acusado de ser espías al servicio de la Unión Soviética. Eso me hizo suponer en voz alta:

—Quizás esta Hermandad pretende apropiarse de una nueva forma de energía para controlarla.

—Es posible, o simplemente quieren impedir que salga a la luz para mantener las cosas tal como son ahora.

—¿Cómo son ahora? —pregunté ingenuamente.

—Horribles; por eso debemos cambiarlas.

57

El lugar más triste del mundo

Lo más triste de la guerra es que usa lo mejor del ser humano para lo peor que puede hacer un ser humano.

HENRY FOSDICK

El domingo me desperté al mediodía. Era algo insólito en mí desde que nos habíamos instalado en Williamsburg, cuartel general de nuestro viaje hacia ninguna parte. Sin embargo, el prolongado sueño hizo que me sintiera nuevamente entero después de varios días con dolores.

Aparte del brazo enyesado y la cicatriz de la mejilla, que aún me escocía, sólo notaba un ligero hormigueo en mi brazo izquierdo. Curiosamente era el que había quedado ileso. Al despegar los párpados cargados de sueño, estuve a punto de gritar.

En mi brazo había aparecido la fórmula que nos perseguía desde que habíamos iniciado aquella aventura: $E = ac^2$. Me pasé el dedo por la piel para comprobar que no fuera una broma de Sarah, que ya se había entretenido en dibujar corazoncitos sobre el yeso.

Comprobé con horror que era un tatuaje. Para siempre.

Aproveché mi recién recuperada movilidad para saltar de la cama y llegarme hasta el área del Cuco, principal sospechoso de aquella barrabasada.

El grueso y greñudo tatuador trabajaba en aquel momento en la delgada espalda de una joven, que respondía al punzón eléctrico con pequeños gemidos de dolor. Antes de encararle, vi que el diseño entre los omóplatos era una rosa silvestre con el lema: «No hay rosa sin espinas».

Sin importarme que estuviera en plena labor con una chica desnuda de cintura para arriba, le recriminé:

—¿Se puede saber cuándo y por qué me has hecho un tatuaje sin mi permiso?

—Dormías como un angelito —respondió con su acento portorriqueño—, y ha sido tu mujer quien me ha dicho que era el momento de hacértelo. Te dará suerte en el viaje de esta tarde. ¿Recuerdas lo que te dije? Si te tatúas una pregunta, la piel te habla en sueños y el turno de noche trabaja en la respuesta.

—Pues yo sigo sin respuesta —dije furioso—, y no sé de qué viaje me hablas.

La chica del tatuaje protestó en inglés que no le estaba prestando la debida atención a su espalda.

—Habla con ella y aclárate —concluyó antes de volver al punzón eléctrico—. Yo soy un mandado.

Efectivamente, al regresar de la calle —yo no había salido desde que me habían llevado al Space en ambulancia—, Sarah anunció que nos dirigíamos a la que podía ser la última etapa de nuestro viaje.

Indicó incluso que liquidáramos con Baby lo que quedara del alquiler del espacio y los muebles porque era muy probable que no regresáramos ya a Nueva York.

Miré nuestro pequeño nido con nostalgia anticipada. Ahora que lo dejaba, me daba cuenta de que durante aquellas semanas compartidas con Sarah había sido relativamente feliz, pese a la oscura guerra en la que me había visto mezclado e incluso al «accidente».

—¿Cómo puedes estar tan segura de que no vamos a volver?

—De repente lo he visto claro —dijo con expresión radiante—. La carta oculta en el despacho de Einstein es de 1955. Teniendo en cuenta que Lieserl emigró a Boston justo después de la guerra y que tuvo un primer hijo antes de mudarse a Nueva York, calculo que Mileva escribió a su abuelo con poco más de seis años. Si echamos cuentas, Lieserl tuvo sus dos hijos a muy avanzada edad. Por eso Mileva debe de rondar ahora los sesenta años, e intuyo que sigue viviendo cerca de Trinity.

—¿Qué te lo hace pensar? ¿Y dónde diablos está Trinity? He encontrado media docena de pueblos con ese nombre.

—No es un pueblo —respondió Sarah con una sonrisa enigmática—, pero primero voy a responder a tu anterior pregunta. ¿Recuerdas lo que decía la pequeña Mileva en la postal? «Si esa fuerza existe, hay que liberarla aquí mismo, en el lugar más triste de la Tierra. Por eso nos quedaremos.» Esperemos que haya cumplido la promesa a su abuelo y siga viviendo cerca de Trinity.

—Sigues sin contestar a mi pregunta. ¿Dónde está el Trinity de Mileva?

—Piensa en lo que decía en la postal: «el lugar más triste de la Tierra». ¿A ti cuál se te ocurre?

—Lo lógico sería pensar en Hiroshima, pero me han dicho que es una ciudad sureña bastante alegre hoy en día.

—Vas por buen camino —dijo Sarah con entusiasmo—, pero no pienses en Hiroshima y Nagasaki, sino en un paso inmediatamente anterior.

Mientras meditaba sobre ello, di un par de vueltas alrededor de un hogar que pronto se convertiría en espacio vacío. Finalmente desafié a la francesa del chándal rojo con esta respuesta:

—El paso inmediatamente anterior a los ataques nucleares fueron las pruebas en lugares deshabitados. ¿Te refieres a eso?

—¡Bravo! Más concretamente, al primer lugar de la tierra que sufrió una explosión nuclear. Ése es «el lugar más triste de la Tierra».

—Debería consultarlo en la Wikipedia —dije guiñándole el ojo—. Estoy poco versado en la historia de los ensayos nucleares.

—No será necesario, porque yo misma te voy a dar el nombre de ese lugar infame: Trinity. Desde allí escribía Mileva a su abuelo y le expresaba la intención de quedarse, para liberar la energía secreta que puede compensar el primer ensayo atómico.

—¿Y dónde está, entonces?

—El nombre geográfico es muy adecuado: se halla cerca de la ciudad de Socorro, en un desierto de Nuevo México llamado Jornada del Muerto. En el epicentro de la explosión hay un obelisco negro de lava rocosa, donde ya en 1953 empezaron a reunirse los pacifistas, con misas al aire libre de más de seiscientas personas. ¿No parece un buen lugar para que Mileva repare el error de su abuelo desplegando el poder de su última respuesta?

—Desde luego. Si la nieta de Einstein está viva y sigue con el activismo, es un buen lugar para buscarla.

—El problema es que en Jornada del Muerto hace un calor extremo en verano.

—Pero Mileva Einstein no debe de vivir acampada frente al obelisco —deduje—, sino en una casa de una población cercana.

—Eso mismo supongo yo. Hay una aldea algo más cercana a Trinity que Socorro. Tiene un nombre raro: Carrizozo. Deberíamos empezar por ahí.

Tras decir esto me abrazó con entusiasmo y me susurró al oído: «Me alegra que vengas conmigo».

CUARTA PARTE

Fuego

El Fuego es el elemento de la voluntad,
la transformación y la pasión.

Es el símbolo del deseo, de la energía creadora y el impulso vital,
del poder, la motivación y la fuerza de voluntad,
pero también de la seducción y la sensualidad.

El Fuego es fruto de una energía poderosa, de una voluntad
instantánea, y es por eso que se vincula al instinto y la intuición.

No se detiene en obstáculos, consideraciones o temores.
Actúa y se propaga con suma velocidad.

El Fuego puede ser destructor o regenerador.
Su presencia es símbolo de destrucción para un renacimiento.
Prender una llama es también convocar el nacimiento
de una esperanza.

Sea como sea, alberga la fuerza vital y su presencia es esencial
para la vida, la luz y el calor.

El Fuego calienta o abrasa, reconforta o destruye,
dependiendo de lo cerca o lejos que nos situemos de él
y de cómo permitamos que se exprese.

Está en el calor de un beso, pero también es el alma
de un arma destructiva.

Llevamos Fuego en el alma, y es por ello que estamos vivos.

58

El Proyecto Manhattan

Si lo llego a saber, me hago relojero.

ALBERT EINSTEIN

Viajar hasta el desierto de Jornada del Muerto un domingo de junio no era tarea fácil. La localidad más cercana era Carrizozo, un pueblo de mil almas en medio de la nada. Para ir desde Nueva York había que volar hasta Minneapolis, desde allí hacerlo hasta Albuquerque y, luego, en coche alquilado hasta nuestro destino final.

En total serían más de nueve horas de viaje; así, con suerte, llegaríamos de madrugada al lugar más triste del mundo.

La tesis de Sarah estaba reforzada por el «show de la bomba» al que nos había conducido el mensaje anónimo. Entre la carta de Einstein a Roosevelt y la bomba sobre Hiroshima estaba la prueba nuclear en Trinity. Todo encajaba. Sin duda, estábamos siguiendo la pista correcta.

Mientras esperábamos la salida del vuelo a Minneapolis, me dispuse a leer el capítulo dedicado al Proyecto Manhattan en el manuscrito de Yoshimura. Lo había impreso para ponerme en antecedentes de lo que había llevado a la primera prueba nuclear de la historia.

Tras la célebre carta de Einstein y el ataque japonés a Pearl Harbor en 1941, al gobierno de Roosevelt le quedó claro que debía desarrollar la bomba atómica antes de que lograran hacerlo sus enemigos del Eje. Tras unos inicios titubeantes, en septiembre de 1942 el coronel Leslie Groves tomó el mando del proyecto con un nutrido grupo de científicos, ingenieros y técnicos, a los que se proporcionó todo lo necesario para avanzar en el proyecto.

En su primer día en el cargo, Groves encargó 1.250 toneladas de uranio del Congo Belga, los cuales aguardaban en un almacén de Staten Island. El siguiente paso fue construir una planta para llevar a cabo la fisión. En octubre de ese mismo año, Julius Oppenheimer fue nombrado director del equipo científico —la mayoría eran inmigrantes europeos— que trabajaría día y noche en la fabricación de la bomba. Los laboratorios secretos estaban en el desierto de los Álamos, en Nuevo México.

Dos años después, el Proyecto Manhattan no había dado los resultados deseados. En septiembre de 1944 no disponían de ningún diseño que permitiera hacer explotar la bomba atómica. La situación mejoró a finales de ese año, y a principios de 1945 dos bombas diferentes, la de plutonio y la de uranio, tenían ya fecha de entrega a la vista.

Lo único que preocupaba a Groves, que había sido ascendido a general, era que la Segunda Guerra Mundial terminara antes de que pudiera tirar las bombas. ¿De qué servía el arma nuclear sin un enemigo al que destruir?

Aunque la resistencia del ejército japonés ya estaba doblegada y hubiera bastado con bombardeos convencionales para lograr la rendición, se optó por lanzar la bomba como acción «diplomática» del presidente Truman. Con anterioridad, el 16 de julio los científicos del Proyecto Manhattan habían logrado hacer explotar con éxito una bomba de plutonio en un desierto de Nuevo México.

Me llamaba especialmente la atención un artículo que había recogido Yoshimura sobre las chapuzas que rodearon al lanzamiento de *Little Boy* sobre Hiroshima. Puesto que nunca se había probado una bomba de uranio, se temía que la explosión pudiera causar una reacción en cadena en la atmósfera de todo el planeta. Aun así, el *Enola Gay* dejó caer la bomba de uranio en lugar de la de plutonio, cuyas consecuencias sí se conocían.

Otro riesgo —en este caso, estratégico— fue que la bomba bajó en un pequeño paracaídas para amortiguar su caída, ya que debía estallar a 600 metros del suelo. Un delicado dispositivo que medía la presión atmosférica debía explosionarla al llegar a la altitud adecuada.

Teniendo en cuenta que el diez por ciento de las bombas de aquella época no llegaban a explotar, sumado a la complicación del dispositivo, había bastantes posibilidades de que *Little Boy* llegara al suelo intacta. Los japoneses, que tenían una tecnología muy avanzada, sólo tendrían que tomar la bomba y hacerla caer en la ciudad estadounidense de su elección.

Pese a todo, las bombas de Hiroshima y Nagasaki explotaron eficazmente causando gran conmoción en todo el mundo. Einstein, que había alentado su construcción, al conocer su efecto devastador se convirtió en un activista incansable en contra del arma nuclear. En 1950 se dirigía así a los televidentes de Estados Unidos sobre la carrera armamentística entre Estados Unidos y la Unión Soviética:

> Podemos haber derrotado un enemigo externo, pero hemos sido incapaces de librarnos de la mentalidad creada por la guerra. Es imposible lograr la paz, mientras cada acción sea decidida pensando en un posible conflicto futuro.

Tras leer todo el capítulo sobre el Proyecto Manhattan, cuando el viejo Boeing se elevó del aeropuerto de La Guardia me dije que el mundo no había empeorado tanto como se decía. El 11 de septiembre y la guerra global contra el terrorismo parecían un juego de niños en comparación con la Guerra Fría, cuando miles de cabezas nucleares amenazaban con borrar las grandes ciudades del mapa, probablemente todas al mismo tiempo.

Una vez había oído decir a un comentarista militar que en la humanidad debe de haber más buenas personas de las que nos imaginamos, cuando habiendo tantas bombas nucleares en el mundo sólo se han tirado dos.

El problema era que las bombas seguían allí, y desde entonces los conflictos en el mundo no se habían simplificado precisamente.

Mientras me angustiaba pensando en todo esto, Sarah abrió los ojos después de un breve sueño y me miró con curiosidad. El color de su mirada me hizo pensar en el pelo de Lorelei. Aunque la hermanastra de la mujer a la que amaba me hubiera salvado de Pawel, no me fiaba de ella. La veía perfectamente capaz de apretar el botón nuclear, en caso de tenerlo a su alcance.

En cuanto a nuestra investigación, hasta entonces la habíamos tenido pegada a nuestros talones. Me había cerciorado de que no viajaba en nuestro avión, pero no descartaba que acabara apareciendo en aquel desierto con diez veces más radiación de la recomendada.

—¿En qué piensas? —me preguntó Sarah.

—Pienso en Lore. Hace unos días me hablaste de dos bandos: el de los que buscáis la última respuesta para resolver los problemas del mundo, la Quintaesencia, y el de la Hermandad, que está tratando de apropiarse del secreto de Einstein. ¿A cuál de ellas pertenece tu hermana?

La francesa permaneció pensativa unos segundos antes de responder:

—A ninguna de ellas. Ella va por libre y sólo se fija objetivos egoístas.

—Entonces no entiendo por qué nos sigue por medio mundo. ¿Es sólo porque quiere protegerte?

—Lo dudo —respondió Sarah.

—Entonces, ¿cuál es el motivo?

—Tratándose de Lorelei, puede ser cualquier cosa. Tal vez incluso le has gustado y busca la manera de quitarme de en medio.

Miré a mi compañera con estupefacción mientras el Boeing iniciaba las maniobras de descenso.

59

La historia del desierto

> He aprendido el silencio a través del hablador; la tolerancia a través del intolerante; y la amabilidad a través del grosero. Por extraño que parezca, no estoy agradecido a estos maestros.
>
> JALIL GIBRAN

El resto del trayecto hasta Carrizozo fue una tortuosa odisea. Desde Minneapolis tuvimos que esperar más de tres horas hasta la salida del vuelo a Albuquerque, que transcurrió en medio de terroríficas turbulencias.

Cuando finalmente aterrizamos en la ciudad más poblada de Nuevo México, eran ya las once. Hacia medianoche salimos del aeropuerto con un Ford Focus de alquiler con el que tendríamos que cubrir los casi doscientos kilómetros que nos separaban de la remota aldea en el desierto.

El brazo enyesado no me permitía conducir, así que el volante quedó en manos de Sarah, que pisó el acelerador para alejarnos de los aledaños de la ciudad.

No tardamos en salir a una yerma planicie que parecía no tener fin. La autopista se perdía en el horizonte de rocas azules por efecto del resplandor de la luna, hasta el punto de parecer que transitábamos por la misma luna.

Tal vez por la hora avanzada de aquel domingo —de hecho, ya lunes—, no nos habíamos cruzado con un solo coche desde que habíamos salido de la periferia de la ciudad. Era la una de la madrugada y aún faltaban sesenta kilómetros hasta la próxima población, Socorro, desde donde partía la carretera hacia Carrizozo, lo cual exigiría al menos otra tirada de cien kilómetros.

—Estoy molida —dijo Sarah mientras yo contemplaba hipnotizado el paisaje lunar— y, además, veo bastante mal de noche.

—No te preocupes. La probabilidad de que choques con otro coche en esta autopista es extremadamente pequeña, a no ser que nos embista tu hermana.

—Dudo que se atreva a venir hasta aquí. En todo caso, tampoco debes temerle: alguien que te salva la vida no vendrá luego a quitártela.

—Eso nunca se sabe.

Seguimos la travesía nocturna en silencio. Era tan inmenso y vacío el territorio que se abría a ambos lados de la carretera, que daba la impresión que apenas nos movíamos.

Llevábamos un buen rato sin ver ninguna indicación, cuando Sarah me pidió:

—Cuéntame algo, ¡se me cierran los ojos de sueño!

—¿Qué quieres que te cuente?

—Algo bonito. Alguna historia del desierto.

Así de repente, aquello era un reto. Empecé a repasar mentalmente las leyendas que había utilizado para guiones de radio, antes de trabajar en *La Red*, y encontré una que se podía ajustar a aquel escenario de soledad azulada.

—Creo que es de Jalil Gibran, el poeta libanés —empecé—. Habla de un hombre que anduvo toda su vida por el desierto. Al final de sus días, miró hacia atrás para ver el camino recorrido, y observó que en algunos lugares había cuatro huellas y en otros sólo dos. El hombre meditó entonces sobre su pasado. Había reconocido sus propios pasos, que a veces estaban acompañados por los de Dios. Entonces levantó la mirada y preguntó al cielo: «Mi buen Dios, ¿por qué en los peores momentos me abandonaste?». A lo que Dios contestó: «Nunca te he abandonado. Allí donde ves sólo dos huellas, te llevaba en brazos».

Sarah pareció conmovida con esta historia y acarició mi mano sana con las yemas de los dedos.

—Ahora cuéntame tú algo —le pedí—. Sé muy poco de ti.

—Sabes más de mí que ninguna otra persona —me corrigió—. Desde nuestro encuentro en Berna, investigamos juntos, comemos, dormimos, nos despertamos a la vez, viajamos en la misma dirección... Haciendo todo eso es como llegas a conocer a alguien.

—Sí, pero no sé nada de tu pasado. Sólo que tienes una hermana chiflada que te sigue por el mundo y ajusticia a los que, en su opinión, están de más.

—¿Y de qué te serviría conocer mi pasado? ¿No te basta con lo que soy ahora, en este coche bajo las estrellas?

Medité unos segundos mientras la autopista seguía trazando una recta sin fin en el desierto. Finalmente dije:

—Me basta en este momento. Pero por otra parte sé que nuestro viaje va a terminar, de buena o mala manera, y no me gusta la idea de que nos separemos —me sinceré—. Me he acostumbrado a ti, ¿sabes?

Como toda respuesta, Sarah sonrió mientras mantenía la mirada fija en un horizonte que parecía huir de nosotros.

Al llegar a Socorro, una pequeña y desgarbada ciudad del oeste americano, Sarah se detuvo junto a un modesto Holiday Inn y resopló antes de decir.

—No aguanto más. Son las dos de la madrugada y necesito dormir. ¿Te parece si dejamos el último tramo del viaje para mañana?

El recepcionista del hotel, un hombre raquítico con gafas de montura antigua, examinó nuestros pasaportes extranjeros con gran interés.

—¿Son ustedes cazadores de ovnis?

Aquella pregunta nos dejó estupefactos. Finalmente contesté:

—En absoluto, ¿tenemos pinta de serlo?

—No especialmente, pero los pocos europeos que pasan por aquí vienen para estudiar los avistamientos. El más famoso fue en 1964. Dio la vuelta al mundo, ¿no lo conocen? Un policía llamado Lonnie Zamora vio cómo una nave extraterrestre se estrellaba en un barranco cerca de aquí. El estruendo de la caída se oyó en toda la ciudad, y muchas personas de Socorro vieron las llamas y el humo que salían del aparato.

—Bueno, en realidad nos dirigimos a Carrizozo —dije para cortar la conversación.

—Uy, eso es el culo del mundo. Ahí sí que no hay nada, ni siquiera platillos volantes.

60

Carrizozo

El desierto es un lugar sin expectativas.

NADINE GORDIMER

Tras dormir diez horas seguidas en una cama *king size* para mí solo, tomamos un desayuno americano y reemprendimos la marcha bajo un sol de justicia.

El paisaje que de noche tenía un encanto lunar, de día era un vasto erial sólo apto para los lagartos que asomaban entre piedras y hierbajos. Por lo demás, únicamente kilómetros y kilómetros de terreno pelado que ardía bajo los rayos del astro rey.

Dejamos atrás las iglesias coloniales de Socorro y cruzamos el Río Grande hasta San Antonio, desde donde tomamos la carretera 380 en dirección a Carrizozo. Unos cien kilómetros al este nos esperaba el lugar donde pretendíamos iniciar nuevamente la búsqueda.

Mientras Sarah prestaba atención a la carretera a través de unas sofisticadas gafas de sol, me dediqué a contemplar las áridas montañas que bordeaban la carretera.

—Si Mileva vive en ese pueblo de nombre raro, no será difícil dar con ella.

—¿Cómo estás tan seguro?

—Sólo tiene mil habitantes y, según el mapa, se encuentra en una región muy despoblada. No me extraña que hicieran explotar la bomba de plutonio cerca de allí.

—No se lo digas a los lugareños o te lincharán.

—Eso si no se ocupan otros de hacerlo —añadí.

Un plafón marrón sostenido por dos postes anunciaba que habíamos entrado en Carrizozo, tras una hora larga atravesando el desierto. El pueblo parecía constar de una sola calle, con algunos establecimientos a ambos lados de la carretera.

A las doce del mediodía de aquel lunes, apenas se veía un alma.

Dimos unas cuantas vueltas alrededor de aquella desolada aglomeración de casas, pero no encontramos ningún hotel. Finalmente nos detuvimos junto a una gasolinera, donde se acercó un muchacho de aspecto mexicano con la melena recogida en una cola.

—¿Lleno? —preguntó en mexicano blandiendo la pistola del surtidor—. Según adónde vayan, pueden tener problemas para encontrar gasolina.

—Nos quedamos aquí —dijo Sarah—. Justamente estamos buscando un lugar donde alojarnos unos días.

—¡Unos días! —exclamó el chico—. Basta con un par de horas. Si van al museo de historia de Carrizozo ya lo habrán visto todo.

—No queremos ver nada, sólo necesitamos una habitación.

—Una habitación… —repitió sorprendido—. Mi padre tiene un cuarto allí, sobre el almacén.

Nos señaló un edificio de dos plantas al otro lado de la carretera. Era de ladrillo marrón y parecía llevar abandonado una eternidad.

—Lo utiliza para llevar a sus novias, pero voy a llamarle por si quiere rentarlo.

Segundos después mantenía una animada conversación por móvil con su padre, la cual incluyó gritos, insultos y bromas de consumo interno. Al terminar, levantó el pulgar en señal de triunfo y anunció:

—Dice que si llenan el depósito aquí y hacen las comidas en el restaurante de mi tío, les cede el cuarto gustosamente. Sin pagar —puntualizó—. ¿Quieren verlo?

Asentimos con la cabeza y el chico trotó hasta una minúscula oficina, de la que volvió con un manojo de llaves.

—Vayan con mucho cuidado al cruzar —nos advirtió—, no vayan a atropellarles.

Miré a lado y lado, pero la carretera estaba totalmente desierta de vehículos. El muchacho estalló en una carcajada. Nos estaba tomando el pelo.

El «cuarto» del padre resultó ser un almacén de latas de gasolina con un camastro arrimado a una pared. La ventana tenía tanto polvo que apenas se distinguía la calle.

—Hay aire acondicionado y todo —dijo el chico activando un aparato que rugió como una locomotora.

No me pareció que Sarah fuera a sentirse a gusto en aquella habitación sórdida de una sola cama. Sobre una mesa había incluso revistas pornográficas con varios años de uso, así que me excusé:

—La verdad es que no queremos molestar a su padre. Dele las gracias de nuestra parte y dígale…

—Dígale que aceptamos encantados su hospitalidad —añadió Sarah para mi asombro.

—Se lo diré —respondió el chico con orgullo—. No tengan mal concepto de él. Es un buen hombre. Mi mamá murió cuando yo era un crío y papá se consuela con las que se dejan. Es una suerte para él que no la haya visto a usted, señora, porque igual le da un ataque al corazón. Ha ido un par de días a Madrid a visitar a su primo; por eso no necesita el cuarto.

—¡A Madrid! —exclamé—. Sólo para llegar hasta allí necesitas un par de días.

—¡No tanto! El viaje a Albuquerque es una lata, pero desde allí Madrid queda a unas quince millas. Es un pueblo chiquito.

Supuse que se refería a un Madrid que estaba en Nuevo México. También entendí que en Carrizozo debía de haber pocas diversiones, ya que el muchacho no parecía tener prisa por abandonar el picadero de su padre. Mientras tanto, el pueblo estaba sin suministro de gasolina.

—Además del museo, cuando baje el sol también pueden ir al Valle de los Fuegos, que está a unas pocas millas

339

de aquí. Verán lava que se soldificó hace mil quinientos años.

Sarah, que se había sentado al borde de la cama, debía de considerar al chico una persona de confianza, ya que decidió exponerle nuestros planes.

—En realidad, estamos buscando a una persona. Tal vez puedas ayudarnos.

—¡Claro que puedo! Conozco a todo el mundo aquí.

Me senté a su lado de la cama mientras Sarah se explicaba:

—Buscamos a una mujer de unos sesenta años que se llama Mileva, si no ha cambiado de nombre. En el pasado fue una activista en contra de las armas nucleares, como los que se reúnen en Trinity.

Esta información pareció escandalizar al muchacho, como si el activismo fuera sinónimo de terrorismo.

—Aquí no vive nadie así, se lo aseguro. En Carrizozo sólo hay gente normal —de repente parecía tener prisa—. Para cualquier otra cosa, me llamo Moisés, para servirles. Ahora tengo que irme, pero si necesitan lo que sea, me llaman desde la ventana. Además de llenar depósitos, hago recados. Ya saben: llevar y traer cosas.

No entendí si esto último tenía una doble lectura o era la manera de hablar de aquel Moisés. Cuando cerró la puerta del cuarto, Sarah y yo nos miramos. Aquello significaba: ¿qué diablos pintamos aquí?

61

Cartas para salvar el mundo

Nuestra situación como hijos de la Tierra es muy peculiar. Viviremos brevemente en ella, y permaneceremos ignorantes del porqué, aunque de vez en cuando pensemos que lo sabemos. No es necesario dar demasiadas vueltas: estamos aquí para el prójimo.

ALBERT EINSTEIN

Mientras Sarah echaba una siesta vestida sobre la cama —las sábanas estaban plagadas de manchas y agujeros de cigarrillo—, salí a reconocer Carrizozo, que aquel lunes al mediodía me pareció el lugar más hostil del mundo.

Tras comprar un par de botellas de agua y un paquete de galletas en la misma gasolinera, subí a nuestro nuevo cuartel general, en las antípodas del que habíamos tenido en Brooklyn.

La francesa aún dormía. Me dije que aunque tuviéramos un solo lecho, eso no supondría ningún problema, ya que ninguno de los dos se iba a meter entre esas sábanas.

A falta de otra cosa que hacer, me refresqué la cara en un minúsculo baño contiguo al cuarto. Luego me instalé en el lado libre de la cama para trabajar en la parte del manuscrito que me faltaba. Desde que habíamos intensificado la búsqueda de Mileva, mi labor editorial había pasado a un segundo plano y no tenía muchas esperanzas de cumplir con el plazo previsto.

Aunque no hubiera editorial ni editor, Sarah me había aclarado que la Quintaesencia exigiría que concluyera la investigación biográfica para cumplir el contrato, aunque no supieran a ciencia cierta lo que buscaban.

El tiempo transcurría, el dinero se iba agotando y lo único que tenía era una mujer adorable durmiendo en un cuarto inmundo. Era una extraña compensación por un viaje tan largo.

Eché un vistazo a la correspondencia que Einstein había mantenido con Sigmund Freud, a quien le planteaba la pregunta: «¿Es posible controlar la evolución mental del hombre para ponerlo a salvo de esas psicosis promotoras de odio y destructividad?». Me disponía a leer la respuesta del padre del psicoanálisis, cuando dos fuertes golpes en la puerta me pusieron en guardia.

Sarah abrió los ojos, confusa, mientras yo preguntaba:

—¿Moisés?

—Policía —dijo una voz gruesa.

En el breve viaje de la cama a la puerta, los fantasmas que había dejado en Barcelona regresaron. Me temía que finalmente me hubieran relacionado con alguno de los crímenes y tuviera que dar toda clase de explicaciones.

Sin embargo, al encontrar al otro lado un policía gordo y sudado con un puro en la boca, entendí que no tenía a la Interpol tras mis pasos. Después de enseñar su chapa, entró en la habitación sin pedir permiso y se sentó contra el respaldo de una silla.

Miró admirativamente a Sarah, que se había sentado nuevamente al borde de la cama, y luego a mí antes de empezar:

—Como sheriff de este lugar, mi obligación es estar al corriente de la gente que entra y sale. Aquí todo se sabe muy rápido y estamos acostumbrados a cortar por lo sano.

Le entregué mi pasaporte y Sarah hizo lo propio. Sin embargo, el policía ni siquiera se dignó abrirlos. Nos los devolvió con desdén y preguntó:

—Lo que me interesa es saber a quién están buscando. Por el pueblo se comenta que van ustedes tras una alborotadora extranjera, lo que ha provocado lógica inquietud. Aquí nunca pasa nada, y no nos gusta que los forasteros vengan a enredar. Lo entienden, ¿verdad? A cada cual le gusta ser amo de su casa, y Carrizozo no es una excepción.

—No es nuestra intención crear problemas a este pueblo —intervine en mi tono más diplomático—. Sólo deseamos saber…

—¿A quién diablos buscan? —me cortó mientras nos miraba con expresión desconfiada.

Sarah repitió lo que había dicho a Moisés sobre Mileva, sin mencionar que se trataba de la nieta de Einstein.

—Pierden el tiempo —dijo el policía mientras se incorporaba pesadamente—. No hay nadie aquí que responda a esa descripción, háganme caso. Tal vez en Capitan, en Lincoln o en Roswell, los tres pueblos que siguen a éste, encuentren a alguien así. Especialmente en Roswell. Ya saben qué pasó ahí en 1947, cuando capturaron un marciano y le hicieron la autopsia. Hay un documental y todo.

—Le agradecemos el consejo —intervine—. En cualquier caso, antes estamos interesados en visitar Trinity.

Al escuchar este nombre, el agente se puso repentinamente tenso, como si aquello fuera la confirmación de que veníamos a remover asuntos turbios. Tras apagar el puro directamente en el suelo, no dudó en amenazarnos de forma diáfana:

—Les advierto que si se proponen penetrar en el área restringida sin permiso lo van a pagar muy caro. El obelisco de Trinity sólo se puede visitar el primer sábado de abril y el primer sábado de octubre.

—¿Sólo dos días al año? —preguntó Sarah asombrada.

—Eso mismo —respondió el policía acariciando la funda de la pistola—. ¿Para qué más? ¡Ni que ese chisme fuera la Estatua de la Libertad!

—Puede estar tranquilo —dije—. No iremos a Trinity fuera de temporada.

—Más les vale —concluyó al abrir la puerta.

Antes de salir de la habitación, dirigió una larga mirada a Sarah y otra más breve y despectiva sobre mi persona, deteniéndose un instante en mi brazo enyesado. Luego concluyó:

—Yo de ustedes iría al norte, a Santa Fe. Allí hay bares y salas de baile. Lugares donde divertirse. En Carrizozo sólo hay un club para mujeres y calles vacías. Háganme caso, no es un lugar para ustedes.

Cuando el policía hubo cerrado la puerta, suspiré aliviado. A continuación pregunté a Sarah:

—Bueno, ¿qué hacemos ahora?

62

Los campos unificados

Quien no se disgusta al iniciarse en la mecánica cuántica es que no ha entendido absolutamente nada.

Niels Bohr

Después de estudiar el plano de Nuevo México, habíamos decidido seguir la recomendación del policía y ponernos en ruta a la mañana siguiente. Y no porque nos interesara el alienígena diseccionado en Roswell, sino porque al parecer los dos pueblos anteriores estaban más cerca del vetado obelisco de Trinity.

Según el mapa, para aproximarnos al epicentro de la explosión nuclear, desde allí podíamos tomar una carretera que llevaba a las aldeas de Ruidoso y Mescalero.

No obstante, nada nos aseguraba que daríamos con pistas sobre Mileva.

Habíamos discutido todo esto ante una cena *tex-mex* en el restaurante del tío de Moisés, donde creamos gran expectación entre los pocos comensales.

Eran las diez de la noche cuando nos pusimos a leer en la cama, con el aire acondicionado rugiendo como un león. Parecíamos un matrimonio con muchas horas de vuelo. Sarah leía *Construyendo Babel*, la historia novelada de una biblioteca personal, mientras yo seguía garabateando sobre hojas sueltas que entraban y salían de mi maleta.

La parte más frustrante del trabajo de Einstein había sido su intento de encontrar una sola teoría que explicara todas las fuerzas que operan en el universo, una fórmula que respondiera a la pregunta: ¿qué lo unifica todo?

Según las fuentes académicas oficiales, Einstein había muerto sin encontrar una respuesta —la última respuesta— a aquel problema.

Antes de abandonar el estudio por aquel día, leí el resumen que hacía Yoshimura de los compases finales del genio:

> Los últimos años de su vida los dedicó a responder centenares de cartas que recibía diariamente con cualquier clase de consultas. Incluso al final de su vida, le sorprendía haberse convertido en un personaje tan mediático.
>
> Además de esta tarea epistolar, Einstein dedicó las últimas décadas de su existencia a indagar en una cuestión que hoy en día aún no ha sido resuelta: la llamada unificación de campos. Creía que las cuatro fuerzas fundamentales de la naturaleza —la gravedad, la electromagnética, la nuclear fuerte y la nuclear débil— eran manifestaciones distintas de una única fuerza. Las tres últimas ya se habían comprendido en una misma teoría, pero el problema residía en la gravedad, que no había manera de unificarla con las otras tres.

Dejé la lectura aquí al ver que Sarah ya dormía con la cabeza bajo la almohada para evitar la luz de la lamparita.

La apagué y me quedé unos minutos sentado sobre la cama, cavilando sobre mi absurda existencia mientras la luna se filtraba a través de la ventana sucia. En aquel cuarto lleno de latas de gasolina, revistas manoseadas y desesperanza me sentía repentinamente perdido. Estaba lejos de todo. Lejos de mí mismo. Y la única persona junto a la que quería estar regresaría a su mundo cuando aceptara que nuestra búsqueda era tan infructuosa como la unificación de campos.

Antes de intentar dormir, aspiré profundamente el aroma jazminado de mi bella durmiente.

Estaba a punto de cerrar los ojos, cuando un estallido en la ventana me sobresaltó. De haber sido más débil habría pensado que se trataba sólo de un moscardón o de una libélula que se había estrellado contra el cristal. Pero el sonido había sido más seco y contundente, como si alguien hubiera arrojado un objeto sólido desde el exterior.

Un segundo impacto hizo que saltara de la cama y corriera a abrir la ventana. El cielo limpio y la claridad de la luna me permitieron ver quién había al pie del edificio de ladrillo: Moisés.

Me asomé furioso y, olvidando que Sarah dormía, le grité:

—¿Qué diablos haces ahí?

—Hace rato que os llamo, pero como tenéis el aire a toda máquina no me habéis oído. Y me he dejado las llaves del almacén en casa. Por eso he tirado las monedas.

Sarah se incorporó a mi lado y habló al chico:

—Cuéntanos qué pasa, Moisés.

—Es sólo una idea —dijo esbozando una sonrisa—, pero creo que es acertada. Lo he visto claro mientras me preparaba la cena. Hace un par de años, cuando fui de acampada por el Valle de los Fuegos, la encontré y me invitó a tomar un bol de sopa. No hay duda, tiene que ser ella: la mujer piedra.

—¿La mujer piedra? —pregunté sorprendido—. No entiendo a qué te refieres.

—La forastera que andáis buscando, esa tal…

—Mileva —apuntó Sarah emocionada.

—Ésa. De repente he entendido que es la mujer piedra, porque me habló de esa clase de cosas. Le preocupaba mucho la bomba.

—¿Por qué la llamas la mujer piedra? —le pregunté contagiado por la emoción de Sarah.

—Es como se la conoce aquí —dijo Moisés—, aunque pocos la han visto. Es una mujer blanca que pasa mucho tiempo en una gruta del Valle de los Fuegos. Se dice que puede estar días enteros sin moverse de la boca de la cueva. Llueva o haga calor, permanece allí como una piedra. ¿Queréis conocerla?

—Por supuesto —exclamó Sarah—. ¿Cuándo podrías acompañarnos hasta esa cueva?

—Ahora mismo. No es bueno que los del pueblo sepan que os he llevado hasta allí.

63

La mujer piedra

Cuando el alumno está preparado, aparece el maestro.

Proverbio zen

Moisés prefirió encabezar la expedición con su motocicleta, mientras nosotros lo seguíamos con nuestro coche de alquiler. Nos dirigíamos hacia una parte del Valle de los Fuegos conocida entre los locales como Malpaís por su extrema aridez.

Para llegar hasta allí, condujimos cuatro millas por la solitaria NM 380 hasta desviarnos por una carretera secundaria que iba a morir a una zona de acampada. Nuestro guía aparcó su moto y nos indicó que podíamos dejar nuestro vehículo allí.

El cielo estaba tan despejado y las estrellas brillaban con tal intensidad que la tierra entera resplandecía con luz azulada.

Moisés nos condujo hasta un promontorio de la zona

de acampada desde la que se divisaba una gigantesca formación de lava. Ríos de piedra quemada formaban suaves colinas y barrancos en un paisaje de locura. Algunos arbustos pugnaban por abrirse camino entre las rocas escupidas por el volcán mil quinientos años atrás, en una muestra de la perseverancia de la naturaleza.

—Me cuesta imaginar que alguien pueda vivir aquí —comenté fascinado con aquel paisaje.

—Sólo la mujer piedra puede —repuso nuestro guía—. Por eso la llamamos así.

Eché un vistazo a la zona de acampada, donde no había una sola tienda levantada. El lugar era demasiado solitario y tenebroso para querer pasar la noche.

—Vamos a ver si damos con ella —dijo Moisés, y nos señaló un estrecho sendero que se internaba en el vasto mar de lava.

Aunque Sarah y yo llevábamos calzado deportivo, las rocas puntiagudas se nos clavaban en las suelas dificultando nuestro avance.

Caminamos durante más de media hora por aquel paraje dantesco, iluminado por una gigantesca luna que parecía colgar a poca distancia de nuestras cabezas.

Si Carrizozo me había parecido el culo del mundo, Malpaís era el lugar más desolado de la Tierra. Mientras subíamos por una rocosa colina, agradecí que hiciéramos aquella ruta de noche. A pleno sol aquellos campos de lava debían de hervir como el infierno.

—Ya llegamos —anunció Moisés, mientras nos señalaba la entrada de una cueva al otro lado de la colina—. Esperadme aquí. Si somos demasiados, podemos asustar a la mujer piedra.

Acto seguido, trotó colina abajo. Al llegar a la boca de la gruta, encendió y apagó la linterna un par de veces. Parecía una señal. Luego permaneció a la espera con las manos en la cintura, pero nada sucedió. Finalmente se metió en la cueva.

Pocos segundos después salía extendiendo ligeramente los brazos, lo que significaba: «No ha habido suerte». Pero no todo eran malas noticias.

—Sigue viviendo aquí —declaró—. Dentro he visto los restos de un fuego y una cesta con fruta fresca. Debe de haber salido.

Abracé con la mirada aquel inmenso mar de lava antes de preguntar:

—¿Salido? ¿Adónde?

—La mujer piedra conoce muy bien este lugar y busca hierbas medicinales para cuidarse los achaques. Es vieja. ¿Queréis ver dónde vive?

—Eso no estaría bien —intervino Sarah—. La esperaremos aquí.

—Puede que no vuelva en toda la noche —nos advirtió Moisés—. A la mujer piedra le gusta caminar de noche. A veces llega hasta Ruidoso, que es un poblacho no muy lejos de aquí, o incluso hasta Alamogordo, aunque esté prohibido.

—¿Alamogordo? ¿Dónde queda eso? —pregunté.

—Por Jornada del Muerto —contestó—. Justo donde hicieron explotar esa bomba de la que todo el mundo habla.

Sarah me miró con la misma palabra que yo tenía en la cabeza: Trinity.

—Pero seguro que hoy no ha ido tan lejos, porque se habría llevado la fruta. La mujer piedra no come carne.

—¿De dónde saca la fruta? —pregunté intrigado—. ¿Se acerca a Carrizozo a hacer la compra?

—¡Jamás! —exclamó el chico—. No sería bien recibida. En el pueblo corrió la noticia de que es hechicera, porque viene gente de fuera a visitarla y a pedirle remedios. Le traen comida y ella les ordena además que hagan cosas muy lejos.

—¿Qué cosas? —pregunté fascinado—. ¿Y cómo de lejos?

Moisés se encogió de hombros y liberó un bostezo. Nos había dicho todo lo que sabía.

—¿Seguro que quieren pasar la noche aquí? —insistió antes de iniciar el regreso.

—La esperaremos un rato —dijo Sarah muy serena.

Tras despedirse, el chico trotó colina abajo. Luego empezó a caminar en dirección a la zona de acampada hasta que ya no pudimos distinguirle entre las rocas celestes.

El silencio era tan absoluto que casi dolía a los oídos.

Nos sentamos en un claro de la colina despejado de rocas. Sarah me pasó el brazo por la cintura y apoyó su cabeza sobre mi hombro. Permanecimos un buen rato así, como una pareja que ha llegado al fin del mundo y no espera que nada más pueda suceder.

Aunque no recordaba haberme dormido, cuando abrí los ojos tenía la cabeza recostada en el regazo de Sarah, que me acariciaba lentamente los cabellos. La noche del desierto empezaba a virar hacia un tenue morado, que se levantaba como un manto sobre el horizonte lejano.

El silencio ya no era absoluto. Un dulce crepitar hizo que me incorporara para indagar de dónde procedía.

—Allí —dijo Sarah emocionada mientras me señalaba la entrada de la cueva.

Una suave luz temblaba en el interior.

64

Historia de Mileva

Separemos el judaísmo de los profetas y al cristianismo enseñado por Jesús de todo cuanto se les añadió a posteriori —particularmente de los sacerdotes— y nos encontraremos con una doctrina apta para eliminar la enfermedad de la humanidad.

ALBERT EINSTEIN

La mujer piedra tenía una larga melena blanca y la piel agrietada como la tierra seca. No obstante, sus ojos poseían la misma viveza que los de Lieserl en la fotografía que habíamos visto en Staten Island. Era el brillo de la curiosidad que estaba presente en todos los retratos de Einstein.

Sin duda, aquella anciana prematura era Mileva, hija de Lieserl y su segundo marido, nieta de Albert y Mileva.

Habíamos llegado a nuestro destino.

Nos había invitado a entrar en la cueva con la misma voz dulce que había escuchado por teléfono. La misma que había leído la carta de Einstein a Roosevelt en la grabación del Monkey Town. Y probablemente eran aquellas mismas manos arrugadas las que habían escrito los sobres y las postales para una cita a miles de kilómetros de allí.

Cómo lo había hecho era un misterio que pronto íbamos a resolver. Pero antes había otras cuestiones que humeaban como la infusión en el caldero que removía la mujer piedra.

—Habéis hecho un largo viaje para conocer a esta vieja olvidada por el mundo —dijo en castellano con un ligero deje mexicano—. Pero me temo que os vais a llevar una decepción. Puedo daros muchas respuestas, pero no la que buscáis.

Nos habíamos sentado sobre una piel de oveja, frente a una piedra amplia y plana que nos servía de mesa. Mileva se acomodó al otro lado después de servir con un cucharón tres tazas de infusión del desierto. Su larga cabellera blanca caía sobre un poncho propio de las mujeres indias.

—Si no es importante lo que vas a decirnos —dije devolviéndole el tuteo—, ¿por qué has dejado pistas por medio mundo para que viniéramos hasta aquí?

La anciana sonrió bondadosamente y respondió:

—Yo no he dicho que no sea importante. Quiero compartir con vosotros algo que creo esencial para el mundo, pero no seré yo quien abra la última puerta. No me corresponde a mí hacerlo. Y tampoco sé lo que hay detrás, si os soy sincera.

Sarah contemplaba a la dama del desierto con lágrimas en los ojos. Entendí que para ella el solo hecho de hallarse ante la hija de Mileva Marić era un premio que compensaba toda aquella odisea. Pero yo no era de la misma opinión.

—Hay gente que se dedica a asesinar a los que se acercan a la última respuesta —dije mencionando el objeto de nuestra búsqueda—. Algo importante debe de haber al otro lado de la puerta, para que siembren la muerte los que quieren apropiársela.

—Se puede matar por algo que no se conoce ni se ha visto —dijo la mujer piedra—, como los europeos que buscaban El Dorado, o los suicidas que mueren por Dios. Pero no temáis, el desierto nos protege.

Tuve que pensar en nuestro Moisés. Si los que querían apropiarse de la última respuesta daban con él, darían con el camino hasta aquel escondite.

—¿Qué es lo que esperan obtener? —intervino Sarah, que no lograba contener su emoción.

—Distintas cosas. Tal vez una nueva fuente de energía para alimentar las máquinas de este mundo enloquecido. O quizás sólo quieren hacerse con la teoría de la unificación para ganar un Nobel de física. Todas las ambiciones pueden matar, pero me temo que es algo muy diferente lo que nos espera detrás de la puerta.

Aquel discurso circular y metafórico me estaba poniendo nervioso, así que decidí ejercer de periodista pragmático.

—Aunque no podamos abrir aún esa «última puerta» de la que hablas, tal vez nos puedas mostrar otras estancias de la casa de tu abuelo. ¿Logró finalmente hallar una fórmula para las cuatro fuerzas fundamentales?

—A su manera sí, pero aún no estáis preparados para entenderlo.

—¿Cuándo crees que lo estaremos?

—Es imposible de decir. Cada caminante confiere un ritmo diferente a sus pasos. Pero lo importante es llegar.

Se hizo un silencio que no resultaba incómodo. Con Sarah a mi lado y aquella anciana de dulce voz me sentía en casa. Era un hogar remoto en el más desolado de los parajes, pero hogar al fin y al cabo.

Las brasas crepitaban iluminando un espacio amueblado con unas pocas alfombras, un par de cajas con víveres y una repisa clavada en la roca con utensilios de cocina.

—¿Cómo llegaste hasta aquí? —preguntó Sarah.

—Tras separarse de su primer marido, mi madre vivió una breve temporada en Nueva York y luego se instaló en Cloudcroft, una aldea de montaña muy cerca de Trinity. Aunque nunca quiso conocer a su padre, se sentía culpable porque él había sembrado la fórmula de la bomba atómica. Por eso puso todos sus esfuerzos en luchar contra la energía nuclear. En Cloudcroft, donde hay pistas de esquí, conoció a un viudo que regentaba un pequeño restaurante y se enamoró de él. Aunque mi madre tenía más de cuarenta años, tuvo con él una segunda hija y aquí estoy.

—Entonces, tú has proseguido la labor de tu madre —apunté.

—De algún modo, aunque ella nunca perdonó que me pusiera en contacto con su padre. Además de su abandono, le culpaba de todos los males de la humanidad. Por eso al cumplir los dieciocho me fui de Cloudcroft y viajé por Europa con el dinero que mi abuelo me había legado a su muerte. Allí me pasaron muchas cosas, alegres y tristes. Viví un par de años en París, tuve relación con personas que pudieran acoger la última respuesta. Luego regresé a Nuevo México y viví en Capitan, un pueblo extremadamente tranquilo. Tengo una casita allí, pero mientras me lo permita la salud prefiero vivir en este desierto. Sientes a Dios más cerca.

Recordé la historia de Jalil Gibran mientras la mujer volvía a llenar las tazas con infusión del caldero. Luego miró la claridad que empezaba a derramarse por la entrada a la cueva y dijo:

—Ya es de día. Deberíais marcharos antes de que el sol os abrase en el camino de vuelta.

—¿Cuándo volveremos a verte? —preguntó Sarah asiendo con fuerza una de las manos de la anciana.

La mujer piedra nos dirigió una mirada cariñosa al responder:

—Mañana a medianoche.

65

La primera respuesta

> Cuando te encuentres en una encrucijada,
> pregúntate: ¿Ese camino tiene corazón? Si lo
> tiene, el camino es bueno; si no, es inútil.
>
> CARLOS CASTANEDA

La tarde empezaba a refrescar Carrizozo cuando me desperté abrazado a Sarah. Habíamos llegado a nuestra habitación frente a la gasolinera poco antes de las ocho de la mañana. Bajo la impresión del encuentro con Mileva, aún habíamos charlado un par de horas tumbados sobre la cama.

En algún momento nos habíamos dormido.

Deseé que aquel abrazo producto de un cruce de sueños no terminara nunca. En aquel momento, como si un sexto sentido la hubiera advertido de que la estaba mirando, también Sarah abrió los ojos.

El estallido de azul en su piel blanca fue como un segundo amanecer.

Se deshizo suavemente de mi abrazo antes de preguntar:

—¿Qué hora es?

—Algo más de las seis.

Por el estado precario de las sábanas y el cubrecama, habíamos dormido con la ropa cubierta de polvo del desierto. Sarah fue la primera en pasar por la ducha de agua fría, mientras yo abría la maleta y buscaba una muda para la cita nocturna con la mujer piedra.

Aunque nos había advertido que ella no podía abrirnos «la última puerta», tras la que se ocultaba la respuesta final de Einstein, había llegado el momento de hacerle algunas preguntas.

Entusiasmado con aquella perspectiva, mientras el agua corría al otro lado de la pared estuve dando vueltas a la gran teoría unificada que tantos problemas había dado a Einstein. En su libro *Una breve historia de casi todo*, Bill Bryson apuntaba que uno de los motivos por los que la ciencia no había logrado dar con ella era porque durante el siglo xx se había escindido en dos: había un cuerpo de leyes físicas para el mundo subatómico y otro para el conjunto del universo, en el que pasaban cosas muy diferentes.

El divorcio entre ambos no facilitaba la tarea.

Posteriormente los científicos habían trazado complejas teorías de cuerdas con 10, 11 y hasta 26 dimensiones para tratar de explicar lo inexplicable, pero tal vez la respuesta fuera más sencilla. Como otros grandes hallazgos de la ciencia, tal vez estaba tan cerca que éramos incapaces de verla.

La pregunta seguía en el candelero: ¿qué fuerza tenía la capacidad de contener todas las fuerzas conocidas?

Una vez en el Valle de los Fuegos, dar con la colina de la mujer piedra fue todo un ejercicio de orientación. Desde la desierta zona de acampada encontramos con facilidad el sendero que llevaba al mar de lava, pero cuando llevábamos veinte minutos andando empezamos a dudar.

Aquel paisaje imposible resplandecía bajo las estrellas, pero nada nos resultaba familiar, como si cada noche se desplegara allí un nuevo territorio.

Afortunadamente, Mileva había encendido una hoguera frente a su cueva, y pudimos distinguir la claridad antes de tomar la senda equivocada.

La infusión ya estaba servida en tres boles sobre la piedra que hacía de mesa cuando entramos en la cueva. Al ver los blancos y sedosos cabellos de la nieta de Einstein, me pregunté dónde debía de encontrar el agua para asearse. Moisés había dicho que algunas personas la visitaban, e incluso algunas hacían cosas por ella muy lejos de allí, pero parecía difícil que pudiera subsistir en aquel paraje de Malpaís, a no ser que hubiera un pozo a su alcance.

En los primeros compases de la conversación, la mujer piedra se interesó por nuestro viaje hasta allí.

Al pedirle detalles sobre aquella compleja trama, reconoció haber organizado el encuentro en casa de Yoshimura durante un viaje a Barcelona para conocer el refugio de su abuelo en Cadaqués. Se había personado en casa del japonés sin revelar su identidad, con la excusa de transmitirle un mensaje del director del Instituto de Estudios Avanzados de Princeton. Luego había hablado con Jensen, a quien había entregado en Budapest un borrador de la fórmula secreta de Einstein. Tras perder el contacto con él, había regresado a Nuevo México.

Ahorramos a la anciana los detalles sobre lo que le había sucedido a Jensen, así como el episodio con Pawel, para no angustiarla en su retiro. Había cosas más urgentes que aclarar.

—¿Qué significa esta fórmula? —le pregunté señalando el tatuaje en mi brazo—. Necesitamos alguna respuesta para avanzar en todo esto.

—Si volvéis mañana a medianoche os lo diré. Antes hay otro secreto que debéis conocer. Tiene que ver con lo que sucedió con mi abuelo después de su muerte.

—¿Te refieres al robo de su cerebro por parte de Harvey?

—Exacto —dijo mientras volvía a llenar los boles con infusión de hierbas—. Llegué a conocerle, porque era un hombre muy persistente en todo lo que tenía que ver con mi abuelo. Se ofreció incluso a entregarme parte de su reliquia, como había intentado con Evelyn, pero la rechacé. Para mí lo importante es el resultado que produjeron cuarenta años de estudiar esas neuronas muertas.

Sarah se inclinó un poco más sobre la anciana al preguntarle:

—¿Qué encontraron?

—Nada, ahí está la gracia. El cerebro de Albert Einstein era exactamente igual al de cualquier otro. Por lo tanto, si no radicaba allí su singularidad, debía de hallarse en otro lugar. Y yo sé dónde.

Sarah y yo permanecimos en silencio mientras la mujer piedra nos contemplaba con sus ojos saltones. Finalmente declaró:

—El secreto estaba en el corazón. Es allí donde tenían que haber mirado y analizado, porque la energía del corazón es la que alberga la última respuesta.

A continuación, Mileva hizo gala de sus conocimientos científicos al explicar que en la década de 1990 un grupo de neurocardiólogos habían descubierto un cerebro alternativo en el corazón, formado por cuarenta mil células nerviosas, además de una compleja red de neurorreceptores que capacitan nuestro órgano vital para aprender, recordar y reaccionar ante cualquier estímulo vital.

—Eso explica por qué en el feto de los seres humanos se desarrolla el corazón antes que el cerebro racional —explicó Mileva—. Otra prueba de su poder es el campo electromagnético que genera: se ha demostrado que es cinco mil veces más potente que el campo emitido por el cerebro. Los cambios eléctricos que se producen en el corazón en función de lo que sentimos se pueden medir a tres metros de distancia.

Como especialista en ciencia divulgativa, me costaba aceptar lo que la nieta de Einstein estaba planteando, y no tuve reparo en transmitirle mis dudas. La mujer piedra me miró con simpatía antes de concluir:

—Te voy a dar la prueba definitiva de que no es el cerebro el que rige nuestro destino. De todos los órganos vitales, ¿sabes el único que no está expuesto a padecer cáncer?

—El corazón —respondí impresionado.

—Exacto. Y debe de haber una buena razón para ello.

66

La segunda respuesta

Estamos moldeados y guiados por lo que amamos.

JOHANN WOLFGANG VON GOETHE

Tras otra noche de largas conversaciones —con la mujer piedra y luego con Sarah hasta caer dormidos—, dediqué la jornada del miércoles a introducir en mi ordenador todo lo que estábamos descubriendo.

La «primera respuesta» de Mileva había sido reveladora y tal vez fuera la antesala de la última respuesta. De pequeño siempre me había preguntado por qué situamos los sentimientos en un órgano que bombea sangre y la reparte por el organismo. ¿Por qué no situarlo en el cerebro, donde teóricamente se generan las ideas y emociones?

Ahora sabía que albergamos mucho más en nuestro pecho de lo que somos capaces de imaginar.

Sarah recordaba haber visto un documental sobre biología que la había impresionado especialmente. Mostraba una yema de huevo sobre la que flotaba un puntito rojo de sangre. Al ampliarlo con el microscopio, los investigadores descubrieron que el minúsculo coágulo de sangre latía, antes incluso de que se hubiera formado el corazón del ave.

Eso demostraba que el anhelo de vida precede incluso al órgano que nos permite vivirla.

La mujer piedra ya nos esperaba en el rincón de su cueva. Después del ritual de la infusión, esta vez fue Sarah la que decidió pedir la segunda respuesta que nos había prometido.

—Hace tiempo que nos encontramos con la fórmula $E = ac^2$ —explicó ella emocionada—. Le hemos dado muchas vueltas, pero no nos ponemos de acuerdo sobre lo que significa esa «a».

Mileva entrecerró los ojos con una sonrisa, como si pudiera recordar el momento justo en el que su abuelo le había confiado esa fórmula. Luego respondió:

—Si pensáis en el corazón de Albert os será fácil hallar la respuesta.

—Amor… —me atreví a decir—. Si en la fórmula de la energía sustituimos masa por amor, entonces la energía es igual al amor multiplicado por la velocidad de la luz al cuadrado. ¿Qué diablos significa esto?

Sarah me miró admirativamente —por una vez, había dado en el clavo—, mientras la anfitriona se disponía a clarificar mi deducción.

—Antes de nada, hay que matizar a qué clase de amor nos referimos. Para empezar, una fórmula sólo puede llevar símbolos universales. Es decir, una letra universalmente aceptada para sustituir a un elemento; «a» puede simbolizar «amor» en las lenguas latinas, pero un germanoparlante como Einstein nunca lo habría utilizado.

—Me parece evidente —dije avergonzado por la poca sutileza de mi deducción—. Entonces hay que descartar el amor como motor de una nueva energía.

—Al contrario, es una deducción brillante, pero primero debemos saber de qué clase de amor estamos hablando.

—¿A qué te refieres? —le preguntó Sarah reverente mientras se acercaba el bol a los labios.

La mujer piedra se levantó y dio unos pasos hacia la salida de la cueva, desde la que contempló unos instantes las estrellas diamantinas en el cielo. Luego regresó lentamente hacia nosotros, como un viejo maestro que quiere que su enseñanza quede para siempre:

—Los antiguos griegos, que eran muy sabios, se dieron cuenta de que el amor no es un solo concepto, sino que abarca tres grandes dimensiones. Una es Eros, la dimensión del deseo. Gracias a ella estamos aquí, porque el deseo hace que los cuerpos se conecten y, movidos por la búsqueda egoísta del placer, demos lugar a la vida. La segunda dimensión es Filia, la amistad basada en la complicidad. Quien ama no espera recibir mucho, sino que lo que anhela es compartir. Desde la amistad damos y recibimos lo mejor del mundo. Finalmente está la forma de amor más elevada, Ágape, que es el amor puro. Este amor nace del que lo da todo sin esperar nada a cambio: el amor de la entrega, de la paciencia y el perdón… Es el amor de la compasión y la paz, el amor que todo lo une. A diferencia de Eros, Ágape no es el amor de la materia, sino el del espíritu.

Después de este parlamento nos quedamos mudos, con la certeza de que íbamos a recordar aquellas palabras mucho después de abandonar la cueva por última vez.

Decidí retomar la cuestión:

—Entonces «Ágape», que es un término griego universal, es lo que significa la «a» en la última fórmula de Einstein.

—Sí, podemos hablar de Ágape o de amor incondicional. Si volvemos a la fórmula, tal vez ahora entendáis su sentido. Cuando en la primera fórmula de la energía, después de la masa puso «c^2», es decir, la velocidad de la luz al cuadrado, lo que pretendía mi abuelo era reflejar un número tan enorme que se acercara a nuestra idea de infinito. De forma muy simplificada, quiso decir que toda masa tiene la capacidad de convertirse en una energía casi ilimitada. Por eso se dice que con sólo una ciruela, si la masa se transforma totalmente en energía, se podría incendiar una ciudad entera.

En este punto fue Sarah la que tomó la palabra:

—Por lo tanto, la última fórmula de Einstein nos dice que el amor, cuando es infinito, se convierte en la energía más poderosa del universo. O simplificando mucho: el amor todo lo puede.

Nos quedamos los tres en silencio. Era un momento solemne. Tal vez no habíamos solucionado ninguno de los problemas del mundo, pero empezaba a vislumbrarse un camino entre las tinieblas.

La idea era, sin embargo, demasiado vaga para ser científica, lo que me hizo adoptar mi papel más racional.

—¿Es ésta la última respuesta de Einstein?

—No exactamente —repuso Mileva—. Digamos que es una interpretación de la última fórmula que nos legó mi abuelo. Nos falta el desarrollo que él elaboró en tres folios justo antes de morir.

—¿Dónde está ese documento? —pregunté.

La única luz que había en la cueva era el tenue resplandor de las brasas, pero los ojos de la anciana irradiaban entusiasmo.

—Lamentablemente, nunca ha sido encontrado.

Miré mi reloj: eran las dos de la madrugada. Bajo la mirada penetrante de la mujer piedra se dibujaban dos profundas ojeras. Declaró:

—Podemos encontrarnos una noche más. Luego debéis marcharos de esta parte del mundo. Ése es el trato.

Nos levantamos un poco compungidos por aquel cambio de tono. La mujer piedra lo notó y dijo al fin:

—Vuestra compañía me resulta muy grata, pero la situación ha empeorado. Los que se proponen robar la última respuesta, aunque nadie sabe dónde está, merodean ya por Trinity. Es cuestión de un par de días que lleguen hasta aquí. Tened los ojos bien abiertos.

67

La tercera respuesta

Pocos se atreven a ver con sus propios ojos
y a sentir con su propio corazón.

ALBERT EINSTEIN

Haber acariciado la última respuesta —aunque sólo conociéramos la fórmula— sin haberla encontrado hizo que el regreso al pueblo tuviera un sabor agridulce.

En veinticuatro horas deberíamos abandonar Nuevo México sin haber llegado hasta el final. Nos habíamos acercado a la respuesta, la habíamos bordeado, empezábamos incluso a comprenderla, pero faltaba saber cómo daba Einstein sentido y aplicación a aquella fórmula.

Mientras Sarah se aseaba en el baño del deprimente refugio, sentí que con la última respuesta sucedía lo mismo que con la relación que se había establecido entre nosotros. Nos habíamos acercado y comprendido, nos abrazábamos, incluso había habido algunos besos, pero lo nuestro no acababa de cuajar.

La búsqueda estaba a punto de terminar y había pocas esperanzas de que la situación diera un vuelco. La última respuesta no aparecía y mi enamoramiento hacia Sarah había ido creciendo hasta resultar insostenible. Casi deseaba que en la última entrevista con Mileva se confirmase nuestro fracaso y regresáramos a casa.

Cuando llegó mi turno en el baño, al ver en el espejo mi cara sin afeitar me asusté. Me había convertido en uno de esos extranjeros que vagan sin rumbo por el país, buscando los pedazos rotos del sueño americano.

Repasé bajo la ducha el dinero que me quedaba en la cuenta. De los 25.000 dólares que había ingresado el PQI, ya sólo quedaban 11.000. Definitivamente, o llegábamos hasta el final o lo mejor sería arrojar la toalla en todos los sentidos.

La última entrevista con la mujer piedra estuvo envuelta de un halo de tristeza. Mileva parecía muy desmejorada, como si las noticias que le llegaban sobre sus perseguidores le hubieran arrebatado la calma.

Sobre esto último, no pude evitar preguntarle algo que me intrigaba desde hacía días.

—En esta cueva no hay línea telefónica, ni siquiera electricidad. ¿Cómo te llegan las noticias de lo que sucede afuera?

Al oír esto, la nieta de Einstein sonrió por primera vez aquella noche y fue hasta la estantería donde se alineaban los cacharros de cocina. Regresó con un teléfono móvil y algo parecido a una dinamo. Conectó el cable del cargador al artefacto y empezó a hacer girar la manivela; la pantalla del móvil se encendió indicando que entraba en proceso de carga.

—Es una manera rudimentaria de fabricar energía, pero funciona —dijo la mujer—. Cuando se agote el petróleo y no baste con las placas solares, es muy probable que este tipo de aparatos conozcan una nueva edad de oro.

Su comentario sobre la energía me hizo pensar en el documento de tres folios en el que Einstein desarrollaba la fórmula $E = ac^2$.

Era una noche especialmente calurosa, así que me senté con Sarah junto a Mileva en la entrada de la cueva. Los cabellos blancos de la dama del desierto resplandecían bajo la luna.

Una gruesa estrella fugaz atravesó la bóveda celeste. Cuando el polvo de estrellas se hubo apagado, pregunté a la anciana:

—¿En qué momento se perdió la última respuesta de tu abuelo?

Mileva me dirigió una mirada triste antes de responder:

—No podemos decir que esos tres folios se perdieran. Por alguna extraña razón, mi abuelo mandó que se los entregaran a mi madre dentro de un pequeño tubo de aluminio. Padre e hija nunca se habían conocido; por eso mismo ella lo rechazó. Dio la orden al cartero de que el envío se devolviera a su remitente.

—¿Y qué sucedió después?

—No estoy muy segura. Supongo que mi abuelo lo escondió, o bien lo envió a uno de sus amigos con instrucciones sobre lo que debía hacer. Ése era su estilo. Unos días antes de morir, me llamó por teléfono y me dijo que la humanidad no estaba preparada todavía para entender la última respuesta.

—¿Sólo eso? —le pregunté.

—Bueno, dijo algo más, pero no llegué a entenderlo. Tenéis que pensar que era solo una niña por aquel entonces.

Sarah y yo insistimos en que nos contara qué le había dicho en esa última conversación. Por absurdo que fuera el mensaje, aunque pareciera una broma, podía ser una pista. Una última pista.

La mujer piedra suspiró antes de explicar:

—Me habló de un filósofo alemán. Años después entendí que se refería a Wittgenstein, el autor del *Tractactus*. Venía a decir que el uso de una palabra no compromete su significado. Lo explicó de una forma más sencilla, por supuesto.

—Espero que fuera así —intervine—, porque ni siquiera yo entiendo qué quería decir Wittgenstein con eso.

—Quizás Alan Watts lo exponía más claro al decir que «la palabra agua no moja». O sea: el hecho de hablar de algo no significa que ese algo sea realidad. Una cosa es el lenguaje y otro los hechos, aunque a menudo confundamos ambos.

—Insisto: no me extraña que no entendieras el mensaje de tu abuelo.

—En realidad, afirmaba que él no estaba de acuerdo con eso. Después de soltarme un discurso sobre el lenguaje y el mundo que no entendí en absoluto, al despedirse dijo algo que recuerdo muy bien: «Piensa, pequeña Mileva, que en el nombre de las cosas está a veces su contenido. Ése va a ser nuestro secreto».

Nos quedamos en silencio mientras otra estrella fugaz, esta vez más lejana, arrastraba su cola hasta los confines de la galaxia.

—Toda la vida he pensado que en esa frase se encuentra la clave para llegar a la última respuesta —confesó la anciana—, por eso os he hecho venir a través de pistas y jeroglíficos como los sellos de Eva. Pensaba que alguien capaz de llegar hasta aquí podría resolver el acertijo. Esas palabras son la tercera respuesta, todo lo que tenemos para llegar hasta su legado final.

68

El contenido y la forma

Si Dios no es amor, no merece la pena que
exista.

Henry Miller

Aquella misma madrugada regresamos por la carretera 380 con un amargo sentimiento de derrota. Habíamos dejado una nota de agradecimiento para Moisés con un billete de cien dólares por el gasto de agua y electricidad, con la esperanza de que mandara además las sábanas y el cubrecama a la lavandería.

La aparición, a nuestro regreso en plena noche, de dos Mercedes nuevos aparcados junto a la gasolinera nos acabó de convencer de que era hora de salir de Carrizozo para no volver nunca más.

A medida que poníamos millas entre nosotros y el infame Trinity, el peligro disminuía exponencialmente, pero con ello se disolvían también las esperanzas de llegar hasta el final del misterio.

Mientras surcábamos la carretera desierta, comenté:

—No sirve de mucho decir que el contenido, es decir, el escondite, está en el nombre, cuando no sabemos a qué nombre se refiere.

Eran las cuatro y media de la madrugada y teníamos que hacer un gran esfuerzo para no dormirnos los dos y acabar allí mismo el viaje de la manera más brusca.

Con los ojos hinchados de sueño, Sarah respondió:

—Tiene que ser un nombre muy obvio, si Einstein se lo dijo a una niña. Tan obvio que nos está pasando por alto.

Después de varios días en el desolado Carrizozo, las luces de Socorro —la ciudad tenía ocho mil quinientos habitantes— nos hizo pensar que llegábamos a las Vegas. Eran las cinco y media de la madrugada y aún faltaban dos horas para llegar a Albuquerque.

Desde allí decidiríamos qué hacer, aunque básicamente quedaban dos opciones: continuar nuestro periplo por Estados Unidos, tal vez por el Kansas de Harvey, o seguir la pista de Einstein por las ciudades europeas en las que había impartido docencia: Praga y Berlín.

Antes, sin embargo, al pasar junto al Holiday Inn esta vez fui yo quien propuso cerrar los ojos unas horas para proseguir a la mañana siguiente. Sarah estuvo de acuerdo y volvimos a pasar por la recepción, donde nos atendió el mismo hombre con gafas de pasta.

—¿Vienen de Roswell? —preguntó recuperando el tema de los extraterrestres.

—Algo así —contesté, sin más comentario al entregar los pasaportes—. Queremos dos habitaciones individuales. Una sola noche.

—Bastará con una para los dos —me corrigió Sarah.

Luego me guiñó el ojo antes de decir:

—Me he acostumbrado a dormir contigo.

Completados los trámites, el recepcionista nos invitó a que subiéramos nosotros mismos las maletas al primer piso.

La habitación era tan impersonal como la que había tomado tres días antes, con la misma cama *king size* apta para clientes descomunales o para parejas de circunstancias como nosotros.

Como era costumbre, cedí el baño a Sarah y me apoltroné sobre la cama con el mando a distancia en la mano. Mientras hacía *zapping* por la bazofia de siempre, el sonido de la ducha indicó que Sarah aún tardaría en salir.

Yo mismo llevaba suficiente polvo acumulado para pasar por agua caliente antes de acostarme, pero los ojos se me cerraban irremediablemente. Improvisando una solución poco ortodoxa, me desnudé y me puse ropa interior limpia antes de meterme bajo las sábanas, que en comparación con las del padre de Moisés olían a rosas.

Me disponía a apagar la lamparita, cuando me di cuenta de que había dos libros sobre la mesilla. Probablemente eran del último cliente que había pasado por allí. La curiosidad me obligó a echar un vistazo.

Se trataba de una guía alemana de Nuevo México y un diccionario español-alemán-español.

Mientras buscaba morbosamente Carrizozo para saber qué decía la guía, traté de imaginar qué clase de persona se había alojado en aquella habitación. Puesto que el recepcionista había dicho la primera vez que se alojaban pocos extranjeros allí, la presencia de un visitante con una guía adquirida en Alemania —primera patria de Einstein— en la ruta hacia Trinity no auguraba nada bueno.

Algo me decía que en aquella misma cama se había alojado un pez gordo de la Hermandad. Muerto Pawel, lo más probable era que se tratara del mismo líder, probablemente acompañado por el cómplice de la furgoneta.

Aliviado con la idea de salir de Nuevo México, tras un poco de sueño devolví la guía a la mesita y apagué la luz. Más allá del peligro, volver a pensar en Einstein me había provocado un extraño vacío en el estómago. Desde que había salido de Barcelona, e incluso antes, pensaba en el padre de la relatividad todos los días, pero aquella sensación había sido distinta. Algo importante había rozado mi intuición y estaba a punto de desvanecerse.

Antes de que eso ocurriera, volví a encender la lamparita de noche.

Entonces lo vi claro.

Recordé lo que había dicho Sarah sobre el nombre que contenía la pista hacia la única respuesta. «Es tan obvio que nos está pasando por alto.»

El más obvio de los nombres era Einstein, y por el poco alemán que había aprendido sabía que «ein» es el artículo indeterminado «un» o «una», ya que los géneros de los nombres alemanes a menudo no concuerdan con los castellanos. Faltaba saber qué significaba «Stein», si es que significaba algo.

Agarré con furia el pequeño diccionario y pasé las finas hojas a toda velocidad hasta llegar a la S. Una descarga de emoción recorrió mi espalda al comprobar que «Stein» existía y significaba algo que tenía sentido: «Piedra». Por lo tanto, el nombre Einstein se traducía como «Una piedra».

Y yo sabía qué piedra era la que contenía el tubo de aluminio con los tres folios de la última respuesta.

Estaba tan excitado, que cuando Sarah salió de la ducha en albornoz le expliqué a gritos lo que acababa de descubrir. Por la palidez que blanqueó aún más su rostro, entendí que había pensado lo mismo que yo: la última respuesta de Einstein se hallaba oculta en Cadaqués, dentro de la roca del jardín áureo.

Había que viajar hasta allí de inmediato, antes de que otros llegaran a la misma conclusión y el documento se perdiera para siempre.

Poseído por la necesidad de actuar sin más demora, me deshice de la sábana y anuncié:

—Debemos salir ahora mismo.

Sarah me miró asombrada y luego dejó escapar una breve risa antes de decir:

—Si la última respuesta de Einstein lleva medio siglo en ese jardín, puede esperar unas horas más a ser desvelada.

Acto seguido, se desató el albornoz, que cayó al suelo antes de que se echara en mis brazos.

69

Dos revelaciones o tres

> El que vive más de una vida, más de una muerte debe morir.
>
> Oscar Wilde

Antes de iniciar el recorrido por aeródromos nacionales previo al vuelo a Europa, tuvimos que esperar cuatro horas en el pequeño aeropuerto de Albuquerque.

Tras aquella imprevista noche de amor que me había sacudido en lo más hondo, Sarah dormía con el pelo revuelto en un asiento de la terminal. Sentado a su lado, saqué de la maleta mi portátil de segunda mano para tratar de tranquilizarme. Previo pago con tarjeta de diez dólares, me conecté al «hotspot» local para consultar mis cuentas de correo.

Entre la maraña de comunicados del banco —todo eran pagos— y el spam, para mi sorpresa encontré un correo de la madre de mi ex. Me comunicaba que Diana había sido internada en un psiquiátrico de Gran Canaria tras la ingesta masiva de ansiolíticos. Al parecer, se encontraba fuera de peligro, pero el médico había aconsejado su ingreso en el centro hasta que se estabilizara psicológicamente. El motivo del correo era darme la nueva cuenta bancaria —la de la madre— donde yo debía seguir ingresando los 600 euros mensuales.

Aquella noticia enterró en amargura el milagro que acababa de vivir en el Holiday Inn. La dicha había durado bien poco.

Tuve que pensar en el episodio que había precedido a nuestra separación definitiva. Después de seis meses de convivencia tibia —nada era como ninguno de los dos había imaginado—, Diana empezó a alternar la estancia en Barcelona con escapadas cada vez más largas a su isla.

Como vivía de traducir libros del ruso, su oficina estaba en cualquier lugar donde reposara su portátil. Pero, al parecer, el pesado Toshiba prefería el clima africano de Lanzarote a nuestro apartamento en un callejón abonado al orín de los perros.

Las estancias conmigo se fueron acortando cada vez más, hasta que una noche me llamó de madrugada desde la isla y me dijo:

—Se acabó. Acabo de entender que ya no te quiero.

Aquélla era una noticia algo fuerte para soltarla un domingo a las tres de la madrugada.

—¿Y me despiertas para decirme eso, a palo seco?

—Sí, porque no quiero vivir ni un minuto más en esta

mentira. Por eso he decidido llamarte con la decisión en caliente.

—Puesto que aún estamos casados, tal vez deberíamos hablarlo cara a cara. Ando justo de dinero, pero puedo tirar de tarjeta y volar mañana…

—Lo del dinero es endémico en ti —me había cortado—, pero no te preocupes. Es inútil que vengas. Ya nada va a cambiar.

—¿Cómo puedes estar tan segura? —le había preguntado, asombrado ante su frialdad.

—Porque he llegado a la conclusión de que sólo te quise aquel invierno en Rusia. Era un lugar especial para ambos, sobre todo para ti, y eso hacía que nos comportáramos como personas especiales. Pero esa magia se apagó desde el momento en que pusimos pie en tu maldita ciudad. Ahí ya no pudimos seguir fingiendo y cayeron las máscaras. No tenemos nada en común, Javier, pero te deseo todo lo mejor.

Ésa había sido la última frase que nos habíamos cruzado. El divorcio fue ejecutado discretamente en un juzgado donde no llegamos a vernos. Una vez en Lanzarote, la editorial para le que trabajaba Diana quebró y se quedó sin ingresos. Empecé a mandarle una pensión mensual.

Por lo que acababa de leer, su aldea natal había sido un cambio demasiado brusco respecto a la *dolce vita* de Moscú y los desencuentros en Barcelona.

Entristecido con aquella noticia, aproveché los últimos minutos de batería en mi portátil para comprobar algo que había pasado por alto desde que había empezado aquella aventura.

Escribí en la ventanita del buscador «Sarah Brunet» y «Complutense».

La búsqueda no arrojó ningún resultado, lo cual resultaba extraño, dado que los estudiantes de doctorado acostumbraban a publicar artículos, asistir a simposios y todo esto.

Acto seguido, me limité a poner su nombre y apellido en la ventanita. Ninguno de los resultados que aparecieron tenía que ver con ella.

Aquello me hacía albergar dudas razonables sobre su verdadero nombre, a la vez que abría una incógnita aún mayor: si en la Complutense no constaba ninguna Sarah Brunet, ¿cómo diablos había conseguido Jensen su número de teléfono?

Esperé a encontrarnos sentados y atados en el primer avión de nuestro largo trayecto para tirar de la manta.

Fuera por el sueño acumulado o porque se arrepentía de lo que había sucedido entre nosotros, Sarah volvía a estar ausente y malhumorada. Pero yo no estaba dispuesto a callarme.

Empecé a rodear el asunto desde su periferia:

—¿Jensen pertenecía a la Quintaesencia o la Hermandad?

—A ninguna de las dos —respondió sin ocultar el fastidio de que le saliera nuevamente con aquello.

—Entonces él era un francotirador, como Lorelei.

—Digamos que era un iluso que quería ganar el prestigio que nunca había tenido a través de un gran descubrimiento. Tras sufrir años de desprecio por parte de los círculos científicos, buscó la gloria mediática y se encontró con la muerte. Eso es todo.

Me asombraba la fría franqueza con la que había respondido a mi pregunta, como si el muerto se hubiera convertido en una sombra sin importancia. Volví al ataque mientras el Boeing ya evolucionaba por la pista a la espera de la orden de despegue.

—Tú conocías a Jensen antes de Cadaqués —afirmé.

Esta vez ni siquiera trató de oponer resistencia:

—Lo conocía.

—¿Por qué motivo? ¿Qué tiene que ver una estudiante de doctorado con el director de una revista esotérica afincado en Alicante?

—Más de lo que te gustaría saber —se limitó a decir.

—¿Quieres decir que…?

—Sí, fue mi amante —me cortó en seco—. Era un hombre puro, su capacidad para maravillarse no tenía límites. Al principio esa ingenuidad me gustaba, luego ya no tanto. Nos distanciamos.

—Conozco esa sensación.

El posible paralelismo entre mi drama personal y el suyo —si es que era un drama— debía de importarle un pimiento, ya que respondió con un elocuente silencio.

—Una última cosa —añadí dolido—, sé que escondes tu verdadero nombre.

—Me llamo Sarah —se defendió con un ligero temblor en el labio.

—Es posible, pero tu apellido no es Brunet.

Mientras el avión levantaba el morro, mi acompañante cerró los ojos como si se forzara a dormir.

«Quien calla, otorga», me dije mientras tomaba la guía de Nuevo México en alemán que me había llevado del hotel.

Saber que podía pertenecer al cabecilla de la Hermandad, según mi suposición, me procuraba una extraña excitación.

Antes de mi primer intento de dormir, me entretuve mirando las fotos del desolado Nuevo México. Luego dediqué unos minutos a curiosear en las rutas sugeridas en la parte central del libro. Pero en la última página de la guía había lo mejor de todo: un resguardo de tarjeta de crédito con el nombre del propietario: Juanjo Bonnín, el autor de *Einstein relativamente claro*.

Un círculo se había cerrado.

70

El escondite áureo

Querida señora, le aconsejo que desista de enseñarle física a su hijo. No es lo más importante. Lo más importante es el amor.

Con mis mejores deseos, R. F.

RICHARD FEYNMAN

Según la teoría más célebre de Einstein, la relatividad se aplica cada vez que nos movemos. Se ha calculado que al cruzar Estados Unidos en avión, el pasajero acaba siendo una diezmillonésima de segundo más joven que los americanos que se quedan en tierra.

Después de tomar cuatro aviones, con sus correspondientes escalas, para volar hasta Gerona, probablemente habíamos ralentizado nuestro envejecimiento unas cuantas diezmillonésimas.

Sin embargo, el verdadero elixir de juventud había sido la noche de amor con Sarah, pese al malhumor que había mostrado a posteriori.

Ya lo decía Leonard Cohen: «No hay cura para el amor, pero el amor es la cura para todos los males».

Pensaba en todo esto mientras salíamos en taxi del pequeño aeropuerto de Gerona-Costa Brava con dirección a Cadaqués. Haber aterrizado allí desde Dublín, en lugar de El Prat, nos permitía ganar al menos una hora y media.

En los últimos dos días apenas habíamos dormido nada. Aun así, la adrenalina ante la prueba final mantenía todos nuestros sentidos despiertos. Se acercaba el momento de la verdad.

Cuando el taxi empezó a tomar las pronunciadas curvas que precedían a Cadaqués, Sarah me sorprendió con una pregunta:

—¿Qué piensas hacer después de esto?

Apreté suavemente su mano antes de decir:

—Completaré el manuscrito de Yoshimura con toda la información que he ido recogiendo y alguna documentación más. Si nuestra intuición sobre la roca es acertada, la biografía incluirá toda una primicia. Luego mandaré el trabajo a ese instituto fantasma y esperaré el ingreso del segundo plazo del contrato.

—No me refiero a tu trabajo. ¿Qué piensas hacer con tu vida cuando hayas cobrado? ¿Dónde está tu futuro?

Desvié la mirada hacia dos aves marinas que parecían danzar en el aire sobre los arrecifes del Cap de Creus.

—Mi futuro está donde tú estés —confesé.

—No digas bobadas. ¡Apenas me conoces!

—Te conozco lo suficiente para saber que estoy enamorado de ti y quiero estar a tu lado. No necesito saber más.

Sarah hizo una mueca de fastidio antes de contestar:

—Tu amor es sólo Eros. Te gusto, me gustas y hemos hecho el amor. Una gran noche. Pero no nos conocemos bastante para ser amigos, Filia, y aún falta mucho para que nuestro amor sea Ágape, incondicional.

—Una cosa después de otra —dije enojado ante su falta de romanticismo—. Disfrutemos del sexo hasta que nos hagamos tan amigos que podamos amarnos incondicionalmente, si prefieres verlo así.

—No sé lo que prefiero. Necesito tiempo. Pase lo que pase en casa de Yoshimura, voy a salir cuanto antes hacia París y lo más probable es que tarde en volver.

Habíamos llegado. La conversación en el taxi hizo que bajara con el alma en los pies. Estaba tan consternado con la idea de perder a Sarah, que me había olvidado de una cuestión tan práctica como esencial: ¿cómo entraríamos en casa de Yoshimura?

Si las investigaciones policiales no se habían cerrado, que era lo más probable, la casa estaría precintada con toda seguridad. Para acceder a su interior, aunque fuera por motivos académicos, debería identificarme ante las autoridades locales. En ese caso, tenía muchos números para ser arrestado de inmediato.

Obviando la puñalada que acababa de asestarme en el corazón, expliqué a Sarah mi inquietud al llegar a la puerta.

—Yo no veo que esté precintada —se limitó a decir.

—¿Qué hacemos, entonces?

—Simplemente llamemos y veamos qué pasa.

Contemplé con escepticismo cómo presionaba el botón de aluminio. Para mi asombro, la puerta de la casa cubierta de hiedra no tardó en abrirse. Pero la sorpresa mayor estaba por llegar.

Lorelei.

—¿Qué demonios haces aquí? —preguntó Sarah entre asustada y furiosa.

La hermanita rebelde lucía sus características coletas azules, pero estaba bronceada y llevaba un vestido playero que la favorecía.

—He comprado la casa.

Sarah y yo nos miramos aturdidos.

—Bueno, la verdad es que la he alquilado a su dueño. ¿No es aquí donde empezó todo? Ya sabes que soy un poco fetichista, pero estoy pensando que me gusta esta choza y voy a convencer a mi vieja para que la compre.

—¿Has hecho algo en el jardín? —le preguntó su hermana muy inquieta.

—Algo sí: he metido dos gatos. ¿Queréis verlos?

De repente, la grosera y violenta Lorelei se comportaba como una muchacha adinerada que se permite unas vacaciones en el mejor lugar de la Costa Brava.

La elegante casa de Yoshimura se había convertido en un descontrol de ropa interior tirada por todas partes, junto con discos compactos, novelas policíacas y botes de vitaminas.

Al menos en eso, las dos hermanas se parecían.

Cuando llegamos al jardín, vimos aliviados que la piedra continuaba en su sitio. En la pequeña sombra que proyectaba, dos gatitos atigrados dormían a cubierto del sol.

En aquel momento, Lorelei se echó una toalla al hombro y anunció:

—Voy a una cala nudista. ¿Os venís?

—Necesitamos dormir un poco —dijo Sarah—. Llevamos dos días tomando aviones.

—Okey, pero no se os ocurra meteros en mi cama.

—No temas.

Cuando la puerta metálica se cerró, Sarah y yo nos miramos con euforia. Antes de salir al jardín, la francesa me tendió la mano y dijo:

—Disculpa que antes haya sido tan dura contigo. ¿Amigos?

Casi me dolió más estrecharle la mano que el jarro de agua fría que me había echado en el taxi. Afortunadamente, la roca reclamaba ahora toda mi atención.

Como era de prever, cuando empezamos a moverla los gatos salieron disparados hacia la otra punta del jardín. Pero no logramos desplazarla ni un ápice. Seguía orgullosamente firme, reina y señora de la espiral áurea.

—Vamos a tener que quebrarla —dije con la frente sudada.

Tras explorar toda la casa, lo más contundente que encontramos fue un yunque antiguo que decoraba la primera planta. Era enormemente pesado, así que tuvimos que transportarlo entre los dos hasta el jardín, donde tras un leve balanceo lo dejamos caer sobre la roca.

El aparatoso impacto provocó una nueva estampida de

los gatos, que huyeron del jardín y echaron a correr escalera arriba.

Al devolver la mirada a la roca, vimos que la parte superior se había desprendido, dejando un tajo limpio con un orificio en el centro.

—¡Eureka! —exclamé eufórico—. El bueno de Albert contó con herramientas de precisión para cortar ese casquete en la piedra y hacer el agujero. Vamos, te cedo el honor de sacar el tesoro.

—No te queda otra —sonrió—, porque tus manazas no caben ahí.

Dicho esto, introdujo tres de sus finos dedos en el orificio. Éste no había sido perforado a más profundidad de la necesaria, ya que Sarah sacó con facilidad un tubo de aluminio. Llevaba grabada la inscripción en inglés: «THE LAST ANSWER»: La última respuesta.

71

La última respuesta

El amor por la fuerza nada vale, la fuerza sin amor es energía gastada en vano.

Albert Einstein

Querida Lieserl:

Nunca estuve cerca de ti, pero antes de partir definitivamente quiero poner en tus manos el descubrimiento más valioso de mi vida.

Tu llegada al mundo fue un acontecimiento inesperado, una responsabilidad cegada por el miedo, y cuando fui capaz de reaccionar ya era demasiado tarde. Hasta ahora, cuando estoy a punto de morir, no me he dado cuenta de la importancia que tuvo tu nacimiento, aunque paradójicamente sólo hayas conocido de mí la separación y el olvido.

Nunca me olvidé de ti, Lieserl, y cada noche de mi vida he abierto los ojos en la oscuridad imaginando cómo sería tu rostro. Pero los errores, cuando envejecen, se vuelven mortales y definitivos. La vergüenza que sentía por mi actitud es lo que me privó durante tantos años de ponerme en contacto contigo. Y luego ha sido demasiado tarde.

Sabes bien que se me conoce como un genio algo excéntrico. Algunos me acusan de haber sido una persona insensible, poco tierna y empática. Pero puedo asegurar que el paso del tiempo me ha hecho sensible al dolor de los demás, precisamente porque una simple fórmula, $E = mc^2$, ha tenido unas consecuencias catastróficas que no hubiera imaginado ni en mi peor pesadilla.

Sin ser directamente responsable, me siento copartícipe de una carrera atroz y absurda hacia la destrucción de la humanidad. Es algo que yo jamás proyecté ni deseé, pero mi fórmula ha permitido desatar una energía altamente destructiva, y es aquí donde se produjo el punto de inflexión en mi pensamiento.

Por las muchas entrevistas que se han publicado, sabrás que durante largos años he buscado una última respuesta, una variable que permita explicar de forma unificada todas las fuerzas que operan en el universo. Quería entender cuál es la fuerza primigenia que gobierna todo cuanto conocemos: la física y la metafísica, la psicología y la biología, la gravedad y la luz… Durante muchos años he luchado por encontrar la teoría del campo unificado.

Ahora puedo decir que he llegado a conclusiones. Sé que lo que te voy a confiar no suena científico. También sé que esta última carta, mi legado del cual te hago depositaria, sorprenderá a muchos y llevará a otros tantos a pensar que me he vuelto completamente loco. Me temo que pondrá en tela de juicio incluso los descubrimientos que me llevaron no sólo a la obtención del Nobel, sino también al desmedido reconocimiento que obtuve con la teoría general de la relatividad y la teoría especial. Porque lo que te voy a decir es, nada menos, la gran asignatura pendiente no sólo de la física, sino de la ciencia en general.

Sabrás por lo que han dicho de mí que siempre he sido una persona muy exigente y rigurosa al desarrollar mis hipótesis. Por eso mismo considero que a lo largo de mi vida he tenido muy pocas buenas ideas. Incluso estas últimas procedían de fogonazos e intuiciones que luego intenté trasladar al papel. Me exigieron un elevado ejercicio de rigor y disciplina, virtudes que debo en gran medida a tu madre, Mileva, pues ella me ayudó a encontrar un lenguaje para plasmar mis intuiciones en cifras y fórmulas.

Cuando propuse la teoría de la relatividad, muy pocos me entendieron, y lo que te revelaré ahora para que lo transmitas a la humanidad también chocará con la incomprensión y los prejuicios del mundo. Te pido, aun así, que la custodies todo el tiempo que sea necesario, años, décadas, hasta que la sociedad haya avanzado lo suficiente para acoger lo que te explico a continuación.

Hay una fuerza extremadamente poderosa para la que hasta ahora la ciencia no ha encontrado una explicación formal. Es una fuerza que incluye y gobierna a todas las otras, y que incluso está detrás de cualquier fenómeno que opera en el universo y aún no haya sido identificado por nosotros. Esa fuerza universal es el amor.

Cuando los científicos buscaban una teoría unificada del universo olvidaron la más invisible y poderosa de las fuerzas.

El amor es luz, dado que ilumina a quien lo da y lo recibe. El amor es gravedad, porque hace que unas personas se sientan atraídas por otras. El amor es potencia, porque multiplica lo mejor que tenemos, y permite que la humanidad no se extinga en su ciego egoísmo. El amor revela y desvela. Por amor se vive y se muere. El amor es Dios, y Dios es amor.

Esta fuerza lo explica todo y da sentido en mayúsculas a la vida. Ésta es la variable que hemos obviado durante demasiado tiempo, tal vez porque el amor nos da miedo, ya que es la única energía del universo que el ser humano no ha aprendido a manejar a su antojo.

Para dar visibilidad al amor, he hecho una simple sustitución en mi ecuación más célebre. Si en lugar de $E = mc^2$ aceptamos que la energía para sanar el mundo puede obtenerse a través del amor multiplicado por la velocidad de la luz al cuadrado, llegaremos a la conclusión de que el amor es la fuerza más poderosa que existe, porque no tiene límites.

Tras el fracaso de la humanidad en el uso y control de las otras fuerzas del universo, que se han vuelto contra nosotros, es urgente que nos alimentemos de otra clase de energía. Si queremos que nuestra especie sobreviva, si nos proponemos encontrar un sentido a la vida, si queremos salvar el mundo y cada ser sintiente que en él habita, el amor es la única y la última respuesta.

Quizás aún no estemos preparados para fabricar una

bomba de amor, un artefacto lo bastante potente para destruir todo el odio, el egoísmo y la avaricia que asolan el planeta. Sin embargo, cada individuo lleva en su interior un pequeño pero poderoso generador de amor cuya energía espera ser liberada.

Cuando aprendamos a dar y recibir esta energía universal, querida Lieserl, comprobaremos que el amor todo lo vence, todo lo trasciende y todo lo puede, porque el amor es la quintaesencia de la vida.

Lamento profundamente no haberte sabido expresar lo que alberga mi corazón, que ha latido silenciosamente por ti toda mi vida. Tal vez sea demasiado tarde para pedir perdón, pero como el tiempo es relativo, necesito decirte que te quiero y que gracias a ti he llegado a la última respuesta.

Tu padre,

ALBERT EINSTEIN

72

Tres preguntas y un silencio

Hacer predicciones es muy difícil, especialmente sobre el futuro.

NIELS BOHR

Los últimos rayos de la tarde pro-
yectaban la pesada sombra de los
edificios modernistas sobre los adoquines del Paseo de
Gracia. Me había detenido delante de la librería Jaimes,
donde un virtuoso tocaba «Perfect day »en un piano uni-
do a una bicicleta.

Mientras escuchaba la melodía de Lou Reed, me dije
que habían pasado ya tres meses desde que todo había
terminado. El otoño ya pedía paso y la aventura por medio
mundo se iría convirtiendo poco a poco en una nebulosa
de recuerdos inconexos.

Nunca llegué a recibir el segundo pago. Tampoco había tenido más noticias de Müller ni de ninguna otra persona relacionada con la última respuesta. Sólo había leído en los periódicos la muerte del ensayista Juanjo Bonnín
en circunstancias poco claras.

Pese a que la carta de Einstein todavía no se había divulgado, al parecer la guerra continuaba en un nivel subterráneo.

Al terminar la canción, dejé un euro en el platillo del pianista y me dispuse a proseguir mi camino hacia el metro. No había tiempo que perder. Tras un súbito ajuste de plantilla, volvía a ser el único guionista de *La Red*, y aquella tarde debía preparar el programa dedicado a la radiación de fondo en el universo. Sin duda, echaría mano de un ejemplo que siempre funcionaba: la contaminación que capta un televisor entre dos canales es, en realidad, los restos del Big Bang. O eso dicen.

Estaba a punto de bajar la escalera del metro, cuando un taxi se detuvo a mi lado. De su interior bajó una dama vestida con un vaporoso vestido azul, del mismo tono que sus ojos.

Me quedé petrificado mientras en su rostro se dibujaba una amplia sonrisa. Parecía contenta de verme.

Di un paso hacia ella, inseguro de lo que debía hacer. Como en los viejos tiempos, Sarah tomó la iniciativa y nos fundimos en un abrazo. Luego la invité a tomar un café en el cercano Torino.

—De acuerdo, pero sólo tengo media hora. Vuelo a París esta misma tarde.

Sentados frente a frente en un café atestado de turistas, le puse al corriente de mi vida, de mis penurias económicas y de lo extraño que me resultaba que nadie se hubiera interesado por mí desde que había concluido la búsqueda, ni siquiera la policía.

—Es normal —repuso—. La partida se juega ahora en otro nivel.

Aquel comentario no era muy halagador para mí, pero estaba demasiado contento de verla para enfadarme. Aproveché para contrastar con ella algunas suposiciones que había ido hilando sobre todo lo sucedido.

—Cuando Jakob Suter, nuestro guía en Berna, hablaba de dos caballeros que se habían apuntado al tour, se refería a Pawel y a su ayudante de la furgoneta. Los mismos que le arrojaron al foso de los osos y fueron a por nosotros en el Monkey Town, pero que eludimos gracias al aviso de tu hermana.

La francesa asintió con un leve movimiento de cabeza.

—Al caer el principal agente de la Hermandad, Pawel, su propio jefe, Bonnín, viajó para sustituirlo en la fase final del asedio a la última respuesta. ¿Qué le pasó a Mileva?

—Nada —dijo después de apurar su taza de café—. Yo misma me encargué de que estuviera a cubierto hasta que Bonnín y su secuaz se dieron por vencidos. A su regreso, uno y otro cayeron como pajaritos.

—Según parece, los vuestros tampoco se andan con chiquitas.

Me ofreció una mirada silenciosa como toda respuesta. Hasta allí podía contar. Sarah miró el reloj. Antes de que se levantara para salir, tal vez para siempre de mi vida, aproveché para pedirle tres últimas preguntas. Tras obtener su aceptación, empecé:

—Hay algo que no entiendo. Dado que la última respuesta es una provocación filosófica, ¿por qué la Hermandad llegó tan lejos para intentar que no saliera a la luz?

—Por varias razones. La primera es que ellos siempre pensaron que se trataba de una fórmula para desatar una nueva energía de uso industrial o armamentístico. Pero aunque hubieran sabido que los tiros no iban por ahí, igualmente habrían intentado destruir el documento.

—¿Por qué motivo?

—La Hermandad es básicamente un movimiento antisemita. Bonnín, Pawel y los suyos no toleraban que la ciencia del siglo xx hubiera llegado de manos de un judío, con el consiguiente control de la bomba por parte de Estados Unidos e Israel. No estaban dispuestos a que, con la última respuesta, el siglo xxi tuviera nuevamente color judío.

Resoplé al calibrar por encima las dimensiones de todo aquello. Estuve tentado de interrogarla, en mi segunda pregunta, sobre el destino final de la carta, pero preferí aclarar una duda más personal.

—¿Por qué me elegiste a mí para acompañarte en esta misión?

Sarah me miró cariñosamente antes de responder:

—Me pareciste un buen chico que, además, de vez en cuando encuentra un atajo. Tu intervención en la radio me convenció de que eras la persona adecuada. Bajo tu corazón de piedra palpitaba la sensibilidad de un niño, justo lo que necesitábamos. En nuestra búsqueda rompimos dos rocas, una más dura que la otra.

Sin duda, la primera se refería a mi corazón, aunque el de ella tampoco era precisamente un jardín acogedor.

Me quedaba una última pregunta antes de que ella se perdiera nuevamente en el espacio y el tiempo. Antes de formularla, miré de soslayo el tatuaje en mi brazo y recordé la quintaesencia, mientras sentía cómo se reavivaba la llama de mi amor por Sarah.

Estaba a punto de cerrar el último círculo de aquella historia.

—¿Quién es tu madre?

Sarah respiró profundamente antes de responder en voz baja:

—La conociste a la vez que yo, aunque nunca le hice saber que la había encontrado. Estamos condenados a amar desde la distancia; los Einstein somos así.

—Espera. Un momento —la frené cuando ya se levantaba para irse—. Me he jugado la piel en todo esto y la Quintaesencia no ha saldado su deuda conmigo. No del todo.

La expresión de Sarah Einstein, hija de Mileva, se endureció al decir:

—Me ocuparé personalmente de que el dinero se ingrese en tu cuenta esta misma semana.

—No es dinero lo que quiero —protesté.

—¿De qué deuda me hablas, entonces?

Antes de que pudiera reaccionar, acerqué mis labios a los suyos y la besé mientras cerraba los ojos. Al volverlos a abrir, ella me miraba con azul serenidad.

—¿Cuándo te volveré a ver? —le pregunté.

Tomó mis manos entre las suyas y las apretó suavemente. Eso fue todo. Luego se levantó y cruzó el café con la elegancia de un cometa que arrastra en su cola un deseo inmortal.

La quintaesencia

Los cuatro elementos, Tierra, Aire, Agua y Fuego,
representan cuatro formas en las que se manifiesta la energía,
cuatro expresiones del todo, desde su forma más densa y pesada
a la más inmaterial.

Pero falta el elemento más puro o perfecto,
el que reúne a los demás y les da la vida.

¿De qué está hecha la materia oscura del Universo,
que casi todo lo ocupa? ¿Qué hay en el espacio subatómico,
entre las partículas fundamentales de la materia?

Es la Quintaesencia, el elemento invisible que llena el Universo,
el que permite que la vida se despliegue en armonía dentro
del espacio-tiempo. Es el que alberga a todos los demás
y contiene además la Inteligencia esencial de la que emerge
la Belleza y armonía del Cosmos.
Es la Consciencia o la Inteligencia superior de la que emana
la vida y que hace danzar al resto de elementos
en todas sus combinaciones y posibilidades.

Si la palabra «esencia» nos remite a la verdadera naturaleza de las
cosas, la Quintaesencia nos remite a la esencia de esa «esencia».

Hay científicos que sostienen que es el ingrediente
principal del Cosmos, diez veces más abundante
que el resto de los átomos juntos.
Pero sigue siendo intangible e indetectable
aunque su presencia es absoluta
y su fuerza total porque de ella emana todo
y a ella regresa todo.

La Quintaesencia es, en definitiva, el Amor.
El Amor que todo lo puede y todo lo vence,
el que combina el resto de elementos
dando lugar a los universos.
Es la energía más poderosa, la esencia del Cosmos.
Es aquello que tú eres, más allá de todo.
Es tu esencia.

Agradecimientos

A Sonia Fernández, Jordi Pigem y Gabriel Rovira Bonfill, por regalarnos luz y hacernos amar la ciencia. Sus comentarios y aportaciones sobre algunas cuestiones científicas fueron fundamentales para este libro.

A Franzi Rosés e Isabel del Río, por su inestimable ayuda en la documentación histórica.

A Maru de Montserrat y Sandra Bruna, porque sin ellas no estaríamos aquí.

A Albert Einstein por darnos un mundo nuevo.

Y a Mileva Marić por darle tanto a Albert.

Este libro ha sido impreso en los talleres
de Novoprint S.A.
C/ Energía, 53 Sant Andreu de la Barca
(Barcelona)